KB068887

스티커

리턴
에이스 3

초판 1쇄 인쇄일 2016년 11월 22일 | **초판 1쇄 발행일** 2016년 11월 24일

지은이 신세로 | **펴낸이** 곽동현 | **담당편집 팀장** 이범수
편집부 신연제 이윤아 홍현주 김유진 임지혜

펴낸곳 (주)조은세상 | 출판등록 제 2002-23호
주소 경기도 연천군 미산면 청정로 1355
TEL 편집부 02)587-2966 | FAX 02)587-2922
e-mail bukdu@comics21c.co.kr

신세로 ⓒ 2016
ISBN 979-11-5832-600-5 | ISBN 979-11-5832-597-8(set) | 값 8,000원

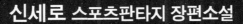

신세로 스포츠판타지 장편소설

SPORTS FANTASY STORY

CONTENTS

리턴
에이스

Return Ace

12. 분위기 싸움

리턴
에이스
Return Ace

12. 분위기 싸움

    텍사스 레인저스의 론 워싱턴 감독은 벤치에서 지금 마운드 위에서 연습구를 던지는 상대 팀 탬파베이 레이스의 투수, 주혁을 유심히 지켜보고 있었다.

    부드러운 투구폼.

    묵직하게 뻗어져 나가는 강속구.

    절묘하게 떨어지는 체인지업.

    굉장한 무브먼트의 투심 패스트볼.

    구사하는 구종은 다른 정상급 투수들에 비해 적은 편이지만, 그 공들의 위력은 메이저리그 최상급 수준이었다.

    알면서도 당한다는 공.

론 워싱턴은 1차전 선발 투수였던 탬파베이 레이스의 데이비드 프라이스보다 오히려 주혁을 더욱 높게 평가하고 있었다.

물론 지금 이 디비전 시리즈에서만 말이다.

'분위기를 바꿀 줄 아는 루키다.'

가장 극적인 상황에서 전혀 조급해하거나 불안해하지 않고, 아주 침착하게 자신의 플레이를 이어가는 주혁은 견제 대상 1호나 다름없었다.

'어제도 하마터면 분위기를 빼앗길 뻔했지.'

어제 경기에서 주혁이 때려낸 동점 홈런은 가져올 수 있었던 경기의 흐름을 완벽하게 끊어버린 홈런이었다.

만일 그 이닝에서 곧바로 하위 타선이 추가 득점에 성공했다면 1차전을 가져오기가 더 힘들어졌을 수도 있었다.

신인 선수의 패기.

하나 무작정 덤비는 것이 아닌, 침착하게 기다렸다가 빈틈이 보이는 순간 달려들어 상대방의 목을 덥석 물어뜯을 줄 아는 신인 선수.

이미 주혁은 타석에서의 자신의 진가를 어제 경기에서 톡톡히 보여준 셈이었다.

'마운드에서도 마찬가지일거다.'

론 워싱턴은 분명 주혁이 정규 시즌 때보다도 이런 단판전에서 더욱 위력적인 모습을 보여줄 것이라고 예상했다.

'신인이라고 생각하면 안 된다.'

산전수전을 다 겪은 베테랑 투수 마냥, 정규 시즌에서 보여줬던 주혁의 모습은 실로 놀라울 정도였다.

어떤 위기에도 전혀 흔들리지 않는 강인한 멘탈과 몸쪽 승부를 두려워하지 않는 배짱, 그리고 완벽한 포커페이스까지.

위기 상황에서도 주혁은 자기 공을, 아니 그것보다 더 날카로운 공들을 던지곤 했었다.

마치 숨겨 놓은 것처럼, 위기를 맞이할 때면 그의 손에서 뿌려지는 공들에는 살기가 듬뿍 묻어 있었다.

이는 탁월한 완급 조절을 통해 힘을 비축할 줄 알기에 가능한 일이었다.

그리고 가장 중요한 것은, 그가 힘을 최대한 적게 쓰면서 던져도 그 공은 타자들에게 대단한 위압감을 준다는 점이었다.

뿐만 아니라 홈런을 맞아도 다음 타자를 상대로 깔끔한 삼구 삼진을 잡아낼 줄 아는 주혁을 론 워싱턴은 이렇게 평가했다.

'사람이 아니야. 로봇이지.'

이제껏 그에 대한 자료들을 세밀하게 훑어봤지만, 주혁이 한 이닝에서 연속으로 점수를 내준 적은 고작 2번뿐이었다.

그것도 초반에만 그랬지 중반기를 지난 이후부터는 그런 경기가 거의 없다시피 했다.

그리고 그 경기들은 단순히 컨디션이 나빴을 뿐, 멘탈이 흔들려서 점수를 대량으로 내준 것이 아니었다.

'이제는 몸 관리까지도 잘 하는 걸 보면 미래가 가장 밝은 선수다.'

근래 5경기 동안 주혁의 컨디션이 나쁜 적은 거의 없었다.

매번 하던 대로 수준급의 완급 조절과 괜찮은 제구력으로 경기를 잘 풀어갔으니 말이다.

하나 한 가지 단점이 존재했다.

바로 무실점 경기가 초반에 비해 후반기에 접어들면서 많이 줄어들었다는 점이었다.

그만큼 상대 타자들도 주혁의 공에 대해 어느 정도 대비가 되어 있었고, 언제 어떤 타이밍에 어떤 공이 날아올지 모르지만 그 공들의 스피드가 대부분 빨랐기에 점수를 그나마 1,2점이라도 뽑아낼 수 있었던 것이었다.

'문제는 그 점수들이 대부분 홈런이라는 거지.'

안타로 베이스를 채우고 주자들이 투수를 괴롭히면서 차근차근 얻어낸 점수가 아닌, 그저 개인의 능력으로 만들어낸 점수라는 것이 문제였다.

론 워싱턴은 오늘 경기에서 텍사스 레인저스의 타선이 주혁을 상대로 홈런을 많이 때려내야 승산이 있다고 보고 있었다.

'워낙에 공격적인 피칭을 하는 선수이기 때문에 볼넷을 얻기는 정말 힘들고……'

안타를 노려볼 수 있긴 했으나 속구의 볼 끝이 지저분한 까닭에 파울이 되거나 내야 땅볼로 연결되는 경우가 많았다.

또한 탬파베이 레이스의 수비진이 견고한데다 조 매든의 수비 시프트는 메이저리그 감독들 중 가장 노련했기에 안타를 기대하기는 힘들었다.

'파워로 밀어붙여야 된다.'

주혁이 마운드 위에서 분위기를 바꾸기 이전에, 어떻게든 장타를 통해 점수를 뽑아내고 마운드에서 실점을 그보다 적게 내줘야 만이 챔피언십 시리즈 티켓을 거의 확정적으로 거뭐질 수가 있었다.

'오늘의 키 플레이어는 저 루키다.'

연습구를 다 던진 후 로진 백을 쥔 채로 1번 타자 엘비스 앤드루스가 타석에 서기만을 기다리는 주혁을 보며 론 워싱턴이 턱선을 매만졌다.

이윽고 시작된 승부.

론 워싱턴은 경기 시작 전에 타자들에게 차라리 아웃될 거 같으면 커트를 해서라도 투구수를 늘리라고 지시했었다.

그러나…….

파앙!

"스트라이크!"

파앙!

"스트라이크!"

오늘 패스트볼에 자신이 있는지 2구 연속으로 몸쪽에 강속구를 꽂아넣으며 순식간에 노볼 2스트라이크의 볼 카운트를 잡아내는 주혁이었다.

론 워싱턴은 바랬다.

'공 2개만 더 끌어보자.'

하나 그의 바람은 채 30초도 되지 않아 사라졌으니…….

부웅!

파앙!

"스트라이크 아웃!

"……."

투심 패스트볼은 현란하게 춤을 추듯이 포수 미트 안으로 들어갔고, 이 말도 안 되는 무브먼트에 타자의 배트는 그저 허공을 가를 뿐이었다.

선두 타자의 삼구 삼진 아웃.

할 말을 잃게 만드는 공 3개였으나 다음 타자 마이클 영이라면 이처럼 손쉽게 당하지는 않을 거라고 기대했다.

그리고 그 기대에 걸맞게, 마이클 영은 속구 2개를 잘 커트해내면서 타이밍을 얼추 맞추고 있었다.

그러나 이어지는 3구 째.

부웅!

마이클 영의 배트는 허공을 가르고 만 것이 아닌가.

"……."

리턴

론 워싱턴이 사태의 심각성을 파악하고는 씹는 담배를 뱉었다.

'설마 조쉬까지 삼진을 당하진 않겠지.'

아메리칸리그 타율 1위답게 조쉬 해밀턴이라면 그나마 뭔가를 해줄 것만 같았다.

하나 잠시 후…….

파앙!

"스트라이크 아웃!"

설마는 현실이 되고 말았다.

◈

따악!

굵직한 타격음이 이곳 트로피카나 필드를 가득 채웠다.

시원하게 날아가던 타구는 담장을 넘어갔고, 누상에 있던 주자 두 명을 포함, 총 세 명의 선수가 홈 베이스를 밟았다.

3점짜리 홈런포.

이 홈런을 때려낸 타자는 텍사스 레인저스 소속이 아니었다.

탬파베이 레이스의 벤치에서 모두에게 환호를 받고 있는 타자.

그는 바로 1할대 클린업 타자, 카를로스 페냐였다.

타격감이 떨어졌다는 비난을 포스트시즌 이전까지 들어왔던 그가 오늘 자신이 왜 5번 타자로 타석에 나서는 지를 이 한 방으로 보여주는 데 성공한 것이었다.

'3점이면 충분해.'

3회 말.

주혁이 예상했던 것보다 더 이른 시점에 타진 선취점은 그에게 있어 여러모로 귀중한 점수였다.

특히나 타석에도 서야 하는 주혁에게 있어 마운드와 타석 두 개를 동시에 신경 쓰지 않아도 된다는 점은 지금 그의 눈부신 피칭(3이닝 무실점 6K 0피안타 0볼넷)을 계속 이어나갈 수 있게끔 만들어 주는 셈이었다.

여기서 더 점수가 터진다면 좋았겠지만, 추가 득점에는 실패하고 만 탬파베이 레이스의 3회 말 공격 찬스가 끝이 났다.

다시 마운드 위로 올라서는 주혁의 어깨는 전 이닝보다 훨씬 더 가벼워져 있었다.

'3점만 지키면 된다.'

현재까지 던진 38구를 던진 주혁이 로진 백을 집어들면서 속으로 생각했다.

'이대로 쭉 가면 7회까지는 충분하다.'

실점 없이 막아낸다.

부담감을 떨쳐내 버린 주혁이 선두 타자 블라디미르 게레로를 상대로 초구를 던졌다.

파앙!

"스트라이크!"

몸쪽을 예리하게 파고들었던 초구 포심 패스트볼을 블라디미르 게레로는 건드리지 못했다.

그리고 이어지는 2구 째 바깥쪽에 걸치는 투심 패스트볼에 블라디미르 게레로는 하프 스윙을 하고 말았고, 이를 지켜본 1루심은 스윙으로 인정했다.

블라다미르 게레로의 표정이 살짝 굳었다.

어정쩡한 스윙을 했다는 사실에 스스로를 질책한 블라디미르 게레로가 손바닥으로 헤드기어를 툭툭 치더니 3구 째 공을 상대하기 위해 다시 타석에 들어섰다.

그러나…….

파앙!

"스트라이크 아웃!"

100마일(161km)의 패스트볼에 블라디미르 게레로는 꼼짝 없이 루킹 삼진을 당하고 말았다.

또 다시 나온 삼구 삼진.

4번째 삼구 삼진에 텍사스 레인저스의 벤치는 침묵에 휩싸였고, 론 워싱턴의 미간에는 한 줄씩 주름이 깊게 잡히고 있었다.

분위기는 이미 탬파베이 레이스 쪽으로 너무도 많이 기울어 있었다.

트로피카나 필드의 중계석 안.

캐스터 래리 허드슨이 말했다.

"불과 하루 만에 분위기가 바뀌었습니다. 어제 1차전을 내준 팀이 정말 탬파베이 레이스가 맞는 지 의심스러울 정도입니다."

"탬파베이 레이스 선수들의 의지가 돋보이네요. 역전패를 당했던 어제의 일은 까맣게 잊은 듯한 탬파베이 레이스의 선수들입니다."

해설자 댄 오브라이언의 말에 래리 허드슨이 고개를 끄덕였다.

"그 중심에는 단연 윤이 있다고 해도 과언은 아닌 것 같습니다만 댄은 어떻게 생각하십니까?"

"저도 같은 생각입니다. 그가 오늘 텍사스 레인저스의 강타선을 상대로 6회까지 허용한 출루 수만 봐도 답이 나오죠. 고작 안타 1개. 이것이 아메리칸리그 팀 타율 1위 팀을 상대로 윤이 허용한 안타 수입니다. 몸에 맞는 공이 하나 있었습니다만 그래도 고작 2번의 출루를 허용했을 뿐입니다. 경이롭다는 표현은 이럴 때 쓰는 거죠. 경이롭습니다."

"과연 7회에도 윤이 이전처럼 완벽한 피칭을 할 수 있을지 기대해 보겠습니다. 이제 7회 초, 반격을 꿈꾸는 텍사스 레인저스의 공격이 시작되겠습니다."

5 - 0의 스코어.

벌어진 점수 차를 좁히기 위해선, 그들이 바라는 승리를 위해서는 이번 이닝에서 주혁을 상대로 점수를 한 점이라도 뽑아내야만 했다.

더군다나 6회 말, 2점을 추가로 내주면서 분위기를 완전히 빼앗기고만 텍사스 레인저스의 입장에서는 더욱 그 점수가 절실했다.

그나마 한 가지 다행스러운 점이라고 한다면 이번 이닝에서 중심 타선이 타석에 들어선다는 점이었다.

3번 타자 조쉬 해밀턴이 타석에 섰다.

래리 허드슨이 말했다.

"앞선 두 타석에서 모두 삼진으로 물러난 바 있는 조쉬입니다."

"이번 타석에서도 삼진으로 물러난다면 자존심이 많이 상할겁니다."

"타율 1위 타자답게 조쉬 해밀턴이 텍사스 레인저스의 한 줄기 희망이 될 지 지켜보죠. 초구입니다."

사인을 확인한 주혁이 매끄러운 투구폼 이후 힘껏 포수 미트를 향해 공을 던졌다.

그리고 이 공을 확인한 조쉬 해밀턴이 배트를 휘둘렀다.

그러나…….

부웅!

방망이에 스치지도 않고 포수 미트로 들어가고 만 공.

이 공이 어떤 구종이었는지에 대해 댄 오브라이언이 시청자들을 향해 설명했다.

"90마일(144km)짜리 체인지업이었네요. 낙폭이 상당했던 초구였습니다."

"타이밍을 제대로 무너뜨리는 체인지업으로 초구 스트라이크를 잡고 시작하는 윤입니다."

조쉬 해밀턴이 침착한 표정을 지으면서 다시 타격폼을 취했고, 사인 교환을 마친 주혁이 와인드업을 시작했다.

이어지는 2구.

부웅!

이번에도 마찬가지로 허공을 크게 휘젓고 만 조쉬 해밀턴.

래리 허드슨이 곧바로 입을 열었다.

"84마일(135km)짜리 체인지업에 또 당하고 마는 조쉬입니다."

"같은 체인지업의 구속이 무려 6마일(10km) 씩이나 차이가 나니 타자의 타이밍이 당연히 무너질 수밖에 없죠."

"이제는 체인지업마저도 완급 조절을 하는 윤입니다."

"조쉬도 정신을 차려야 합니다. 지금 이런 상황에서 그가 한 건 해줘야 해요. 경기를 뒤집을 생각이 있다면 말이죠. 지금부터라도 스트라이크 존에 들어오는 공들은 커트를 하면서 밋밋한 공들을 노려야 할 겁니다."

때마침 조쉬 해밀턴이 구심에게 타임을 요청하자 댄 오브라이언이 말을 이었다.

"실투를 기대하면 안 됩니다. 윤은 이닝 후반에 비축해둔 힘을 몽땅 쏟아 붓는 유형의 투수이기 때문에 공은 더욱 날카로울 겁니다. 그렇기에 최소한이라도 투구수를 길게 끌고 가야해요."

다시 타격폼을 취한 조쉬 해밀턴을 눈앞에 두고 포수와 사인을 주고받은 주혁이 고개를 끄덕거렸다.

이윽고 그가 잠시 숨을 돌린 후, 곧바로 와인드업 동작을 가져갔다.

그리고 그의 손에서 뿌려진 공이 무섭게 포수 미트로 날아가는 순간.

"……!"

몸쪽 높게 날아오는 공에 조쉬 해밀턴이 움찔거렸다.

이런 까닭에 배트는 나가다 멈칫거리고 말았고…….

파앙!

주혁의 손을 떠난 공은 그 어떤 방해도 받지 않은 채 포수 미트에 꽂혔다.

그리고 이 공을 구심은 이렇게 판단했다.

"스트라이크 아웃!"

102마일(164km)의 포심 패스트볼.

시즌 최고 구속에 조쉬 해밀턴은 루킹 삼진으로 물러나고 말았다.

파앙!

"스트라이크 아웃!"

14번 째 탈삼진을 잡는 순간.

마운드 위에서 숨을 돌린 주혁이 그제야 입가에 미소를 머금었다.

8회 초 2아웃 상황.

주혁은 다음 타자를 상대하기 위해 로진 백을 집어들거나 포수와 사인을 주고받지 않고 있었다.

그저 오른손에 쥔 공을 만지작거리면서 누군가를 기다리고 있었다.

이윽고 탬파베이 레이스의 벤치에서 조 매든 감독이 터벅터벅 마운드를 향해 걸어오기 시작했다.

중계석에서 이 모습을 본 캐스터 래리 허드슨이 입을 열었다.

"투수가 교체될 것 같습니다."

"불펜에서 호아킨 베노아 선수가 나오네요."

"오늘 7.2이닝 동안 14개의 탈삼진, 피안타 2개, 볼넷 1개를 내주는 완벽한 피칭으로 텍사스 레인저스의 타선을 잠재운 윤이 마운드를 내려가겠습니다."

중계 카메라가 댄 오브라이언의 말에 곧바로 호아킨 베노아를 비췄다가 어느새 마운드 위로 올라온 조 매든에게로 다시 향했다.

주혁의 앞에 선 조 매든은 3초간 그의 눈동자를 바라보다가 이내 그의 어깨에 손을 얹고는 말했다.

"수고했다."

짤막한 한 마디.

그러나 그 안에는 미처 다 담지 못한 고마움과 자랑스러움이 뒤섞여 있었다.

주혁도 그걸 알고는 피식 웃으며 고개를 끄덕인 후 조 매든에게 공을 건네주었다.

7 - 0의 스코어를 나타내는 전광판이 마운드를 내려가는 주혁의 뒤로 보였다.

이윽고 박수갈채가 관중석에서 일제히 터져 나오기 시작했다.

시즌 그 어느 때보다도 더욱 완벽한 피칭을 선보인 오늘 주혁의 경기는 팬들의 뇌리에서 잊혀지지 않을 만큼 강인한 인상을 남겨주기 충분했다.

특히나 마이클 영(3타석 2삼진), 조쉬 해밀턴(3타석 3삼진), 블라디미르 게레로(3타석 2삼진), 넬슨 크루즈(3타석 2삼진)를 상대로 보여줬던 오늘 주혁의 삼진 퍼레이드는 팬들과 선수들로 하여금 어제 경기의 아쉬움을 잊게 만드는 활약이었다.

중심 타선에게는 위력적인 공들로 승부를 하고 하위 타선을 상대로는 최대한 투구수를 아끼면서 힘을 비축했던 배터리의 선택은 너무도 적절하게 맞아떨어졌다.

이미 완전히 넘어온 분위기를 이어받은 호아킨 베노아는 단 1구만에 내야 땅볼로 이닝을 끝내 버렸다.

이어지는 탬파베이 레이스의 8회 말 공격 찬스.

오늘 경기를 포기한 듯한 텍사스 레인저스는 이번 이닝에서 2점을 또 헌납하고 말았고……

파앙!

"스트라이크 아웃!"

9회 초.

드라마틱한 전개 따위는 없었다.

◆

「윤주혁, 디비전 시리즈 2차전 완벽투!」

[윤주혁(20, 탬파베이 레이스)가 미국프로야구 포스트시즌 아메리칸리그 디비전 시리즈 2차전 경기에서 선발 투수로 출전하여 텍사스 레인저스를 상대로 7.2이닝 무실점 피칭을 선보이며 포스트시즌 첫 승을 신고했다.

본래 예정되어 있던 맷 가르자를 대신하여 2차전 선발 투수로 마운드에 나선 윤주혁은 이 날 텍사스 레인저스의 강타선을 상대로 특기인 강속구를 바탕으로 14개의 탈삼진을 잡아내며 팀의 승리를 이끌었다.

지난 1차전 경기에서 역전패를 당하고 만 탬파베이 레이스는 오늘 2차전 경기에서 카를로스 페냐의 3점 홈런을 포함하여 9 - 0으로 대승을 거두면서 홈에서 1승을 따내는 데 성공했다.

한편, 2차전 선발로 나선 윤주혁은 올해 최고 구속인 102마일(164km)의 강속구를 앞세우며 텍사스 레인저스의 타선을 공략했고, 엄청난 무브먼트의 투심 패스트볼과 고속 체인지업을 섞어 던지면서 텍사스 레인저스의 타자들에게 굴욕을 안겨주었다.

이 날 윤주혁은 생애 첫 디비전 시리즈 등판 경기에서 7.2이닝 무실점 14탈삼진 2피안타 1볼넷을 기록했다.

이런 피칭에 메이저리그 전문가들도 찬사를 보냈다.

3년간 한국프로야구에서 뛰었던 저널리스트 라이언 놀슨은 "이제는 그의 등장만으로도 경기의 분위기를 바꿀 수 있을 만큼 존재감이 뛰어난 투수."라며 주혁을 칭찬했다.

또한 2010 아시안게임 대표팀 감독 문성욱은 이 소식을 듣고 "이번 아시안게임 야구에서 윤주혁의 활약이 금메달을 좀 더 쉽게 가져갈 수 있다고 본다."라고 말했다.

6월에 발표되었던 예비 엔트리에 들지 못했던 윤주혁은 문성욱 감독의 추천으로 9월 달에 발표된 최종 엔트리에 승선하게 된 바 있다.

과연 윤주혁이 남은 포스트시즌 일정에서 또 얼마만큼 좋은 결과를 가져올 수 있을지가 기대된다.]

〈스포토탈 코리아 이한진 기자 〉

코멘트(Comment)

－ 윤주혁이 대한민국 주모들 다 죽이네…

－ 진짜 보는 내내 온 몸에 소름 쫙 돋음. 한국인이 맞는 지가 의심스러울 정도.

－ 윤주혁 선수 보려고 내일이 출근인데도 새벽 1시부터 경기 봤습니다ㅎㅎ 통쾌한 활약 덕분에 졸리지가 않네요. 감사합니다.

－ 탈삼진만 14개… 지린다 ㄷㄷ;;

－ 스무살 맞음? 나도 스무 살인데 비교 된다…

－ 미래가 기대된다. 박찬홍은 가뿐히 뛰어넘을 거 같다. 근데 2년 징크스만 안 걸렸으면 좋겠다ㅠㅠ 앞으로도 계속 보고 싶음ㅎㅎ

－ 시즌 타율 1위 타자한테 3타석 3삼진을 잡는 클래스…

－ 와…할 말이 없다…그냥 개쩐다…

－ 윤주혁이 대단한 게 뭐냐면 투수로도 개쩌는데 타석에 서도 올해 타율이 0.355임ㅋㅋㅋㅋ그것도 홈런 12개에 장타율 0.688…전 경기 다 나왔으면 거의 50홈런 페이스. 올해 류현준도 쩔었는데 윤주혁까지 메이저리그 씹어 먹으니까 야구 볼 맛 난다 진심.

－ 솔직히 예비 엔트리에 안 든게 이해가 안 됐는데 최종 엔트리 승선해서 다행이다. 이 정도면 대만한테 절대 지지는 않을듯.

－ 얘들아, 류현준이 낫냐 아니면 윤주혁이 낫냐?

- 또 비교질 하는 놈 나오네…ㅉㅉ

- 이 정도면 신인왕 확정 아님? 경쟁자는 있나?

- 살다살다 야구 보려고 밤 샌 건 오늘이 처음이네. 아깝지가 않다.

- 제발 탬파베이 지지마라…우리 윤 선수 더 봐야 된다…

- 다음 경기는 휴식하겠지? 아쉽다ㅜㅜ

- ㄴㄴ 하루만 휴식하니까 이틀 뒤에 하는 3차전 나올 듯. 워낙에 강철 체력으로 유명해서.

- 하루 휴식으로 되겠냐? 그렇게 던졌는데…윤주혁 보고 싶은 건 알겠다만 상식적으로 생각하자.

이틀 후.

「윤주혁, 텍사스 레인저스와의 3차전 5번 타자로 출격!」

[윤주혁(20, 탬파베이 레이스)이 3차전 경기에서 5번 타자로 선발 출장한다.

1,2차전 6번 타자로 타석에 들어섰던 윤주혁은 오전 훈련 도중 카를로스 페냐가 발목 부상으로 결장하게 되면서 클린업 타순에 배치가 되었다.

조 매든 탬파베이 레이스 감독은 "그의 몸에는 이상이 전혀 없으며 하루 휴식 만에 완벽한 컨디션으로 돌아왔다."라며 혹사 논란에 대해 해명했다.

한편, 3차전 경기를 앞두고……]

코멘트(Comment)
– 거 봐 내가 뭐랬냐. 출전한다고 그랬지?

◆

1차전의 중요성이 10점 만점에 7점이라고 한다면, 1승 1패의 상황에서 맞이하는 3차전의 중요성은 10점 만점에 9점이라고 봐도 무방하다.

더군다나 홈에서 1차전을 내줬던 탬파베이 레이스에게는 오늘 텍사스 레인저스의 홈구장, 글로브 라이프 파크에서 펼쳐지는 3차전을 반드시 이겨야만 챔피언십 시리즈 진출이 가능한 상황이었다.

탬파베이 레이스의 코칭스태프들과 선수단 전원 역시 오늘 경기를 승리로 이끌겠다는 포부를 드러냈다.

이는 주혁도 마찬가지였다.

'1차전에서 졌기 때문에 오늘 경기는 무조건 이겨야 한다.'

2차전 때 영봉패를 당한 텍사스 레인저스를 상대로 분위기를 많이 가져온 탬파베이 레이스에게 좀 더 유리한 입장이라고 볼 수도 있었으나, 주혁은 그렇게 생각하지 않았다.

오히려 그는 3차전이 결코 만만치 않을 거라고 예측하고 있었다.

그럴만한 이유가 있었다.

'장타를 조심해야 한다.'

텍사스 레인저스의 홈구장인 이곳 글로브 라이프 파크는 '타자 친화적 구장'이라는 별명이 붙어있을 만큼 장타가 잘 나오는 구장이다.

글로브 라이프 파크는 콜로라도 로키스의 홈구장인 쿠어스 필드와 함께 메이저리그에서 대표적인 타자 친화적인 구장으로 손꼽힌다.

기본적으로 건조한 알링턴의 기후 때문에 타구의 비거리가 늘어나는 편인데다 제트기류(Jet Stream)의 영향까지 더해져 수많은 홈런이 양산되는 곳이 바로 글로브 라이프 파크다.

제트기류는 외야에서 불어온 바람이 구장 스탠드에 막혀 다시 우측으로 불어나가는 바람으로서 이는 홈런이 많이 나올 수 있게끔 돕고 있다.

글로브 라이프 파크의 홈런 파크팩터(122)는 메이저리그 구장들 가운데 3위에 해당될 정도로 높은 편이다.

즉, 중립적인 구장들보다도 22%의 홈런이 더 나왔다는 뜻이다.

특히나 이 홈런 파크팩터를 분석해 보면 좌타자 136, 우타자 108의 수치를 보여주고 있는데, 이는 중립적인 구장(100)보다도 좌타자가 36%, 우타자가 8%로 홈런이 더 생산되었음을 알 수가 있다.

'결과적으로는 나한테 유리한 구장이긴 한데…….'

문제는 좌타 거포가 텍사스 레인저스 쪽에 더 많다는 것이었다.

카를로스 페냐도 빠진 지금, 선발 타자들 가운데 두 자릿수 홈런을 때려낸 좌타자는 칼 크로포드(19)와 주혁(12) 단둘 뿐이었다.

반면에 텍사스 레인저스는 오늘 좌타자들인 조쉬 해밀턴(31), 데이비드 머피(17), 미치 모어랜드(12), 제임스 페레스(9)를 선발 타자로 기용한 상태였다.

게다가 우타자 중에서도 블라디미르 게레로(30), 넬슨 크루즈(28), 마이클 영(21), 이안 킨슬러(9), 벤지 몰리나(5)로 구성되어 있는 만큼 장타력에 있어서는 텍사스 레인저스가 확실히 앞서 있었다.

에반 롱고리아(22)를 제외하고는 시즌 20개 이상의 홈런포를 때려낸 타자가 없는 탬파베이 레이스가 조금 불리한 것은 사실이었다.

게다가 예정된 양 팀의 선발 투수를 비교하면 탬파베이 레이스의 오늘 경기가 결코 쉽지 않을 것임을 알 수가 있었다.

텍사스 레인저스

SP C.J. 윌슨 15 − 7 / 3.45 / 199.2 / 168

탬파베이 레이스

SP 제임스 쉴즈 12 - 15 / 5.39 / 205.1 / 187

성적만으로 놓고 봐도 C.J. 윌슨이 더 좋은 모습을 보여
준 데다 피홈런 수가 무려 24개 차이(C.J. 윌슨 10개, 제임
스 쉴즈 34개)를 보이고 있었기에 이는 불안함을 만들 수밖
에 없었다.

하나 그렇다고 희망이 없는 것은 아니었다.

C.J. 윌슨이 부상으로 3주간 치료를 받고 돌아온 상태이
기 때문에 그가 자기 페이스를 되찾기 전에 먼저 대량 득점
에 성공한다면 승산은 충분하다고 주혁은 판단했다.

게다가 2차전 승리로 분위기를 많이 가져온 탬파베이 레
이스이기에 주혁은 이길 수 있다고 보았다.

물론 제임스 쉴즈가 실점을 최소화해준다는 전제 하에
말이다.

경기 시작을 앞두고 주혁은 C.J. 윌슨의 스카우팅 리포
트를 다시 한 번 꼼꼼히 읽은 후, 오늘 그가 사용할 배트를
닦기 시작했다.

배트 상단이 붉게 물들어 있는 배트.

이 배트는 바로 카를로스 페냐의 배트였다.

부상으로 오늘 하루 결장하게 된 카를로스 페냐가 오늘

그가 홈런을 때려주기를 바라는 마음에 자신이 쓰던 배트를 건네준 것이었다.

과거 자신이 쓰던 배트와 그립감이나 무게가 상당히 비슷한 카를로스 페냐의 배트.

정성스레 배트를 닦는 주혁을 보며 카를로스 페냐가 말했다.

"2차전 때 3점 홈런을 때려낸 배트다. 그 기운을 받아서 네가 오늘 그랜드슬램을 때려내라."

경미한 부상으로 출전하지 못하는 카를로스 페냐의 목소리에는 아쉬움이 한껏 묻어있었다.

주혁이 배트를 닦는 것을 멈추고는 자리에서 일어나 그를 바라보며 말했다.

"이 배트의 값어치를 제가 높여 드리죠."

카를로스 페냐와는 반대로, 주혁의 목소리에는 자신감이 충만했다.

◆

글로브 라이프 파크의 중계석 안.

캐스터가 타석에 들어서는 선수를 보고는 입을 열었다.

"5번 타자 윤이 타석에 섰습니다."

1회 초.

2사 1,2루의 찬스를 맞이한 타자는 바로 주혁이었다.

앞선 승부들을 살펴보자면, 첫 타자 제이슨 바트렛을 상대로 4구 삼진을 잡아냈던 C.J. 윌슨은 이후 B.J. 업튼에게 안타를, 칼 크로포드에게 볼넷을 내주면서 1사 1,2루 위기를 맞았으나 에반 롱고리아를 상대로 슬라이더를 통해 뜬공 처리를 하며 아웃카운트를 한 개 더 늘린 상황이었다.

해설자가 말했다.

"무서운 루키입니다. 1차전 때 홈런을 포함한 멀티 히트를 기록했으며, 2차전 때는 2타수 무안타 1볼넷을 기록했으나 마운드에서 7.2이닝 무실점 호투를 보여주면서 팀 승리에 결정적인 역할을 한 선수입니다."

"뭐 이번 시즌 타격 성적만 봐도 대단한 것이, 타율 0.355에 12개의 홈런, 45타점, 출루율 0.464, 장타율 0.688를 기록한 윤입니다. 심지어 마운드에서도 2점대의 방어율에 두 자릿수 승수를 기록했으니 가히 한국의 베이브 루스라고 불릴 만 하죠."

"한국에서는 거의 영웅 수준이나 다름없을 것 같습니다."

"포스트시즌 일정을 마치는 대로 아시아에서 열리는 광저우 아시안게임 대표로도 출전한다고 하니, 금메달을 목에 걸면 뭐 난리가 나겠군요."

"이제 한국 야구의 떠오르는 태양, 윤이 윌슨을 상대하겠습니다."

사인을 확인한 C.J. 윌슨이 오른쪽 다리를 들어올리자 주혁도 배트를 휘두르기 위해 준비 자세를 취했다.

이윽고 그의 손에서 공이 뿌려졌고, 좌완 투수인 C.J. 윌슨이 던진 초구는 빠르게 좌타자 바깥쪽으로 날아가기 시작했다.

이를 지켜보던 주혁이 배트를 휘두르려다 말고 초구를 그냥 흘려보냈다.

파앙!

묵직한 포구음.

바깥쪽 스트라이크 존에 애매하게 걸친 이 공은 구심의 손을 끌어올리지 못했다.

캐스터가 말했다.

"94마일(151km)의 패스트볼을 잘 골라낸 윤입니다."

"선구안도 좋은 선수예요. 이번 시즌 볼넷도 많이 얻어 낸 만큼, 웬만한 나쁜 볼에는 배트가 쉽게 나오질 않는 선수입니다."

초구를 스트라이크로 잡아내지 못한 C.J. 윌슨이 살짝 고개를 갸웃거린 후 로진 백을 집어 들었다.

그리고는 2구 사인을 확인한 그가 고개를 끄덕이고는 침착하게 공을 뿌렸다.

슈웅!

이번에도 좌타자의 바깥쪽으로 날아가는 공.

그러나 초구와는 다르게 2구 째 공은 좀 더 바깥쪽으로 휘어지면서 포수 미트에 꽂혔고, 구심은 초구보다 더 바깥쪽으로 빠진 이 공을 스트라이크로 선언하지 않았다.

88마일(142km)의 스피드를 보인 이 공은 바로 슬라이더였다.

하나 이 슬라이더마저도 주혁은 골라냈고 2볼 노스트라이크의 유리한 볼 카운트를 만드는 데 성공했다.

해설자가 말했다.

"속구 카운트죠. 가장 신중하게 던져야 할 겁니다. C.J. 윌슨 선수의 핫존을 보면 좌타자 높은 공의 피안타율이 낮은 편인데 과연 이곳에다가 완벽한 공을 던질 수 있을지 지켜봐야겠습니다."

"3구 사인을 두고 텍사스 레인저스의 배터리의 의견이 충돌하나요? C.J. 윌슨이 고개를 여러 번 젓고 있습니다."

포수가 잠시 타임을 요청한 후 다시 사인을 보냈고 그제야 둘의 생각이 일치했다.

로진 백을 내려놓은 C.J. 윌슨이 곧바로 3구 째 공을 던졌다.

그리고 그 순간.

따악!

잘 맞은 타구.

그러나 이내 관중석으로 들어가 버리고 말았다.

캐스터가 말했다.

"위험할 뻔했습니다."

"타격음이 여기까지 생생하게 들릴 정도로 컸는데 운이 없었네요."

"바깥쪽 높은 코스의 공이었습니다만 윤이 이 공에는 오늘 자신이 있다는 걸 타격으로 보여줍니다."

94마일(151km)의 공을 거의 완벽한 타이밍으로 맞추는데 성공했던 주혁이었다.

다만 바깥쪽 공이었고, 배트에 힘이 제대로 실리지 못한 까닭에 파울이 되고 만 것이었다.

해설자가 말했다.

"패스트볼 타이밍을 벌써 적응했기 때문에 배터리가 패스트볼을 선택하기는 조금 두려울 수가 있을 겁니다. 아무래도 첫 이닝에서 실점을 허용하느냐 않느냐가 경기에 꽤나 지대한 영향을 미치니까요."

그가 헛기침을 한 번 하고는 다시 말을 이었다.

"다만 C.J. 윌슨이 구사할 줄 아는 변화구가 많다는 것 또한 윤에게는 부담이 될 겁니다. 컷 패스트볼, 슬라이더, 싱커, 커브, 너클 커브까지 구사하는 C.J. 윌슨이 택할 수 있는 변화구들은 많아요."

"과연 배터리가 어떤 공을 택해서 스트라이크를 잡아낼지 보죠."

2볼 1스트라이크의 볼 카운트여서 그런지 3구 때보다도 4구 째 사인은 비교적 쉽게 타협이 이뤄졌다.

와인드업을 시작하는 C.J. 윌슨.

곧이어 숨죽인 채 그의 손에서 뿌려지는 공만을 기다리는 주혁에게로 공이 날아왔다.

그리고…….

따악!

아까보다는 다소 소리가 적은 타격음.

그러나 결과는 홈런만큼이나 좋은 편이었다.

낮게 떨어지는 싱커를 잡아당긴 주혁의 타구가 좌측 파울 라인 쪽에 떨어진 것.

공은 떼굴떼굴 뒤쪽으로 굴러가기 시작했고, 우익수가 이 공을 잡기 위해 뛰는 동안 2루 주자는 이미 3루를 돌아 홈을 향해 달리고 있었다.

우익수 넬슨 크루즈가 공을 잡아낸 후 2루 쪽으로 공을 송구할 때에는 이미 2루 주자는 홈 베이스를 밟은 후였고, 1루 주자 칼 크로포드 역시도 빠른 발을 이용해 홈으로 향하는 중이었다.

송구를 받아낸 2루수가 잽싸게 홈으로 던졌으나…….

"세이프!"

칼 크로포드의 발이 먼저 들어오면서 이 안타 하나로 2명의 주자가 모두 홈을 밟는 데 성공했다.

캐스터가 말했다.

"2타점 적시 2루타가 터집니다! 여유 있게 2루 베이스로 들어간 윤이 선취점을 탬파베이 레이스에게 안겨줍니다!"

특유의 기술적인 타격이 빛을 본 첫 타석.

주혁의 이 2루타에 탬파베이 레이스의 벤치에선 환호 소리가 터져 나오고 있었고, 응원하러 온 원정팬들은 박수로 주혁의 타격을 칭찬했다.

'낮게 던질 줄 알았지.'

2루 베이스에서 보호구를 벗으며 주혁이 속으로 씩 웃었다.

노림수도 제대로 통했을 뿐만 아니라, C.J. 윌슨이 마운드에 다시 돌아온 지가 얼마 되지 않아서인지 싱커의 무브먼트가 그다지 좋은 편은 아니었다.

결과적으로 선취점을 만드는 데 성공한 주혁이 최대한 기쁜 티를 내지 않은 채 침착하게 2루 베이스 위에 섰다.

'뭐 장타는 아니었지만 그래도 2타점이면 일단 초반 분위기는 가져온 셈이다.'

여기서 안타 하나만 더 터진다면 3점으로 벌릴 수 있는 기회의 도래.

타석에 6번 타자 필립 모리스가 들어섰다.

'기대해 볼만 하다.'

포스트시즌에 들어와서 좋은 모습을 꾸준하게 보여주고 있는 필립 모리스라면 안타 하나는 더 때려낼 수 있을 거라고 보고 있었다.

이윽고 그의 승부가 시작되었다.

그리고 3구째까지 가는 끝에 필립 모리스가 중견수 쪽으로 타구를 날려 보냈고, 이 타구는 절묘하게 중견수 앞에 떨어졌다.

잽싸게 3루 베이스를 돌아 홈으로 파고드는 주혁을 본 조쉬 해밀턴이 어제의 굴욕을 한껏 담아 홈으로 즉시 송구했다.

이 송구를 안정적으로 캐치한 포수 벤지 몰리나가 주혁의 다리를 태그 하는 데는 성공했으나…….

"세이프!"

결국 아웃시키지는 못했다.

◈

1회 초, 주혁의 2타점 적시타를 시작으로 필립 모리스가 1타점을 추가하는 데 까지는 성공했으나 더 이상의 득점은 C.J. 윌슨이 허용하지 않은 채 이닝을 마무리 지었다.

하나 이 3점만으로도 경기를 쉽게 풀어가기는 충분했다.

이제 1회 말, 텍사스 레인저스의 타자들을 상대하기 위해 마운드에 올라선 제임스 쉴즈만 실점을 내주지 않는다면 경기 초반의 분위기를 확실하게 잡고 시작할 수가 있었다.

그러나…….

따악!

따악!

제임스 쉴즈의 공은 포수가 자리를 잡은 지점보다 조금씩 더 높게 날아가 버렸고 이를 텍사스 레인저스의 테이블 세터진이 놓치지 않으면서 무사 1,3루의 위기가 형성되고 말았다.

그리고 이어지는 3번 타자 조쉬 해밀턴을 상대로 제임스 쉴즈가 던진 커브가 포수 미트에 들어가기 전, 지면에 먼저 닿으면서 폭투가 되고 말았고, 3루 주자는 겨우 묶었으나 2루로 뛰는 1루 주자까지 막지는 못했다.

이 상황을 지켜보던 주혁이 한숨을 내쉬고는 고개를 떨궜다.

'젠장할.'

흔들린다.

딱 보면 알 수가 있다.

지금 제임스 쉴즈는 매우 불안해하고 있었다.

분명 자신은 잘 던졌다고 생각했으나 그 공들이 뜻대로 포수 미트에 꽂히지 않자 마음이 조급해진 것이었다.

'성급할 필요는 없다.'

이럴 때일수록 차분하게 경기를 풀어나가야 한다.

하나 제임스 쉴즈는 이 위기를 빨리 벗어나려고 했다.

그리고 2구 째 한 가운데로 떨어지는 커브를 조쉬 해밀턴은 정확하게 맞춰냈고, 누상의 주자 2명이 모두 홈으로 들어오고 말았다.

C.J. 윌슨보다 더 좋지 않은 상황.

펜스를 직격한 장타에 조쉬 해밀턴은 걸어서 2루까지 도달했고, 아직 아웃카운트에는 단 한 개의 불도 들어와 있지 않은 상태였다.

다음 타자인 블라디미르 게레로가 위풍당당하게 타석에
들어서자 제임스 쉴즈가 손에 쥐고 있던 로진 백을 계속해
서 붙잡고 있었다.

포수 존 제이소가 급히 타임을 요청하고는 마운드 위로
올라갔고, 서로 이야기를 나눈 끝에 존 제이소가 그의 어깨
를 한 번 토닥이고는 다시 포수석으로 돌아갔다.

'제발 저 대화가 먹혔으면…….'

제임스 쉴즈가 안정만 되찾는다면 그나마 해볼 만한 싸
움이 될 수도 있다.

다만 이곳 글로브 라이프 파크에서 제임스 쉴즈가 블라
디미르 게레로를 상대로 행여 높은 공을 던진다면 담장을
넘기는 일은 그에겐 식은 죽 먹기나 다름없을 것이다.

'철저히 낮게 승부해야 한다.'

낮은 공을 던지기 위해서는 기본적으로 투수의 멘탈이
안정적이어야만 가능하다.

더군다나 지금까지 볼이 높았던 제임스 쉴즈이기에 주혁
은 초반 분위기를 허무하게 날릴까봐 걱정스러운 눈빛으로
그라운드를 바라보고 있었다.

하지만 불안한 예감은 오늘도 어김없이 빗나가지를 않았
으니…….

따악!

그 큼지막한 타구가 터져 나오는 순간, 좌익수 칼 크로포

드는 제자리에서 가만히 서 있을 수밖에 없었다.

◆

타석에 들어서기 전, 주혁이 전광판에 비춰지는 점수를 확인하고는 씁쓸한 표정을 지었다.

5 – 3.

주혁은 잠시 이전까지의 경기 내용을 떠올렸다.

1회 말, 제임스 쉴즈는 무려 5점을 헌납하고 말았고 여기서 추가로 점수를 내주기라도 했다면 1회 만에 투수가 교체될 뻔했다.

그러나 제임스 쉴즈의 자존심은 그걸 허락하지 않았는지, 7번 타자부터 9번 타자까지 공 11개로 삼자 범퇴를 만들어 내는 데 성공했다.

강판은 면했으나 불안한 것은 사실이었다.

게다가 제임스 쉴즈와는 반대로 C.J. 윌슨이 2회 초, 탬파베이 레이스의 공격 찬스를 삼자 범퇴로 묶으면서 그의 부담감은 2배가 되고 말았다.

하나 2회 말, 조 매든의 적절한 타이밍에서의 수비 시프트가 빛을 발하면서 겨우 실점을 면한 제임스 쉴즈였다.

그러나 여전히 분위기는 텍사스 레인저스 쪽으로 기울어져 있었다.

3회 초.

2번 타자 B.J. 업튼부터 시작되는 공격.

앞선 타석에서 그에게 안타를 내준 바 있는 C.J. 윌슨은 감각을 되찾았는지 그를 3구 삼진으로 돌려세우는 데 성공했다.

그리고 이어지는 3번 타자 칼 크로포드에게도 2구 만에 외야 플라이로 잡아내면서 순조롭게 경기를 풀어나가기 시작했다.

하나 4번 타자 에반 롱고리아는 이걸 허용하지 않았다.

따악!

그가 때린 타구가 중견수와 외야수 사이를 절묘하게 가르면서 2루 베이스까지 가는 데 성공했고, 다음 타자인 주혁에게 2사 2루의 찬스가 오게 되었다.

회상을 마친 주혁이 타격폼을 취했다.

'나마저도 여기서 물러나면 겉잡을 수없이 무너질지도 모른다.'

주혁의 눈빛이 이글이글 타올랐다.

'내 개인 커리어를 위해서라도 여기서 한 건 해낸다.'

생각을 마칠 즈음⋯⋯.

슈웅!

초구가 날카롭게 포수 미트로 날아오고 있었다.

C.J. 윌슨의 이맛살이 찌푸려졌다.

그는 지금 상대하고 있는 타자, 주혁을 보며 인상을 쓰고 있었다.

3 - 2의 풀 카운트 상황.

이 어린 신인 선수는 스트라이크 존을 벗어나는 볼들을 정말 잘 골라내고 있었고, 스트라이크 존 안으로 들어오는 공들 가운데 애매한 공들은 툭 갖다 맞춰 파울을 만들어내고 있었다.

벌써 주혁을 상대로 11구째를 던지고 있는 C.J. 윌슨의 화가 치솟지 않을 수가 없었다.

'고작 루키 따위가 내 공을 이렇게 가지고 놀아?'

특급 신인인 건 잘 알겠으나 이건 거의 농락 수준이었다.

C.J. 윌슨은 빈볼을 던지고 싶은 마음을 애써 추스르고는 12구 째 사인을 확인했다.

'내 실투를 노리고 있겠지만……'

C.J. 윌슨이 속으로 콧방귀를 뀌었다.

'기대는 안 하는 게 좋을 거다.'

어떤 공을 노리고 이렇게 끈질기게 승부를 가져가는지는 모르겠지만, C.J. 윌슨은 자신만만하게 그립을 쥐었다.

'누가 이기나 한 번 해보자고.'

점수도 2점 차로 앞서 있는데다 이미 상대 팀 선발 투수인 제임스 쉴즈는 거의 무너지기 일보 직전이었기 때문에 굳이 긴 이닝을 소화하지 않더라도 여기서 추가 실점만 허용하지 않는다면 승리를 가져갈 가능성이 높다고 그는 보고 있었다.

세트 포지션에서 C.J. 윌슨이 투구 자세를 가져간 후, 포수 미트를 향해 공을 던졌다.

슈웅!

제법 잘 긁힌 슬라이더가 좌타자의 바깥쪽으로 휘어지면서 예리하게 꺾였고…….

틱!

주혁은 이 공을 툭 건드려서 또 다시 파울로 만들어내버렸다.

이런 주혁의 타격에 텍사스 레인저스의 홈팬들이 야유를 쏟아 붓기 시작했으나 정작 주혁은 아랑곳하지 않고 다시 타격폼을 취했다.

'이제 좀 끝내자.'

웬만한 공들은 다 던진 상태다.

승부가 길어질수록, 유리한 건 타자다.

이쯤에서 끊어야 한다.

포수 벤지 몰리나가 사인을 보내왔다.

'유인구로 마무리 짓자.'

차라리 여기서 더 승부를 끌 바에는 볼넷을 내준다는 심정으로 배트를 유인해보자는 것이었다.

그리고 그 공으로 벤지 몰리나가 선택한 구종은 바로 커브였다.

하나 C.J. 윌슨의 자존심은 이걸 허락하지 않았다.

차라리 맞더라도 내가 승부를 피하지 않았다는 걸 보여주고 싶은 C.J. 윌슨이었다.

그가 고개를 절레절레 흔들고는 벤지 몰리나에게 사인을 보냈다.

'그냥 패스트볼로 끝낸다.'

바깥쪽을 많이 던졌기 때문에 차라리 몸쪽에다 전력투구로 속구를 던지겠다고 마음을 먹은 C.J. 윌슨의 선택에 벤지 몰리나는 끝내 그의 의지를 꺾지는 못했다.

'지금 제일 자신 있는 공은 포심 패스트볼이니까 이 공으로 승부를 보자.'

속구 역시도 여러 번 커트를 당했지만 그때마다 공이 향했던 곳은 바깥쪽이었다.

시야에서 멀리 벗어나는 코스이자 타자들이 가장 어려워하는 바깥쪽 공에 이 정도로 안정적인 대처를 보여준다는 건…….

'바깥쪽에 익숙해졌다는 뜻.'

2사 2루다.

아웃카운트 한 개면 이닝이 끝난다.

오늘 좌타자의 몸쪽으로 향하는 공들의 컨트롤이 썩 만족스럽지는 못했으나 C.J. 윌슨은 허를 찌르는 피칭을 하기로 결심했다.

벤지 몰리나가 포수 미트를 타자의 몸쪽에 가져갔고, C.J. 윌슨이 포심 패스트볼 그립을 쥐었다.

'가장 후회 없는 공을 던지자.'

C.J. 윌슨이 공을 던지기 위해 투구폼을 취했다.

그리고는 곧이어 그의 손에서 공이 뿌려지는 순간.

매섭게 몸쪽 낮게 날아가는 이 공에 주혁의 눈빛이 번뜩였다.

순간적으로 배트가 앞으로 나왔고…….

따악!

잘 맞은 타구가 이번에는 파울이 아닌 우측 담장 쪽으로 쭉쭉 뻗기 시작했다.

C.J. 윌슨이 설마하며 뒤를 냉큼 돌아보았으나, 달려가다 말고 워닝 트랙 부근에서 뛰는 것을 멈추는 우익수가 그의 눈에 먼저 들어왔다.

"……."

2점 홈런.

그 낮은 공을 제대로 퍼올린 주혁의 타구가 담장을 훌쩍 넘긴 것이었다.

망연자실한 표정으로 C.J. 윌슨이 포수를 바라보았고, 벤지 몰리나는 한숨을 푹 내쉬었다.

'그러니까 왜 저 감 좋은 애송이한테 승부를 걸어서…….'

그 한낱 자존심 때문에 이 중요한 경기에서 동점 홈런을 맞고 말았다는 사실에 벤지 몰리나가 속으로 혀를 찼다.

'자신 있었으면 삼진으로 잡아내야지. 빌어먹을.'

답답했으나 이미 지나간 결과다.

벤지 몰리나가 애써 울분을 삭이고는 C.J. 윌슨에게로 다가갔다.

"괜찮아. 저 루키가 잘 친 거지 네가 못 던진 게 아니야. 다른 타자들이었으면 꼼짝 못하고 삼진이었어. 너도 느꼈을 거 아냐."

지금은 언성을 높이기보다도 멘탈이 산산 조각난 투수를 잘 타일러야 할 때였다.

그가 C.J. 윌슨을 다독거리고는 다시 포수석으로 돌아왔다.

들떠 있던 탬파베이 레이스의 벤치가 잠잠해지고난 후, 이어서 6번 타자 필립 모리스가 타석에 들어섰다.

'지금 이 녀석을 어떻게 잡아내느냐가 제일 중요하다.'

벤지 몰리나가 다시 한 번 제스처를 통해 침착하게 마음을 먹으라고 지시하고는 잠시 고민하다 초구 사인을 보냈다.

그리고 굳은 표정으로 고개를 끄덕인 C.J. 윌슨이 와인드업 동작 이후 포수 미트를 향해 공을 뿌렸다.

그런데……

파앙!

"……!"

공이 여전히 묵직한 게 아닌가.

벤지 몰리나가 그제야 걱정을 떨쳐냈다.

'이러면 가능성 있다.'

오히려 홈런을 맞아서인지 분노의 절정 끝에 찾아오는 무감각으로 인해 C.J. 윌슨이 다시 침착해진 것 같았다.

'그래. 생각 따위 집어치우고 나만 따라와라.'

부웅!

파앙!

그의 손에서 뿌려지는 공들은 다시 평정심을 되찾은 듯했다.

◈

그 차이는 너무도 명백했다.

두 선수 모두 3이닝 동안 5실점을 내줬으나, 제임스 쉴즈는 그 후로도 좀처럼 자기 페이스를 되찾지 못하면서 2점을 추가로 헌납하며 스스로 무너졌다.

반면에 C.J. 윌슨은 실점 이후 모든 것을 내려놓고 벤지 몰리나의 리드만을 따라간 결과, 5회까지 그는 추가 실점을 허용하지 않은 채 마운드를 내려갈 수 있었다.

양 팀의 5회까지의 경기는 이렇게 7 - 5로 홈팀인 텍사스 레인저스가 좀 더 유리한 고지에 서게 되었다.

그리고 분위기를 확실하게 선점한 쪽은 앞서가던 텍사스 레인저스였다.

따악!

또 다시 터진 큼지막한 타구는 담장을 넘어가버렸고, 불펜 투수 댄 윌러는 고개를 들지 못했다.

이번 시즌 동안 14개의 홈런을 때렸던 1루수 우타자 호르헤 칸투를 빼고 그 자리에 1루수 좌타자인 미치 모어랜드를 기용한 론 워싱턴 감독의 선택이 옳았음이 방금 전 홈런으로 증명되었다.

2점짜리 홈런포를 때려낸 미치 모어랜드가 홈 베이스를 밟고는 하늘 위로 세레모니를 한 후 벤치로 돌아가 동료들의 축하를 받았다.

9 - 5의 스코어.

6회 말.

4점 차로 벌어진 상황을 쭉 지켜본 주혁의 표정은 조금씩 어두워져 가고 있었다.

원맨쇼에도 한계가 있다.

어느 정도 팀이 뒷받침이 되어줘야 그 활약이 빛이 나는 법.

현재까지 3타석 2타수 2안타 1홈런 4타점 1볼넷이라는 엄청난 활약을 보여주고 있음에도 승리가 점점 멀어지고 있다는 사실은 주혁의 힘을 빼놓고 있었다.

'야구는 끝날 때까지 끝난 게 아니지만······.'

중간 계투들이 너무도 부진한 지금으로서는 이 경기를 잡기란 불가능에 가까워보였다.

반면에 중간 계투가 탄탄한 텍사스 레인저스의 마운드는 C.J. 윌슨 이후로 더욱 견고해지고 있었다.

6회 초, 마운드에 올라왔던 좌완투수 대런 올리버는 노련한 피칭을 앞세워 실점 없이 이닝을 마무리 지으면서 경기의 흐름이 탬파베이 레이스 쪽으로 흐르는 것을 막아낸 바 있었다.

하나 나름 괜찮은 성적을 보여줬던 댄 윌러마저도 이렇게 무너지고 만 탬파베이 레이스의 이번 포스트시즌의 앞날에는 먹구름이 잔뜩 낀 듯했다.

댄 윌러가 겨우 6회 말을 막아낸 후, 이어지는 7회 초.

좋은 분위기 속에 우완투수 더스틴 니퍼트가 마운드를 이어받았고, 그는 큰 키에서 찍어 내리는 듯한 패스트볼을 바탕으로 안타 1개만을 허용하며 7회를 실점 없이 홀로 막아냈다.

7회 말.

탬파베이 레이스는 댄 윌러를 내리고 그랜드 발포어를 마운드에 세웠다.

여기서도 실점을 내줬다면 경기의 승패가 갈리게 되었을 수도 있으나, 그랜드 발포어는 삼자 범퇴로 텍사스 레인저스의 타선을 묶어버리면서 흐름이 완전히 넘어가는 걸 방지하는 데 큰 역할을 해냈다.

그리고 이어지는 8회 초.

탬파베이 레이스의 공격 찬스에서 선두 타자로 나서게 된 주혁이 타석에 섰다.

누상에 맛있게 차려진 밥상은 없었으나 그래도 주혁은 긍정적으로 생각하고자 했다.

'내가 밥상을 차리던가, 아니면 분위기를 바꾸던가 해보자.'

오늘 경기를 만약 지게 된다면 너무도 아쉬울 것만 같았다.

포스트시즌에 들어와서 최고의 활약을 보이고 있으나 정작 만족스러운 결과물이 도출되지 않고 있으니 그저 답답할 따름이었다.

텍사스 레인저스의 마운드는 더스틴 니퍼트에 이어 언더스로 투수인 대런 오데이가 올라왔고, 타석에 서 있던 주혁이 침착하게 타격폼을 취했다.

'내가 가장 약한 언더스로 투수다.'

메이저리그에서 보기 드문 언더스로 투수 중 한 명인 대런 오데이는 2010시즌 동안 6승 2패 ERA 2.04를 기록한 만큼 텍사스 레인저스 불펜의 핵심과도 같은 선수였다.

과거에도 몇 번 붙어보긴 했지만 그리 좋은 성과를 뽑아내지는 못했던 주혁이었다.

그러나 오늘은 달랐다.

따악!

초구를 제대로 공략한 주혁의 타구가 2루수의 수비 범위를 빠져나가면서 안타로 연결되었다.

워낙에 낮게 들어오는 대런 오데이의 공을 담장 밖으로 넘기기는 쉽지 않았기에 주혁은 아예 안타를 때려내겠다고 마음을 먹고 타격을 한 것이었다.

결과적으로는 성공한 판단이었다.

무사 1루.

대런 오데이를 상대로 점수를 뽑아내긴 어렵겠지만, 그래도 최소한 1점은 나오기를 바랐다.

하나 바람은 허무하게 날아가고 말았으니…….

틱!

"……."

6번 타자 필립 모리스의 병살타로 기회는 한순간에 물거품이 되어버렸다.

포스트시즌에서 좋은 활약을 보여주고 있던 필립 모리스마저도 분위기 반등에 실패하자, 주혁은 결국 실낱같았던 희망을 포기했다.

탬파베이 레이스에게 철벽 마무리 라파엘 소리아노가 있다면, 텍사스 레인저스에게도 40세이브를 기록한 네프탈리 펠리스가 있기 때문이었다.

'분명 이변이 없는 이상 펠리스가 나올 거고…….'

네프탈리 펠리스가 무너질 거라고 생각하는 사람은 아무도 없었다.

주혁도 이와 같은 생각이었다.

침울해진 벤치의 분위기.

경기는 그렇게 끝을 향해 나아가고 있었다.

◆

「텍사스 레인저스, 탬파베이 레이스 꺾고 챔피언십 시리즈 행!」

[아메리칸리그 챔피언십 시리즈의 티켓을 거머쥔 팀은 텍사스 레인저스가 되었다.

오늘 홈구장인 글로브 라이프 파크에서 열린 4차전 경기에서 5 - 3으로 승리를 거둔 텍사스 레인저스는 돌풍의 탬파베이 레이스를 꺾고 챔피언십 시리즈 행을 확정지었다.

1차전을 승리로 이끌었던 텍사스 레인저스는 이후 2차전에서 탬파베이 레이스의 선발 투수 윤주혁에게 한 점도 뽑아내지 못하며 패배를 했으나, 홈으로 돌아온 그들은 무서운 기세로 탬파베이 레이스를 몰아붙이면서 결국 3승 1패로 챔피언십 시리즈로 향하게 되었다.

이 날 경기가 끝난 후, 텍사스 레인저스의 론 워싱턴 감독은 인터뷰를 통해 "마지막까지 집중력을 잃지 않았던 것이 승리를 이끌었다."라고 말했다.

한편, 선발 투수로 나서서 1승 0패 7.2이닝 무실점 14탈삼진을, 지명 타자로 나서서 17타석 13타수 8안타 2홈런 7

타점 6득점 5볼넷의 엄청난 성적을 거둔 윤주혁은 경기 후 인터뷰를 통해 "마지막까지 잘 싸웠으나 운이 없었다."라며 아쉬움을 토로했다.

아메리칸리그 챔피언십 시리즈 일정을 치르게 되는 텍사스 레인저스는 와일드카드로 올라와 미네소타 트윈스에게 3연승을 거둔 뉴욕 양키스와 월드시리즈 티켓을 놓고 치열한 경쟁을 펼칠 것으로 기대된다.]

〈 매일스포츠 한웅 기자 〉

이 기사가 발표된 지 1주일 후.
반가운 기사가 떴다.

「메이저리그 일정 마친 윤주혁, 오늘 귀국.」
[윤주혁(20, 탬파베이 레이스)가 오늘 오전 9시 경, 인천국제공항에 모습을 드러냈다.

취재진들의 열띤 인터뷰 요청을 마친 그는 공항을 찾아온 수많은 팬들과 인사를 나눈 후, 다음 스케줄을 위해 자리를 옮겼다.

윤주혁은 2주 후 대표팀 훈련에 합류할 예정이다.]

〈 스포토탈 코리아 이한진 기자 〉

코멘트(Comment)

– 아시안게임 씹어 드시려 오셨네… ㄷㄷ;;

– 포스트시즌 아쉬움을 아시안게임에서 마음껏 푸시길!

– 올 해 정말 행복했습니다. 수고하셨고 비록 포스트시즌에서는 우승에 실패하셨지만 아시안게임에선 꼭 우승하시길 바랍니다. 온 국민들을 기쁘게 해주셔서 감사합니다 ^^

– 디비전 시리즈 때의 원맨쇼가 아직도 내 뇌리에서 잊혀지지 않는다… 아시안게임은 윤주혁 선수한테는 그냥 동네 야구 수준일 듯….

– 그 분이 오셨다!

1년만에, 주혁이 다시 한국으로 돌아왔다.

13. 2010 아시안게임

리턴
에이스
Return Ace

13. 2010 아시안게임

옛날 생각도 나고 좋다.

이토록 함박 미소가 만개하던 날이 또 있었나 싶다.

'아, 이 풋풋한 냄새…….'

반가운 골목이 눈에 보였다.

주혁이 잠깐 제자리에 멈춰 서서 잠시 동안 이 거리를 바라보았다.

'1년 만에 돌아왔다.'

주혁이 서 있는 이곳은 바로 주혁의 고향이자 아버지 윤상현의 조그마한 슈퍼마켓이 자리를 잡고 있는 골목이었다.

다소 허름한 풍경이긴 하지만, 높은 빌딩들이 줄줄이 세워지는 도심과는 또 다른 매력을 가지고 있었다.

'이 동네는 참 개발을 안 하네.'

10분 거리에 있는 옆 동네는 재개발이 한창 진행 중에 있었으나 이곳은 투자자들의 손길이 아직까지도 닿지 않고 있었다.

'가볼까.'

감상이 끝나자 그제야 주혁이 다시 발걸음을 옮겼다.

낡은 빌라 앞에 선 그가 숨을 한 번 고르고는 이내 그 안으로 들어갔다.

2층으로 향하는 계단을 올라가고 있을 때쯤, 문이 벌컥 열리는 소리가 들렸다.

그리고…….

"아들!"

그간 수화기 너머로 들려오던 그 목소리에 주혁이 잽싸게 계단을 뛰어올라가기 시작했다.

2층 왼쪽 문 앞에서 두 팔을 벌리고 서 있는 여성.

그녀는 바로 주혁의 어머니 임혜정이었다.

아직은 조금 낯설긴 했으나 주혁은 곧장 임혜정에게 다가가 그녀를 꼭 끌어안아주었다.

"고생했다, 아들."

그녀는 TV에서만 보던 아들과 다시 재회한 것에 대한 기쁨 때문인지 울먹거리기 시작했다.

주혁은 그런 그녀를 집 안으로 데려간 후, 쇼파에 윤상현과 임혜정을 나란히 앉혀둔 후 큰절을 올렸다.

"건강하게 잘 다녀왔습니다."

대견한 그 모습에 임혜정은 참았던 눈물을 터트렸고, 윤상현은 말없이 그녀를 토닥여주었다.

임혜정의 눈물을 휴지로 닦아주면서 윤상현이 주혁에게 말했다.

"그간 정말 고생 많았다. 아비로서 네가 정말 자랑스럽다."

"감사합니다. 모두 부모님 덕분입니다."

주혁은 대답을 마치고는 잠시 머뭇거리다 천천히 입을 열었다.

"그리고 사랑합니다."

낯간지러운 말.

사랑한다는 말을 꺼낸 게 얼마만인지 셀 수조차 없다.

그러나 주혁은 꼭 이 말을 하고 싶었다.

과거, 단 한 번도 하지 못했던 말이기도 했기 때문이었다.

윤상현은 갑작스럽게 사랑한다는 말을 듣고 난 후 조금은 어색해 했으나 그의 입가에는 함박 미소가 만개하고 있었다.

임혜정이 어느 정도 안정을 취한 이후 야구에 대한 이야기를 나눴고, 세 사람의 대화 어느새 1시간이 넘도록 끊이지가 않고 있었다.

사실 더 할 말이 많았으나 주혁의 뱃속에서 울려대는 경종에 잠시 대화가 중단되었다.

임혜정이 자리에서 일어나며 말했다.

"엄마가 갈비찜 해뒀어. 우선 밥부터 먹자."

그 말을 들은 주혁과 윤상현이 벌떡 일어나 테이블로 향했다.

공교롭게도 두 사람이 가장 좋아하는 임혜정의 요리는 바로 갈비찜이었다.

임혜정이 빠른 손놀림으로 뚝딱 진수성찬을 차렸고 점심 식사가 시작되었다.

맛있게 요리된 그 갈비찜을 한 입 베어 문 주혁의 입에선 연신 감탄사가 터져 나오고 있었다.

오죽하면 이 갈비찜으로 식당을 내고 싶을 정도로 임혜정의 갈비찜은 그 맛 자체가 다른 갈비찜들과는 비교불가의 수준이었다.

점심 식사가 끝나고, 윤상현은 설거지를 도맡았고 주혁은 식탁을 정리했으며 임혜정은 과일을 깎았다.

이윽고 모든 정리가 끝나자 잠시 중단되었던 이야기꽃이 재차 피기 시작했다.

주혁은 미처 못 다한 메이저리그 뒷이야기들을 윤상현과 임혜정에게 들려주었고 TV로만 보던 메이저리그의 재밌는 비하인드 스토리를 들은 주혁의 부모님은 흥미롭게 그 이야기들을 경청했다.

그로부터 1시간 후.

그 재밌는 이야기가 바닥났고, 그간 있었던 일들에 대해 나누던 대화의 주제가 바뀌었다.

"그나저나 2달 전부터 계속 퍼블릭 스포츠 에이전시 대표가 자꾸 전화 오고 막 찾아오던데 누군 줄 아니?"

임혜정의 말을 들은 주혁의 표정이 순간 굳었다.

"PS 에이전트 말씀하시는 거죠?"

"응. 맞아."

"대표 이름이 황영수였나요?"

"응. 너한테도 연락을 한 모양이구나."

주혁의 이마가 살짝 찌푸려졌다.

'미국에서도 귀찮게 하더니만……'

퍼블릭 스포츠 에이전시.

일명 PS 에이전시라고 불리는 이 회사는 주로 광고 계약 및 국내 일정 스케줄을 도맡는 회사였다.

그리고 이 PS 에이전시라는 회사를 주혁은 그 누구보다도 잘 알고 있었다.

윤상현이 말했다.

"대한민국에서 제일 큰 국내 매니지먼트 회사라고 하던데 그쪽하고 일을 해보는 건 어떠냐?"

"……"

주혁이 입술을 깨물었다.

'도대체 어떤 감언이설을 했기에 아버지마저도 긍정적인 반응을 보이시게끔 만든 거지?'

되도록이면 최대한 주혁의 일에 대해서는 일절 간섭하지

않으며 기자들과도 인터뷰를 꺼려하는 사람이 바로 윤상현이었다.

아들의 행보에 방해가 되지 않기 위해서였다.

'그런 아버지께서 먼저 내게 선뜻 제안을 하실 정도면 그동안 얼마나 세치 혓바닥으로 아버지의 마음을 흔든 건지 안 봐도 뻔하다.'

주혁이 이를 뿌드득 갈았다.

갑작스러운 주혁의 반응에 윤상현과 임혜정이 당황해 하는 기색을 보였다.

이 정도로 주혁이 차갑게 반응하는 이유가 있었다.

'그 빌어먹을 사기꾼 새끼.'

PS 에이전시의 대표 황영수.

과거 그와 국내 매니지먼트 계약을 체결했었던 주혁은 인생에서 가장 후회되는 일을 꼽으라면 주저 없이 그를 믿은 것이라고 대답할 정도로 그를 증오했었다.

그럴 만한 이유가 있었다.

수많은 광고들을 찍게 만들면서 황영수는 주혁에게 지급해야 할 광고비를 매번 뒤로 미뤘고, 황영수의 마법 같은 혓바닥에 놀아났던 주혁은 그런 그를 믿고 기다렸다가 나중에는 동의도 구하지 않고 말도 안 되는 광고를 자기 멋대로 계약하면서 엄청난 이미지 실추를 주혁에게 안겨준 바 있었다.

이 사실을 알고 난 후, 주혁은 소송을 걸었고 그 추악한

진실을 파헤친 끝에 황영수의 사기 행각의 내막을 알게 되었다.

자금 횡령, 불법 도박, 승부 조작 개입, 광고 계약 사기 등 죄목은 너무도 많았고 결국 황영수는 감옥에 들어갔었다.

하나 주혁은 단 한 푼의 피해 보상도 받지 못했었다.

이미 그가 대부분의 자금을 탕진했기 때문이었다.

'그 때만 생각하면 치가 떨린다.'

주혁이 고개를 슬쩍 들고는 윤상현과 임혜정을 번갈아 보며 말했다.

"앞으로 그 사람 전화는 무조건 피하시고 만일 귀찮게 굴면 신고하겠다고 협박하세요. 그리고 절대 그 사람의 말에 현혹되시면 안 됩니다."

그 개자식은 사기꾼이니까요.

이 말이 튀어나올 뻔했다.

"어, 어…… 그, 그래."

예상치 못한 주혁의 반응에 그의 부모님이 머쓱한 표정을 지었다.

이를 눈치 챈 주혁이 아차 싶었는지 그제야 해명했다.

"평판이 별로 좋지 않은 사람입니다. 사기꾼이라고 보시면 돼요."

설명이 빈약한 해명이었으나 윤상현과 임혜정은 굳이 물어보지 않고 고개를 끄덕였다.

"그런데 들어보니까 국내 매니지먼트 회사가 네게는 필요할 것 같던데 알아봐둔 곳은 있는 거냐?"

"물론입니다. 라온 스포츠 에이전시라고, 지금은 그리 큰 회사는 아니지만 대표는 믿을 만한 사람입니다."

라온 스포츠 에이전시.

그 사기를 당한 이후 함께 한 회사이자 2009년으로 돌아오기 전까지도 함께 일했었던 회사가 바로 라온 스포츠 에이전시였다.

'뭐 아직 나한테 연락은 안 왔지만…….'

붙잡지 못할 걸 알아서인지 그들은 아예 접근조차 하지 않은 상태였다.

그러나 주혁은 신경 쓰지 않았다.

직접 가면 그만이니까.

'과거로 돌아온 게 또 이렇게 도움이 되네.'

여러 예측할 수 없는 변수들이 많지만, 사람의 성격이나 행실까지 변하지는 않았다.

즉, 여전히 믿을 만 하다는 것.

무엇보다도 아직 소규모의 매니지먼트이기 때문에 자신의 의견을 반박하지 못할 것이 분명했다.

'매니지먼트는 사기만 안치면 된다.'

이미 주혁의 마음은 라온 스포츠 에이전시 쪽으로 기운 상태였다.

윤상현이 말했다.

"그런 부분들에 있어서는 전적으로 네가 판단하거라. 너도 어엿한 성인이니까."

"알겠습니다."

"다만 네가 야구 선수라는 걸 잊지 않았으면 좋겠다."

진심이 담긴 말.

"물론입니다."

주혁이 고개를 끄덕였다.

❖

라온 스포츠 에이전시의 대표, 김창섭은 오늘 아침 회사로 출근하면서 길거리에 천막을 쳐놓고 점을 봐주는 점쟁이에게 알 수 없는 한 마디를 듣게 되었다.

"과거에서 온 별 하나가 자네의 품에 안길 걸세. 태양의 뜨거움을 안고 있는 별이니 절대 품에서 떠나게 만들면 안될 걸세. 자네가 하는 일이 모두 잘 풀리기 위해서라도 말일세."

이해하기 힘든 그 말은 김창섭의 발걸음을 멈추게끔 만들었고, 그는 5만원을 내놓고 자세한 이야기를 듣고자 했다.

그러나 점쟁이는 딱 한 마디만 하고는 그 5만원을 가져갔다.

"공공의 적일세. 공공의 적. 이것이 자네에게 일찍이 행운을 안겨다 주는구먼. 지금처럼 그 마음을 잃지 말게나.

변심은 곧 자네에겐 흉(凶)이 될 걸세."

"……?"

이 말을 끝으로 점쟁이는 굳게 다문 입을 좀처럼 열지 않았다.

김창섭은 괜히 사기를 당한 것만 같아 아침부터 썩 기분이 좋지 않았다.

'차라리 그 돈으로 선수들 밥이나 사줄 걸.'

3년 전부터 꾸준히 가난하지만 야구 선수를 꿈꾸는 중학교 야구부 선수들을 돕고 있었다.

형편이 그렇게 좋지는 못하지만, 과거의 자신처럼 경제적인 이유로 그들이 야구 선수라는 꿈을 포기하지 않기를 바랐다.

그나마 늦깎이에 공부를 시작해서 변호사가 된 김창섭은 회사를 차리고 자신을 포함한 직원 3명이 굶지 않도록 직접 발품을 팔아가면서 나름 잘 운영을 해오고 있었다.

직원들도 그런 김창섭의 인간성을 좋아했기에 힘들지만 그와 함께 라온 스포츠 에이전시를 위해 최선을 다하고 있는 중이었다.

성실한 면모.

절약하는 생활 습관과 항상 미소를 잃지 않는 긍정적인 태도.

그리고 옳지 않다고 판단되면 과감하게 자리를 박차고 일어나는 성미.

초반에는 이런 그의 성격 때문에 회사 운영이 어려웠으나 의리 있는 일부 선수들이 그와 함께 하면서 그나마 지금까지 이끌어온 상태였다.

말재주가 뛰어난 편은 아니지만 사람을 차별하지 않고 따뜻한 마음씨를 가진 김창섭의 곁을 떠나는 사람들은 거의 없었다.

물론 회사를 성장시키기 위해서는 때론 비위를 맞추기도 하고 불의를 눈감아 하기도 했으나 김창섭은 그러지 않았다.

지금 생활에 그는 충분히 만족하고 있었고, 그저 자신을 믿고 함께 해주는 소속 선수들을 끝까지 챙기겠다는 신념으로 이 일을 계속하고 있는 김창섭이었다.

'뭐 별 일 있겠어?'

점쟁이의 말을 이해하긴 어려웠으나 그렇다고 나쁜 뜻 같지는 않았다.

그는 머릿속에서 아침에 있었던 그 일을 지워버리고는 해야 할 일들을 정리하기 시작했다.

'보자. 2시간 후에 이소영 선수 광고 계약 건으로 미팅이 있고…….'

그가 정리해 둔 스케줄들을 점검하던 그 때.

똑똑!

노크 소리가 원룸 사무실 안에 울려 퍼졌다.

여직원이 자리에서 일어나 고개를 갸웃거리며 문쪽으로 걸어갔다.

이 시간에 여기를 찾을 사람은 아무도 없었기 때문이었다.

띠리링!

덜컥!

여직원이 문을 열어주자, 훤칠한 키의 남자가 사무실 안으로 들어왔다.

회색 모자에 마스크를 쓴 남자를 보며 여직원이 수상하다는 듯한 눈빛으로 그를 바라보며 물었다.

"누구시죠?"

남자가 그제야 마스크를 벗어 내렸고, 그 얼굴을 보는 순간 여직원의 얼굴이 창백하게 굳었다.

잠시 동안 침묵에 휩싸인 사무실 안.

낯선 방문자의 얼굴을 확인한 김창섭 역시도 당황해하긴 마찬가지였다.

"여… 여긴 어떻게……?"

떨리는 목소리로 김창섭이 묻자, 남자가 씩 웃으며 대답했다.

"계약하러 왔습니다만."

"……."

태양의 뜨거움을 안고 있는 별.

'그게 윤주혁 선수를 말하는 것일 줄이야…….'

점쟁이의 말대로, 아무 노력을 하지 않았음에도 불구하고 주혁이 자기 발로 직접 찾아왔다.

그것도 계약을 하기 위해서 말이다.

'대체 이게 무슨 일이지?'

머릿속이 복잡했다.

그러나 김창섭은 점쟁이가 했던 말을 떠올렸다.

절대 품에서 떠나게 하지 마라.

'생각이고 나발이고 지금은 다 필요 없다.'

김창섭이 즉시 그의 손을 덥석 잡았다.

"반갑습니다. 라온 스포츠 에이전시 대표 김창섭입니다."

그러면서 그가 속으로 생각했다. 역시 신통한 점쟁이였어.

5만원은 이제 그에게 조금도 아깝지 않게 느껴지고 있었다.

◆

퍼블릭 스포츠 에이전시 대표 사무실 안.

고급 일식집에서 광고주와 점심을 먹은 PS 에이전시 대표 황영수가 돌아오자마자 의자에 몸을 맡긴 채 여유롭게 컴퓨터 전원을 켰다.

그리고는 오늘 올라온 뉴스들을 쭉 읽어보던 그가 갑자기 책상을 주먹으로 세게 내리쳤다.

콰앙!

물컵이 쏟아졌고, 그 안에 담겨져 있던 물들이 책상을 가득 적시기 시작했다.

그러나 지금 황영수에게는 이게 중요한 것이 아니었다.

'뭐야, X발!'

그가 보고 있는 기사의 제목은 바로…….

「윤주혁, 라온 스포츠 에이전시와 국내 매니지먼트 계약!」

그가 노리던 주혁이 그리 유명하지 않은 에이전시와 매니지먼트 계약을 체결한 것이 아닌가!

"빌어먹을!"

콰앙!

그가 또 한 번 책상을 주먹으로 내리쳤다.

그의 손이 부들부들 떨리고 있었다.

덜컥!

이 소리에 놀란 비서가 노크도 하지 않고 대표 사무실 안으로 들어왔다.

"무……무슨 일이세요?"

"야! 노크 안 하냐?"

"아……. 죄, 죄송합니다."

"당장 윤주혁 담당 팀 애들 불러와. 지금 당장!"

황영수의 호통에 비서가 머뭇거리다 말했다.

"저……. 담당 부서 직원 분들 지금 전부 윤주혁 선수 집으로 갔습니다만……."

"내 말에 토 달지 말고 전화 때려서 당장 내 앞으로 오라고 전해. 자기들도 알거다. 그리고 지금부터 업체에서 전화오는 건 일절 받지 마."

"아, 알겠습니다!"

비서가 잽싸게 사무실을 나섰고, 그 뒷모습을 보던 황영수가 혀를 찼다.

'몸매 보고 뽑았는데 일 하는 거 더럽게 어리바리하네.'

그가 다시 시선을 모니터로 옮긴 후, 기사가 뜬 시간을 확인했다.

'이제 올라온 지 5분 됐네.'

슬슬 전화가 빗발칠게 분명했다.

황영수가 한숨을 푹 내쉬면서 고개를 떨궜다.

여전히 온 몸이 부르르 떨리고 있었다.

차오르는 분노를 잠재울 수가 없었다.

'내가 이 계약 하나 때문에 윤주혁 이 새끼 부모한테 야부리를 얼마나 열심히 털었는데……. 젠장할!'

윤주혁과 연락이 잘 되지 않던 탓에 황영수는 자신의 조작된 선행을 바탕으로 윤상현과 임혜정에게 점수를 따냈고, 이를 마치 계약이 확정된 것처럼 꾸며서 광고 계약을 거의 다 처리해 놓은 상태였다.

심지어 언론사에 공개되는 것을 막고자 돈까지 투자한데다 이미 광고주들에게 선금까지 받았기에 문제는 더욱 심각했다.

'도대체 왜 영향력 X도 없는 에이전시하고 계약을 한 거야, X발!'

황영수가 담배를 입에 물었다.

심장 박동 수가 미친 듯이 빨라지기 시작했다.

'받은 선금 이미 다른 데다 투자했는데⋯. 빌어먹을⋯.'

선금을 돌려줄 수가 없었다.

회사 자금조차도 지금은 텅텅 비어있는 상황이었다.

그런 그에게 있어 주혁은 너무도 좋은 돈줄이었다.

그런 돈줄이 제 스스로 다른 에이전시의 돈줄이 되어 주다니⋯.

'얼마짜리 선수인데⋯. 망할 새끼들.'

눈앞에서 수십억 가량의 계약이 허공으로 날아가 버린 지금.

덜컥!

또 다시 노크를 하지 않은 채 사무실 안으로 들어온 사람들이 있었다.

바로 담당 부서 직원들이었다.

그들을 보자, 황영수의 미간에 주름이 깊게 잡혔다.

그가 자리에서 일어나 담배를 끄고는 곧장 그들에게 다가간 후, 자신보다 나이가 많은 부장 이동호의 뺨을 강하게 후려쳤다.

짜악!

메마른 이동호가 이 뺨을 맞자마자 바닥에 쓰러졌다.

이를 조금도 신경 쓰지 않고, 황영수가 말했다.

"월급 쳐 받아먹었으면 일은 똑바로 해야 될 거 아냐! 당장 사직서 쓰고 짐 싸서 나가. 당장!"

그의 호통과 함께 해고가 된 담당 부서 직원들이 쓰러져 있는 이동호를 부축하고는 사무실 밖으로 나갔다.

"하여튼 도움 안 되는 새끼들…"

눈앞이 캄캄했다.

다시 담배에 불을 붙인 황영수의 두 다리에 힘이 쭉 빠졌다.

'괜한 설레발 때문에….'

이제 광고주들이 사기죄로 자신을 고소할 일만 남았다는 것을 아는 황영수가 말없이 담배만 뻑뻑 피워댔다.

'방법을 찾아야 한다. 방법을….'

한동안 뿌연 담배 연기만이 사무실 안을 가득 채우고 있었다.

◆

주혁이 라온 스포츠 에이전시와 계약을 맺은 후, 김창섭의 하루 일과는 미친 듯이 바빠지기 시작했다.

전혀 예상치도 못했던 주혁과의 계약에 광고주들이 잔뜩 몰리고 있었고, 직원 3명으로는 도저히 쏟아지는 업무들을 처리하기가 힘들었다.

그렇다고 직원들을 뽑기도 애매했다.

가뜩이나 바빠 죽겠는데 면접은 언제하고 업무는 또 어떻게 가르친단 말인가.

'별 수 없이 우리 네 명이서 뼈 빠지게 일해야지.'

놓칠 수는 없다.

소규모 회사인 라온 스포츠 에이전시가 눈부신 성장을 할 수 있는 절호의 기회가 다름없기 때문이다.

이미 미국 언론의 정보에 의하면, 월드시리즈가 끝나고 나서 며칠 후에 발표되는 2010 메이저리그 아메리칸리그 신인왕 수상이 유력하다는 이야기가 흘러나오고 있었다.

이는 주혁의 몸값을 더욱 높여주는 계기가 되고 있었다.

올해 보여줬던 활약상만으로도 충분히 값어치가 높은 주혁이지만, 이 신인왕이 확정되고 대략 1달 후에 시작되는 2010 광저우 아시안게임 야구 대표팀에서 금메달까지 목에 건다면 인기는 탑스타급 연예인 수준으로 치솟을 가능성이 높았다.

키도 크고 비율도 좋은데다 외모도 아주 뛰어난 수준은 아니었지만 훈훈한 이미지를 주는 주혁의 외관은 소비자들에게 제품에 대한 좋은 인식을 심어줄 수 있는 요소들을 많이 갖추고 있었다.

김창섭이 자리에서 꼼짝도 하지 못한 채 몇 시간동안 자리에서 전화만 주구장창 받다가 전화기가 잠시 뜸해지자 잽싸게 화장실로 뛰어갔다.

참고 있던 소변을 터트리자 그제야 김창섭의 입가에 미소가 걸렸다.

그러면서도 그는 머릿속으로 계획들을 정리하느라 정신이 없었다.

'일단 2주 후에 윤주혁 선수가 대표팀 소집이 있으니까······.'

그 안에 계약을 진행하더라도 촬영 또는 주혁이 직접 나서야 하는 일들은 대표팀 소집 이전까지의 스케줄에서 배제시켰다.

아직 올해 야구를 마무리 짓지 않은 상황에서 성급하게 나설 필요도 없었고, 당장 광고보다도 중요한 것이 병역 문제가 걸려 있는 주혁의 아시안게임 금메달이었기 때문이었다.

돈도 중요하지만, 선수가 우선시되어야 한다.

이 굳은 신념에는 변화가 없었다.

'어차피 계약은 대행이니까 굳이 윤주혁 선수가 일일이 동행하지 않아도 되고······.'

앞선 몇몇 업체들을 주혁에게 알려주고 그의 동의를 구한 후에 계약 건을 진행하기로 마음먹은 김창섭이 다시 사무실로 후다닥 달려갔다.

'바쁘다, 바빠.'

자리로 돌아오면서 그가 여직원에게 말했다.

"우선 매니저부터 구하고 모든 언론 인터뷰들은 광저우

아시안게임 마칠 때까지는 다 거절해. 그리고 윤주혁 선수가 대표팀 합류하시기 전까지 개인적으로 훈련을 할 수 있는 트레이닝 센터도 좀 알아봐줘."

"알겠습니다, 대표님."

"고마워."

김창섭이 싱긋 웃고는 이내 또 다시 울리는 전화를 받았다.

그가 지금 하고 있는 일은 대략 이렇다.

우선 전화를 통해 구두로 계약에 대해 문의하는 업체들을 리스트로 뽑은 후, 이곳들 중에서 자신의 판단 하에 따로 선별하는 작업을 진행 중이었다.

주혁의 이미지를 실추시킬 법한 업체들은 일단 명단에서 제외시켰고, 추후에 누락된 업체들을 다시 정리해서 주혁에게 보여줄 계획을 잡고 있던 김창섭이었다.

한창 바쁘게 업무를 하고 있던 와중에……

똑똑!

누군가 노크를 했다.

이 소리를 들은 여직원이 자리에서 벌떡 일어나 김창섭에게 물었다.

"기자나 아니면 업체 직원일 것 같은데 돌려보낼까요?"

"흠……. 여기까지 찾아왔으니 일단은 들어오라고 하자."

"알겠습니다."

여직원이 고개를 끄덕이고는 문을 열었다.

그러자 문 앞에 서 있던 여러 명의 남자들이 조심스럽게 여직원을 바라보았다.

들어가도 되냐는 뜻.

여직원이 말했다.

"들어오세요."

"아…… . 감사합니다."

머뭇거리다 이내 사무실 안으로 들어온 남자들을 보며 여직원이 직감적으로 알아차렸다.

이 사람들은 기자도 아니고 업체 직원도 아니라는 것을 말이다.

예상은 맞아떨어졌다.

"일손이 부족하시지 않습니까?"

뜬금없는 물음에 김창섭이 살짝 당황해 하다 고개를 끄덕거렸다.

"이틀 전까지 퍼블릭 스포츠 에이전시의 마케팅 담당 부서에서 일했던 사람들입니다."

"……?"

김창섭이 고개를 갸웃거리자 메마른 몸매의 중년 남자가 입을 열었다.

"이틀 전에 해고를 당해서 지금은 일자리가 없는 상태입니다. 이쪽 업무에 대해서는 이미 잘 알고 있습니다. 저희가 돕겠습니다."

"대신 취직을 시켜달라는 말씀이신가요?"

"……그렇습니다."

김창섭이 씩 웃으며 자리에서 일어났다.

"무슨 일이 있으셨는지는 모르겠습니다만 아무튼 환영합니다."

예상보다 반갑게 맞아주자 前 PS 에이전시 마케팅 담당 부서 부장 이동호의 표정이 조금씩 풀리기 시작했다.

이동호가 말했다.

"당장은 급여를 받지 않아도 좋습니다. 대신 일이 끝나고 나면 그 때 계약서를 쓰고 정식 채용해 주십시오."

명함을 받은 김창섭이 고개를 끄덕였다.

"물론입니다. 뒤에 세 분도 모두 같은 부서이셨나요?"

"그렇습니다. 이 녀석이 막내인데 그래도 4년 차입니다. 매니저 경험도 있고요."

매니저?

김창섭이 눈빛이 순간 번뜩였다.

그가 막내라고 불리는 남자를 바라보며 말했다.

"매니저 일 잘 하실 수 있나요?"

"물론입니다. 최선을 다하겠습니다."

"좋습니다. 그럼 오늘부터 윤주혁 선수의 매니저로 일해주세요."

고속 채용.

지푸라기라도 잡는 심정으로 어렵게 발걸음을 한 그들의

입가에 웃음꽃이 피었다.

그런 그들에게 김창섭이 말했다.

"일단은 지금 자리가 없는 관계로 한 분은 전화만 받으시고, 부장님께서는 제가 노트북을 드릴테니 리스트들을 정리해주시면 됩니다."

"알겠습니다."

"이렇게 와주셔서 감사합니다. 어려운 발걸음이셨을 텐데 일이 느슨해지면 그 때 제대로 된 이야기를 나누는 걸로 하죠."

띠리링!

말을 마치자마자 다시 전화벨이 울렸다.

그리고 이를 前 PS 에이전시 마케팅 담당 부서 과장 백일규가 받았다.

그리고는 능숙하게 일을 처리해나가기 시작했다.

그 모습을 보면서 김창섭이 한결 편안해진 마음으로 자리에 털썩 앉았다.

'복이 연달아 터지는구나.'

밀리던 업무가 그들의 합류로 조금씩 해결되고 있었다.

물론 여전히 감당이 안 되는 것은 사실이지만 시간을 절약할 수 있다는 점에 있어서는 좋은 점이 더 많았다.

'일들이 조금 정리가 되고 나면 술이라도 한 잔 해야겠다.'

무슨 일이 있었는지가 궁금했다.

그러나 지금은 신경 쓸 수가 없었다.

띠리링!

전화는 끊임없이 울려대고 있었다.

◆

주혁은 자신의 집 앞까지 찾아온 한 남자를 보며 피식 웃었다.

숨을 헐떡이며 주혁에게 명함을 내미는 남자.

처음에는 발끈했으나 이내 남자의 말을 들은 주혁이 고개를 끄덕였다.

그는 바로 며칠 전까지만 해도 PS 에이전시 마케팅 담당부서 대리였던 박성현이었다.

이윽고 김창섭에게 걸려온 전화를 받은 주혁이 그제야 그를 환하게 맞이했다.

집 안으로 그를 데려온 주혁이 말했다.

"쓰레기 같은 대표가 이끄는 회사에서 일하느라 많이 힘들었겠네요."

"……?"

마치 그걸 어떻게 알았냐는 듯한 눈빛의 박성현을 보며 주혁은 말없이 씩 웃었다.

"다 알고 계셨습니까?"

"내가 왜 대한민국에서 제일 크다는 회사하고 계약을

안 했겠어요. 다 알고 있었죠."

박성현이 입을 다물지 못한 채 그를 바라보았다.

'황 대표가 자기 이미지 관리를 위해서 얼마나 많은 돈을 투자했는데 그걸 알고 있다고?'

심지어 선수들에게는 평소 때의 그의 모습과는 180도 다른 모습으로 친근하게 다가가는 황영수를 나쁘게 보는 선수들은 거의 없었다.

아직까지는 말이다.

"어떻게……?"

"뭐 자세한 건 묻지 마시고. 밥은 먹었어요?"

"아……. 아직 못 먹었습니다."

"그럼 밥이나 먹으러 갑시다. 차 있죠?"

"네. 급히 벤 빌려서 몰고 왔습니다."

"연예인도 아닌데 벤이라니……. 그냥 걸어갑시다."

"알겠습니다. 그럼 벤 말고 다른 차종으로 바꿀까요?"

"이동할 일 있으면 당분간은 그거 타고 다니죠, 뭐."

대체적으로 스포츠 매니저들은 선수가 모는 차를 대리기사처럼 대신 운전하며 이동을 하는 경우가 대부분이었으나 아직 주혁이 차가 없었기에 이는 불가능했다.

박성현이 고개를 끄덕이고는 그에게 말했다.

"대표님께서 따로 개인 훈련이 가능한 장소를 알아봐주셨습니다. 여기서 20분 거리에 있는데 식사 마치시고 바래다 드릴까요?"

"그러죠. 뭐 오늘은 부모님도 가게 나가셔서 할 일이 없 거든요. 밖에 나가기도 애매하고."

매번 모자와 마스크를 쓰고 밖을 돌아다니기는 싫었다.

"그러면 오늘은 벤으로 이동하시죠. 운동 마치실 때까지 제가 대기하고 있겠습니다."

주혁이 고개를 끄덕이고는 겉옷을 걸친 후 집을 나섰다.

식당으로 향한 두 사람은 그곳에서 늦은 점심을 먹은 후, 다시 트레이닝 센터로 발걸음을 옮겼다.

차 안에서 박성현이 슬쩍 물었다.

"그런데 정말 궁금해서 여쭤보는 건데 황 대표하고는 어 떻게 아는 사이이십니까?"

"아는 사이는 아니에요."

"그러면……?"

"뭐랄까. 그냥 직감이라고 해야 하나……."

주혁의 거짓말에 박성현이 고개를 갸웃거렸다.

여전히 이해가 안 되긴 했다.

황영수가 실수라도 한 건가?

주혁이 창 밖을 바라보다가 넌지시 물었다.

"그나저나 왜 짤린 겁니까?"

그 물음에 박성현이 "당신 때문에 해고당했습니다."라는 말까지는 하지 못한 채 대충 둘러댔다.

"일처리를 제대로 하지 못해서요."

"저 때문이겠죠."

"······?"

주혁의 대답에 박성현이 또 한 번 놀라자 그가 피식 웃었다.

'하여튼 그 인간이 그렇지, 뭐.'

주혁이 단번에 맞추자 박성현이 조금씩 그 내막을 밝히기 시작했다.

왜 자신들이 해고되었으며, 황영수가 그간 어떤 일을 해왔는지까지.

그 말을 다 듣고난 주혁의 눈썹이 꿈틀거렸다.

'아니, 나랑 그 어떤 대화를 나누지도 않았는데 자기 마음대로 그딴 걸 구두 계약을 하고 다녀?'

어이가 없었으나 주혁은 입을 굳게 다물었다.

괜히 여기서 한 마디 꺼냈다가는 쌍욕이 터져 나올 것만 같았기 때문이었다.

'알아서 망해주네.'

이미 그것 자체로도 사기죄가 성립되기 때문에 빼도 박도 못할 게 자명했다.

'지금 PS 에이전시랑 계약한 선수들한테는 미안하지만······.'

장기적으로 보면 엄청난 이득이다.

한 푼도 받지 못할 뻔 했다가 그나마 조금이라도 돈을 받을 수 있을 테니까.

미래가 바뀌었다.

그가 거액을 횡령하기 전에 미리 알아서 쇠창살 안으로 기어들어가게 된 꼴이나 다름없었다.

'일이 술술 잘 풀리네.'

망했다는 그 사실에 기분이 좋아진 주혁이 이윽고 트레이닝 센터에 도착하자 벤에서 내렸다.

"그럼 기다리고 있겠습니다. 여기 제 연락처입니다. 전화주세요."

박성현의 번호를 받은 주혁이 전화번호를 저장하고는 그에게 말했다.

"저보다 나이도 많으신데 편하게 말씀하세요. 어색한 건 싫으니까."

"알겠습니다."

"……제 말을 뭐라고 들으신 건지?"

"아……. 그, 그래."

어차피 오랫동안 봐야 할 사이인거 같은데 굳이 불편한 관계를 만들 필요는 없었다.

'일단 대표팀 소집 날까지 2주 남았고…….'

분명 김창섭이라면 계약은 진행하더라도 자신이 뭔가 나서야 하는 일에 대한 스케줄은 잡지 않을 거라는 걸 잘 알고 있는 주혁이 트레이닝 센터 안으로 들어갔다.

20평 남짓한 이곳에는 아무도 없었다.

'쓸쓸한데.'

동료들과 함께했던 그 때가 다시금 그리워졌다.

'뭐 일단은 그 날 전까지는 야구 훈련은 하지 말고 웨이트 트레이닝하고 러닝만 하자.'

그가 옷을 갈아입고는 트레드밀(Treadmill : 러닝머신) 위로 올라갔다.

'병역이 걸린 문제다.'

하루 빨리 이 병역 문제를 해결해야만 했다.

'도하 아시안게임 때처럼 되풀이 되면 안 된다.'

일본은 에이스급 선수들이 대거 빠진 상태에서 B급 선수들 위주로 명단을 구성했고, 그나마 금메달의 가장 큰 적수로 평가받는 대만을 잡는다면 금메달은 확정이나 다름없었다.

한창 트레드밀 위를 조깅하듯 달리고 있을 때였다.

띠리링!

휴대폰이 울렸다.

전화를 받자, 낯선 음성이 귓가로 흘러들어왔다.

"주혁이냐?"

어딘지 모르게 반가운 목소리.

3초 후.

주혁은 이 목소리의 주인공을 알아차렸다.

"선……, 아니, 형님!"

전화를 건 사람은 바로 추신우였다.

주혁이 즉시 트레드밀을 끄고 내려와서는 그의 전화를 받았다.

"번호는 어떻게 아셨습니까?"

"에이전시 측에 전화하니까 알려주던데?"

"아, 그렇군요. 그런데 무슨 일로……?"

주혁의 물음에 추신우가 대답했다.

"너 개인 훈련하고 있다면서?"

"지금은 그렇습니다."

"부산으로 내려와."

"예?"

"부산 자이언츠에서 훈련하고 있는데 같이 하자. 어차피 대표팀 소집도 여기서 하게 될 테니까. 에이전시 측에서 너 스케줄도 없고 어디 여행도 안 간다면서? 지루하게 거기 있지 말고 내려와. 부산 자이언츠 2군 훈련장에서 같이 훈련하자."

선뜻 추신우가 먼저 제안을 해주자, 주혁이 고민도 하지 않고 곧바로 알겠다고 대답을 했다.

전화를 끊자마자 곧이어 박성현에게 전화가 왔고 그도 이 소식을 들었는지 지금 바로 앞에 대기하고 있다고 말했다.

간단하게 샤워만 한 채 옷을 갈아입고는 벤에 탑승한 주혁에게 박성현이 스케줄에 대해 말해주었다.

"대표님하고 통화를 했는데 부산 자이언츠 측에서도 윤주혁 선수……, 아니 너랑 추신우 선수랑 같이 훈련할 수 있도록 최대한 돕겠다고 나섰어. 세부 일정들은 내가 다 보고할 거고 대표님이 아마 직접 내려와 주실 거야."

"알겠어요. 일단 부산으로 내려가기 전에 집부터 들리죠."

부모님에게 이 사실을 전하는 게 가장 먼저였다.

박성현이 부드럽게 벤을 몰아 금세 집 앞까지 도착했고, 주혁이 내리자마자 부모님 가게로 향했다.

슈퍼마켓 안으로 들어선 주혁을 본 윤상현이 주혁의 방문에 고개를 갸웃거리면서 물었다.

"운동하러 간다고 하지 않았나?"

"아…… . 그게 부산 자이언츠 2군 훈련장에서 대표팀 소집 전까지 추신우 선배님하고 훈련하기로 했습니다."

"오. 잘 됐구나. 추 선수는 휴식을 안 취하나 보네? 역시 메이저리거는 다르구나."

임혜정의 반응에 주혁이 피식 웃으면서 말했다.

"다녀오겠습니다. 출국하기 전에 다시 들릴게요. 그리고 금메달 목에 걸고 오겠습니다. 끝나면 여행 가요."

"그래, 그러자. 몸 다치지 않게 갖다 오거라."

윤상현이 주혁의 어깨에 손을 얹으면서 말했고, 주혁은 그런 그를 한 번 안아주고는 이어서 임혜정과 뜨거운 포옹까지 마친 후 슈퍼마켓을 나섰다.

박성현이 벤 앞에서 전화를 받고 있었다.

'바쁘긴 무지하게 바쁜가보네.'

주혁이 벤에 올라타자 박성현이 전화를 끊고는 다시 운전대를 잡았다.

"여기서 2시간은 걸릴 거야. 피곤하면 잠깐 눈 붙여. 그리고 숙소는 훈련장 근처의 호텔로 잡아뒀어."

"알겠어요."

고개를 끄덕인 주혁이 의자를 뒤로 젖히고는 눈을 감았다.

'아무렴 잘 됐다.'

그를 태운 벤은 어느새 고속도로를 내달리고 있었다.

◆

부산 자이언츠 2군 훈련장에 도착하자, 추신우가 그를 반갑게 맞이했다.

"오랜만이다."

"먼저 연락드리지 못해 죄송합니다, 형님."

"아냐, 괜찮아."

"올해 수고 많으셨습니다."

"포스트시즌까지 하고 온 네가 더 수고했지."

추신우가 씩 웃으며 그를 데리고 훈련장 안으로 들어갔다.

"시차 적응은 어떠냐?"

"원래 시차 때문에 고생하지 않는 편입니다. 하루면 충분합니다."

"타고났네, 아주 타고났어."

추신우가 씩 웃었다.

훈련장 내부를 구경하면서 추신우가 계속 말을 걸어왔다.

"하도 몸이 근질거려서 휴식을 취하려다가 그냥 훈련하기로 했는데 혼자 하면 심심하잖아. 혹시나 했는데 역시 내 예상이 맞았더라고. 아주 마음에 들어."

"감사합니다, 형님."

"어떻게 보면 우린 아직 시즌이 끝난 게 아니잖아. 그렇지?"

"맞습니다."

"훈련은 무리하게 하진 않을 거야. 대신 컨디션 조절이나 감각은 유지할 수준으로만 할 거고. 그리고 아무래도 네가 대표팀에는 처음 합류하는 거라 낯설 수가 있어서 내가 다른 애들 소개도 시켜줄 겸해서 불렀어."

추신우의 말에 주혁이 고개를 끄덕였다.

딱히 어색할 건 전혀 없었다.

이미 너무 오랫동안 함께 했었으니까.

물론 그 일들은 이제 주혁만의 기억으로 남겨졌지만 말이다.

"아무튼 금메달을 목에 걸 수 있도록 하자. 꼭 병역 특례만을 위해서라고 하기 보다도 하나의 경험이자 대표로 뛴다는 자긍심으로 경기에 임해보자고."

"알겠습니다, 형님."

그 말을 끝으로 추신우가 배팅 케이지 안으로 들어섰다.

따악!

따악!

따악!

실내 배팅 케이지 안에서 들려오는 타격음을 물끄러미 바라보면서 주혁이 속으로 생각했다.

'형님 한 분만 계셔도 금메달은 그냥 따겠는데?'

그걸 보고 있노라니, 주혁의 몸도 반응하기 시작했다.

'정말 야구 체질이야.'

씩 웃으며 주혁도 실내 배팅 케이지 안으로 들어섰다.

가볍게, 절대 무리하지 않는 스윙을 통해 공을 맞추는 것에만 집중한 두 사람의 배팅.

그러나…….

따악!

따악!

따악!

그 타격음 만큼은 너무도 웅장했다.

◆

「광저우 아시안게임 야구 대표팀 부산으로 오늘 소집」

[광저우 아시안게임 야구 대표팀 선수단이 오늘 부산 N 호텔에서 전원 합류한다.

부산 자이언츠에서 훈련을 하게 될 야구 대표팀 선수들은 연습경기를 가진 후, 11월 10일 수요일 오전에 광저우로 출국한다.

24인 명단.

우완투수 : *윤주혁(탬파베이 레이스), *안지환(대구 라이온즈), *송근범(인천 와이번스), *김명석(중앙대)

좌완투수 : 김강현(인천 와이번스), 봉중건(서울 트윈스), 류현준(대전 이글스), *양형종(광주 타이거즈)

사이드암 투수 : 정대훈(인천 와이번스), *고찬성(한양 베어스)

－

포수 : 박경환(인천 와이번스), 강민우(부산 자이언츠)

1루수 : 김태윤(지바 롯데 마린스), 이대훈(부산 자이언츠)

2루수 : 정근욱(인천 와이번스)

3루수 : *최 성(인천 와이번스), *조동환(대구 라이온즈)

유격수 : 손시현(한양 베어스), *강성호(목동 히어로즈)

외야수 : 김형수(한양 베어스), 이종우(한양 베어스), 이영규(광주 타이거즈), *김광민(인천 와이번스), *추신우(클리블랜드 인디언스)

*는 군미필자.

광저우 아시안게임 야구 대표팀은 11월 13일, 대만과의
첫 경기를 치르게 된다.]

〈 케이스포츠 백성일 기자 〉

◆

「윤주혁, 2010 메이저리그 아메리칸리그 신인왕 수상!」
[윤주혁(20, 탬파베이 레이스)이 대한민국 출신 메이저
리거 역사 상 최초로 메이저리그 신인왕을 수상했다.

11월 4일 발표된 2010 메이저리그 신인왕 투표 결과, 윤
주혁은 1위표 26개, 2위표 2개를 받아 총점 141점으로 압
도적인 투표 결과로 신인왕에 등극했다.

이번 시즌 투수로서 11승 3패 ERA 2.31 147.2이닝 175탈
삼진을, 타자로서 타율 0.355 12홈런 45타점 출루율 0.464
장타율 0.583을 기록한 윤주혁은 베이브 루스에 이어 한 시
즌 10승 10홈런을 기록한 투타 겸업 선수가 된 바 있다.

현재 광저우 아시안게임 대표팀 일정 차 부산에서 훈련
중인 윤주혁은 인터뷰를 통해 "실감이 안 난다. 너무 기쁘
다."라며 소감을 밝혔다.]

〈 케이스포츠 백성일 기자 〉

◆

　한국프로야구 2009시즌 당시 광주 타이거즈를 이끌었던 문성욱 감독은 그 해에 페넌트레이스 우승과 포스트시즌 우승을 석권하면서 감독으로서 인정을 받았고, 규정에 따라 2010 광저우 아시안게임 야구 대표팀 감독으로 선임이 된 그는 지금 매우 흡족한 표정으로 연습 경기를 지켜보고 있었다.

　병역 문제가 걸려 있어서 일수도 있지만, 선수들은 태극 마크를 달고 있다는 자긍심을 가진 채 앞선 훈련에서 성실히 임했었고 마치 실전 경기처럼 연습 경기를 치르고 있었다.

　절대 무리하지 말라고 일렀기에 선수들 역시 과감한 플레이는 하지 않았으나 딱 봐도 정말 열심히 한다는 게 몸소 느껴졌다.

　열정.

　금메달을 목에 걸기 위해서, 문성욱 감독이 가장 중요시 여겼던 이 열정이 선수들에게서 느껴지고 있었다.

　이미 병력 특례를 받은 선수들 역시도 미군필자 선수들에게 이 혜택을 안겨주게 하고자 열심히 뛰어주었고, 선수들 전체적으로 호흡도 잘 맞는데다 내부적으로 항상 화기애애한 분위기가 형성되어 있는 상태였다.

이제 남은 건 어떤 선수를 어떻게 이용할 것이냐가 관건이었다.

문성욱 감독은 이런 부분을 혼자서만 고민하지 않았다.

모든 코칭스태프들에게 의견을 일일이 물어봤고 그들과 끊임없이 고민하면서 가장 이상적인 선발 라인업을 갖추고자 노력했다.

그리고 지금 이 연습 경기를 통해서 자신들이 구상해 둔 라인업들을 점검하는 중이었다.

성과는 나쁘지 않았다.

상대가 2군 선수들이기에 스코어 자체가 중요한 것은 아니었다.

얼마나 몸이 잘 풀려 있는지, 또 준비는 탄탄히 되어 있는지, 컨디션은 어떤지 등 선수들 개개인의 상태를 확인하는 것이 더욱 중요했다.

출국이 이제 코앞으로 다가온 지금.

문성욱 감독은 오늘 경기를 통해 최종적인 구상을 마칠 수가 있었다.

그는 금메달의 열쇠를 쥐고 있는 선수를 각 포지션 별로 2명씩 골랐다.

'이 선수들이 잘해줘야 한다.'

윤주혁.

류현준.

추신우.

이대훈.

모두 각 포지션에서 이번 시즌 대단한 활약을 펼쳤던 선수들이었다.

문성욱 감독은 이런 큰 대회일수록 에이스의 역할이 굉장히 중요하다고 보고 있었다.

그리고 이들 중 누군가 결정적인 역할만 해준다면…….

'금메달은 확정이다.'

자만이 아닌 확신.

문성욱 감독은 이 선수들 말고도 다른 선수들 역시 주의 깊게 관찰하기 시작했다.

그리고 이 날.

17 - 4라는 스코어로 대한민국 야구 대표팀은 연습 경기 마지막 경기를 마무리 지었다.

◈

출국 당일.

주혁이 멋진 정장을 입고 인천국제공항에서 취재진들과 인터뷰를 나누고 있었다.

전 날, 이미 그는 부모님을 만나고 온 상태였기에 공항까지 부모님이 오지는 않았다.

인터뷰를 마치고 비행기에 탑승한 주혁이 평온한 얼굴로 눈을 감았다.

살짝 피곤했기 때문에 잠깐 눈이라도 좀 붙여보려고 했으나 옆자리에 앉은 선수의 목소리에 잠시라도 잠을 자지 못했다.

'화통을 삶아먹었나.'

주혁이 자신의 옆자리에 앉은 선수에게로 시선을 돌렸다.

그 큼지막한 목소리의 주인공은 바로 대구 라이온즈의 불펜 투수 안지환이었다.

그는 그다지 흥미 있는 주제를 놓고 대화를 하는 게 아니었음에도 불구하고 신난 얼굴로 연신 떠들고 있었다.

그런 그가 옆자리에 앉은 주혁의 시선이 느껴지자 대화 상대를 주혁에게로 옮겼다.

그가 물었다.

"아직 면허 없지?"

"네. 아직 없습니다."

"연봉도 많이 받을 텐데 차 사야지. 이동하기 불편하지 않아? 워낙에 땅덩어리가 큰 나라니까 걸어 다니기는 불편할 거 같은데."

"집이 구장 근처에 있습니다."

"아하! 그렇구만. 그래도 면허는 따."

"그래야죠."

"그나저나 뭐 관심 있는 차종은 있어?"

"그다지 없습니다."

"그래? 사실 내가 1주일 전에 차를 새로 샀거든? 근데……."

안지환이 자기가 산 차를 자랑하기 시작했다.

'뜬금없이 면허 이야기를 꺼낼 때부터 알아봤다.'

주혁이 한 귀로 듣고 한 귀로 흘리면서 안지환의 자랑을 들어주고 있었다.

그러던 그 때.

"시끄러워, 인마. 조용히 좀 하고 가자."

뒤에서 시원한 한 마디가 들려왔다.

그제야 안지환이 말을 멈췄다.

그의 말을 멈추게 만든 사람은 바로 한 때 메이저리거로 활약했던 좌완 투수 봉중건이었다.

피곤했는지 그 굵직한 목소리에 귀에 거슬렸던 봉중건의 한 마디에 안지환은 아무 소리도 못한 채 앞만 바라보다 곧바로 잠에 빠져들었다.

주혁보다 먼저 말이다.

'이렇게 피곤했으면 그냥 바로 잠이나 잘 것이지…….'

안지환 덕분에(?) 잠이 확 달아나버린 주혁은 결국 광저우에 도착할 때까지 뜬눈으로 지새우고 말았다.

비행기에서 내리자마자 대표팀 전원 모두 숙소로 이동했고, 훈련 때와 동일하게 룸메이트가 배정되었다.

주혁의 룸메이트는 부산 자이언츠에서 뛰고 있는 투수 정대훈이었다.

거의 언더 핸드에 가까운 투구폼을 가진 정대훈은 2008 베이징 올림픽 결승전 때 병살타를 유도하면서 금메달을 안겨 주었을 만큼 국제 대회에서 나름 잔뼈가 굵은 투수였다.

그는 그리 말수가 많은 편은 아니었으며 취미 생활이 독서일 정도로 차분한 사람이었다.

그가 책을 읽은 이유가 꽤나 독특했는데, 워낙에 책 읽는 걸 싫어하는데도 불구하고 독서를 하는 이유는 마운드에서 침착한 멘탈을 유지시키기 위해 이렇게 책을 통해서 훈련을 한다는 것이었다.

신기하긴 했으나 개개인마다 자신에게 맞는 훈련이 있기 때문에 주혁은 정대훈의 취미를 이상하게 보지는 않았다.

한편, 선수들은 각자 캐리어를 끌고 지정된 방에다 짐을 풀고는 다시 모였다.

현지 적응 훈련을 하기 위해서였다.

그리 오랫동안 하지는 않았지만, 저녁을 먹기 전까지는 훈련이 계속되었다.

그렇게 하루 일과가 끝나자 문성욱 감독이 선수들을 불러모은 후 입을 열었다.

"오늘은 푹 쉬고 내일부터 본격적으로 훈련에 돌입한다. 다들 되도록이면 쉬는 데 집중하길 바란다. 이상."

그 말을 끝으로, 선수들은 훈련장 앞에 대기하고 있던 버스에 올라탔다.

그들을 태운 버스가 다시 숙소 앞에 도착했고, 주혁과 정대훈은 곧장 숙소 방 안으로 들어와 침대에 몸을 맡겼다.

"밥 먹기도 귀찮다……."

"저도 마찬가지입니다."

"일정 시간 잠을 보충해주는 건 아주 좋은 휴식이지. 나는 잘련다. 깨우지 마."

"알겠습니다."

간단히 씻기만 한 정대훈이 그대로 뻗어버렸고, 주혁 역시도 잠깐 눈을 붙였다가 떴다.

그런데…….

눈을 뜨니 밝은 햇빛이 창 밖에서 쏟아지고 있는 게 아닌가.

"……."

주혁이 시계를 확인했다.

새벽 6시.

'12시간이나 잤네.'

몸이 많이 피로한 모양인지 자신도 모르게 깊은 잠에 빠져들었던 것이었다.

뒤척거리다 주혁이 침대에서 일어났다.

푹 자서 그런지 몸이 개운했다.

'오늘부터는 컨디션 조절해야 한다.'

아직 첫 경기인 대만을 상대로 어떤 선수들이 출전하게 될지 밝혀지진 않았으나 주혁은 아마도 류현준이 나설 것으로 짐작하고 있었다.

그렇다고 안심할 수는 없다.

만일 류현준이 그 날 몸 상태가 별로 좋지 않다면, 자신이 마운드 위에 서게 될 수도 있기 때문이었다.

'이틀 후면 시작이다.'

창 밖으로 중국어가 쓰여진 간판이 눈에 들어왔다.

광저우에 있다는 것을 다시 한 번 실감하면서 주혁이 화장실로 발걸음을 옮겼다.

시간은 빠르게 흘러가고 있었다.

◆

어느덧 첫 경기의 날이 밝았다.

선수들은 오전부터 가볍게 몸을 풀고는 브리핑을 통해 첫 상대인 대만의 전력과 선수들의 특징에 대해 확인한 후, 오후 경기장으로 이동해서 경기 준비에 돌입하기 시작했다.

경기장은 생각보다 더 작았는데, 이는 메이저리그 구장들의 절반 가까이 차이가 날 정도로 작게 느껴졌다.

'이 정도면 홈런 치기 쉽겠는데?'

이번 아시안게임에서는 타자로 출전진 않지만, 주혁은 전체적으로 장타력이 출중한 대표팀 타자들이 충분히 담장을 넘길 수 있을 거라고 보고 있었다.

훈련이 끝나고, 본격적인 경기 시작을 앞둔 시점에서 주혁은 불펜이 아닌 벤치에서 대기했다.

예상대로 선발 투수로는 이번 시즌 1점대의 평균자책점과 200개 이상의 탈삼진을 잡아낸 괴물 투수 류현준이 낙점되었기 때문이었다.

하나 오늘 경기에서 등판하지 않은 건 아니었다.

문성욱 감독은 류현준 다음으로 등판할 투수로 주혁을 지목했기 때문에 여차하면 바로 불펜에서 몸을 풀어야 했다.

이윽고 잠시 후.

선수들 모두 그라운드로 나와 상대 팀 선수들과 악수를 나눴다.

그리고 경기 전에 치러지는 모든 행사들이 끝나자, 1회 초 류현준의 초구로 본격적인 경기가 시작되었다.

과연 이번 시즌 최고의 활약을 보여준 좌완 투수답게 류현준은 대만 타자들을 상대로 위력적인 피칭으로 볼넷 하나만을 내준 채 안타와 실점 없이 1회 초를 마무리 지었다.

이어지는 1회 말, 대한민국의 공격 찬스.

따악!

1번 타자 정근욱이 2루타를 때려내면서 무사 2루의 찬스가 만들어졌다.

뒤이어 2번 타자 김형수가 타석에 들어섰고…….

따악!

바깥쪽 코스의 공을 때려낸 김형수의 타구가 좌익수 앞에 뚝 떨어졌다.

2루 주자 정근욱이 홈까지 달리려고 했으나 좌익수와 포수 간의 거리가 그다지 멀지 않았기 때문에 그는 3루로 돌아왔다.

무사 1,3루의 찬스.

타석에 3번 타자 추신우가 들어서자 관중석에서 응원 소리가 커지기 시작했다.

시작부터 위기를 맞게 된 대만의 선발 투수 링 쉬안은 무조건 낮게 던져서 장타만큼은 피하려고 했다.

그러나…….

따악!

떨어지는 포크볼을 정확하게 걷어올린 추신우의 타구가 중견수 키를 넘어 담장 밖에 떨어졌다.

선제 3점 홈런을 때려낸 추신우.

이번 시즌 메이저리그에서 타율 0.300 22홈런 90타점 22도루를 기록하며 최고의 활약을 펼쳐 보인 메이저리거 다운 타격을 보여준 추신우에게 경기장에 있던 한국 팬들이 박수를 보냈다.

아직 아웃카운트를 한 개도 잡지 못한 상황에서 단숨에 3점을 내주고 만 대만은 당황하기 시작했고, 선발 투수 링 쉬안은 흔들리는 멘탈을 바로잡지 못했다.

따악!

또 다시 터진 큼지막한 타구.

이번 시즌 타격 7관왕을 기록한 4번 타자 이대훈이 좌측 담장을 넘기는 백 투 백 홈런을 터트리면서 점수는 4점 차로 벌어지게 되었다.

대만은 이후로도 좀처럼 집중력을 유지하지 못하면서 수비 실책과 링 쉬안의 연속 피안타 허용 등으로 스스로 무너지면서 1회에만 무려 7점을 내주고 말았다.

150km의 강속구를 던지는 불펜 투수 린저 쉬엔이 겨우 한국의 1회 말 공격을 끝냈으나 벌어진 7점 차의 점수는 좀처럼 좁혀지지 않고 있었다.

그러나 문성욱 감독은 계속해서 선수들에게 집중력을 잃지 말라는 주문을 넣었다.

지난 대회에서도 이기고 있다가 역전패를 당했었기 때문에 행여 자만한다면 얼마든지 쫓아올 수 있는 팀이 바로 대만이었다.

문성욱 감독은 이런 점을 조심하라고 지시했고, 선수들 역시도 그 때의 아픔을 잘 알기 때문에 끝까지 최선을 다하는 모습을 보여주었다.

이런 대표팀의 집중력은 연이어 점수를 터트렸고, 5회 말, 유격수 강성호가 2점짜리 2루타를 때려내면서 경기는 10 - 0으로 끝났다.

5회 콜드 게임으로 끝나버린 다소 싱거운 경기.

5이닝을 혼자 도맡으며 실점 없이 5개의 탈삼진을 뽑아낸 류현준의 호투는 이번 대회의 희망을 밝혀주었다.

무엇보다도 엄청난 타격 센스를 보여주면서 3점짜리 홈런 하나와 1타점 적시 2루타, 노아웃에서 2루타를 때려낸 추신우 역시도 가장 빛나는 선수 중 한 명이었다.

다소 허무하게 경기가 끝나버리면서 불펜에서 몸만 풀다가 숙소로 돌아가게 된 주혁은 오늘 경기를 벤치에서 지켜보면서 단 한 번도 답답함을 느끼지 못했다는 사실에 기뻐했다.

워낙에 혼자 잘하고도 탬파베이 레이스에서 종종 지고만 탓에 답답함을 자주 느꼈던 주혁은 걱정할 필요가 없을 정도로 컨디션이 좋은 대표팀 선수들에게 크나큰 믿음이 생기고 있었다.

'출발이 아주 좋다.'

어디선가 흘러오는 좋은 예감을 만끽하며, 주혁이 숙소 안으로 들어섰다.

밖은 어둠으로 한가득 뒤덮여 있었다.

◆

2010.11.14

「광저우AG 야구 대표팀, B조 1위로 준결승 진출!」

[광저우 아시안게임 야구 대표팀이 B조 1위를 기록, 준

결승 진출에 성공했다.

첫 경기인 대만을 상대로 5회 10 - 0 콜드 게임으로 첫 승리를 따낸 야구 대표팀은 두 번째 경기인 홍콩과의 경기에서 5회 11 - 0으로 또 다시 콜드 게임 승리를 기록했고, 파키스탄을 상대로 5회 17 - 0으로 콜드 게임 승리를 획득하며 3승 무패로 B조 1위에 올라섰다.

예선전 3경기 모두 선발 출전하여 14타석 11타수 7안타 3홈런 9타점 8득점을 기록한 메이저리거 추신우(클리블랜드 인디언스)는 오늘 치렀던 파키스탄 전에서 3경기 연속 홈런을 때려내며 장타력을 유감없이 과시했다.

야구 대표팀은 18일 목요일, A조 2위인 중국과 준결승 경기를 치르게 된다.

3경기 연속 콜드 게임을 장식한 야구 대표팀의 기세가 결승전까지 이어질지에 대해 많은 관심이 쏠리고 있다.]

〈 KW 스포츠 노 준 기자 〉

－

2010.11.16

「광저우AG 야구 대표팀, 4경기 연속 콜드 게임 승리……결승전 진출!」

[광저우 아시안게임 야구 대표팀이 오늘 중국과의 준결승 전에서 5회 18 - 0으로 콜드 게임 승리를 거뒀다.

이 날, 중국의 선발 투수 첸 밍을 상대로 1회 4점, 2회 2점을 뽑아내며 강판을 시킨 대표팀 타선은 연이어 올라온 불펜 투수들을 상대로 3회 2점, 4회 3점, 5회 7점을 기록, 4경기 연속 5회 콜드 게임 승리로 야구 대표팀이 결승전에 진출하게 되었다.

중국을 상대로 김형수, 추신우, 이대훈, 조동환은 각각 3안타를 기록하며 승리의 견인차 역할을 했다.

마운드에선 김강현이 5이닝 무실점 8K 2피안타 1볼넷의 완벽투를 선보이며 중국 타선을 꼼짝 못하게 만들었다.

야구 대표팀은 내일 19일, 일본을 상대로 8 - 3 승리를 거둔 대만과 금메달을 놓고 경기를 치르게 된다.

야구 대표팀의 금빛환향을 기대해본다.]

〈 케이스포츠 백성일 기자 〉

◆

드디어 결승전이다.

4경기 연속 콜드 게임을 기록한 대표팀 선수들의 사기는 하늘을 찌를 듯이 높아져 있었다.

그렇다고 해서 긴장감을 늦춘 것은 아니었다.

금메달을 아직 목에 걸지 못했기에 대표팀 선수들은 마지막까지 최선을 다하겠다는 굳은 결심을 하고 있었다.

그리고 이 날 경기가 시작되기 전, 선발 라인업이 공개되었다.

1번 타자 2B 정근욱

2번 타자 LF 김형수

3번 타자 RF 추신우

4번 타자 DH 이대훈

5번 타자 1B 김태윤

6번 타자 SS 강성호

7번 타자 C 박경환

8번 타자 3B 조동환

9번 타자 CF 이영규

선발 투수 류현준

첫 경기, 대만을 상대로 5이닝 무실점 호투를 보여준 류현준이 결승전에서도 선발 마운드를 책임지게 되었다.

다수의 팬들은 아직까지 이번 대회에서 한 번도 마운드에 올라오지 않았던 주혁을 보고 싶어 했으나 문성욱 감독은 그를 불펜 투수로 기용하기로 마음을 먹은 상태였다.

주혁도 이에 대해 딱히 불만을 가지지는 않았다.

류현준 다음은 무조건 자신의 차례가 될 것이 분명하기 때문이었다.

경기가 시작되기 전.

광저우 시장이 시구자로 나왔고, 그의 손에서 뿌려진 공이 포수 미트에 들어가고 나자 결승전의 시작을 알리는 응원 소리가 경기장을 가득 메우기 시작했다.

오늘도 시작부터 불펜에서 경기를 관전하게 된 주혁은 1회 초, 대한민국부터 시작되는 공격에서 선취점을 뽑아내길 바랬다.

'저번처럼 초반에 기선제압을 확실하게 하면 승리는 떼어 놓은 당상이다.'

지난 경기에서 대표팀 타자들을 상대로 최악의 피칭을 보였던 선발 투수 링 쉬안을 대신해 대만의 마운드에 오른 투수는 판 웨이룽이 승부에 앞서 연습구를 던지기 시작했다.

우완투수인 판 웨이룽의 공은 링 쉬안보다도 훨씬 날카로워 보였다.

최고 시속 152km를 던지며 슬라이더, 커브, 포크볼을 구사하는 판 웨이룽은 대만이 기대하는 신예 에이스였다.

그러나 묵직한 공들과 좋은 무브먼트의 변화구를 던지는 판 웨이룽의 가장 큰 단점이 하나 있었으니…….

'제구가 안 좋다고 하던데.'

브리핑을 통해 얼핏 들은 바로는 판 웨이룽의 공들이 대체적으로 높게 형성되며, 제구력이 링 쉬안보다 안정적이지 못해 첫 경기에서 선발 투수로 마운드에 오르지 못했다고 했다.

'흠⋯⋯. 오늘 만약에 제구력이 좋다고 가정한다면⋯⋯.'

첫 경기를 제외하고는 140km를 넘는 공들을 제대로 상대해 보지 못한 대표팀 타자들이 초반에 적응을 하느라 기대만큼의 성과를 가져오지 못할 수도 있다.

그렇기에 주혁은 오늘 경기에서 가장 중요한 타자로 추신우와 강성호를 뽑았다.

두 선수 모두 빠른 공을 잘 공략하기로 유명한 타자들이기에 초반 적응이 필요 없는 선수들이었다.

'만약에 판 웨이룽이 제구가 되는 날이라면 이 두 선배님들의 활약이 제일 중요하다.'

생각을 마친 주혁이 턱선을 매만졌다.

그의 시선이 마운드와 타석으로 향했고, 때마침 선두 타자 정근욱이 타석에 들어섰다.

로진 백을 내려놓은 판 웨이룽이 초구 사인을 확인하고는 고개를 끄덕였다.

그가 와인드업을 시작하더니 이내 힘껏 포수 미트를 향해 공을 뿌렸다.

파앙!

정근욱의 몸쪽 살짝 높게 꽂힌 초구.

"스트라이크!"

오늘 구심의 성향 상 몸쪽 스트라이크 존이 꽤나 넓게 적용되고 있었다.

그리고 이를 잘 알고 있는 대만의 배터리는 과감한 몸쪽 승부를 이어가기 시작했다.

'어느 정도 제구가 잡히는 날인가보네.'

저렇게 몸쪽 승부를 할 수 있다는 자체만으로도 판 웨이룽의 오늘 컨디션이 좋다는 것을 입증하는 부분이었다.

전광판에 찍힌 초구 포심 패스트볼의 스피드는 147km.

정근욱이 타석에서 살짝 물러났다.

몸쪽 공을 때리기 위함이었다.

이를 눈치 챈 대만 대표팀의 포수는 판 웨이룽에게 바깥쪽 공을 요구했고, 판 웨이룽이 고개를 끄덕이고는 2구를 던졌다.

파앙!

그러나 몸쪽 코스와는 다르게 바깥쪽 공은 스트라이크 존에서 많이 벗어나고 말았다.

이를 본 주혁이 그제야 속으로 씩 웃었다.

'공략법 나왔네.'

이어지는 3구 바깥쪽 슬라이더마저도 스트라이크 존에서 벗어나자, 정근욱이 아예 타석 끝으로 움직였다.

'우타자 몸쪽 제구는 좋고 바깥쪽 제구는 별로라면 승산 있다.'

파앙!

4구 째 스트라이크 존 바깥쪽에 꽂힌 공마저도 볼 판정을 받자, 판 웨이룽의 표정이 굳어가기 시작했다.

'불펜에선 제구가 좋았었나보군.'

간혹 그런 경우가 있다.

불펜에서는 제구도 잘 되고 공도 빠르고 묵직했으나 정작 마운드 위에 올라가면 그 좋았던 피칭이 나오지 않는 경우가 말이다.

지금 판 웨이룽의 상황이 이와 비슷했다.

3볼 1스트라이크의 볼 카운트.

판 웨이룽은 다시 몸쪽으로 공을 던졌고…….

따악!

이를 예측하고 있던 정근욱의 배트에 공이 제대로 맞았다.

멀리 뻗는 타구.

이 타구를 잡기 위해 좌익수가 잽싸게 쫓아갔으나 타구는 담장을 넘어가 버렸다.

1회 초 선두 타자의 홈런포.

그 누구도 예상하지 못한 선제 홈런에 분위기는 시작부터 뜨거워지기 시작했다.

그리고 이를 지켜보던 주혁 역시도 오늘 경기가 순조롭게 흘러갈 것이라고 예측했다.

'자만을 하지 않는다는 전제 하에 말이지.'

긴장감을 늦춰서는 안 된다.

이는 수도 없이 들어온 말이었기에 선수들은 잠깐 동안만 기뻐하고는 이내 침착함을 유지했다.

그리고…….

따악!

1회 초.

대표팀 타선은 시작부터 4점을 만들어내는 데 성공했다.

◆

판 웨이룽의 피칭은 1회를 제외하고는 4회까지 좋은 모습을 보여주었다.

초반 흔들리던 바깥쪽 제구는 2회부터 다시 안정을 찾아갔고, 2번의 호수비가 나오면서 경기의 긴장감은 서서히 고조되고 있었다.

반면에 류현준은 그와는 달리 초반, 위력적인 피칭을 선보이다가 3회 말에 1점을 내주더니 4회에 또 다시 1점을 내줬고, 5회에 다시 1점을 헌납하면서 5이닝 3실점으로 그리 만족스러운 피칭을 하지는 못했다.

턱 밑까지 쫓아온 대만의 활약에 대표팀이 잠시 주춤거리고 있을 무렵.

6회 말.

대표팀의 마운드가 교체되었다.

위풍당당하게 마운드로 걸어가는 선수의 등장에 경기장을 찾아온 한국 팬들의 함성 소리가 울려 퍼졌다.

지금 마운드 위에 선 투수.

그는 바로 주혁이었다.

얼마 전, 메이저리그 신인왕 발표에서 아메리칸리그 신인왕을 수상하면서 지구상에서 가장 뛰어난 신인 선수로 뽑힌 주혁의 등장에 대만 벤치가 웅성거리기 시작했다.

파앙!

파앙!

파앙!

연습구를 모두 던져본 주혁이 포수 박경환에게 고개를 끄덕거리고는 로진 백을 집어 들었다.

오늘 컨디션에는 조금도 이상이 없었다.

완벽한 수준은 아니지만, 대만 타자들을 상대로 하기에는 충분했다.

로진 백을 바닥에 내려놓을 때쯤 타자가 타석에 섰다.

초구 사인을 확인한 주혁이 그립을 쥐고는 짧게 심호흡을 한 뒤, 와인드업 동작을 가져갔다.

이윽고 그의 손에서 뿌려진 공이 매섭게 포수 미트로 날아갔다.

파앙!

묵직한 포구음.

"스트라이크!"

좌타자의 몸쪽에 제대로 꽂힌 이 공을 상대한 타자의 등줄기에 식은땀이 흐르기 시작했다.

초구의 구속은 155km.

생전 처음 경험해보는 강속구에 타자는 그저 두 눈만 껌뻑였다.

그에게는 지금 이 살기가 배여 있는 공을 쳐낼 자신은 없었다.

파앙!

"스트라이크!"

또 다시 몸쪽에 날아온 패스트볼.

157km의 구속.

늘어나는 구속에 당황해 할 틈도 없이 3구 째 공이 날아왔고……

부웅!

파앙!

아예 타이밍조차 잡지 못한 타자의 배트는 허공을 갈라버렸다.

타석에서 물러나던 타자가 슬쩍 전광판을 바라보았다.

161km.

"……."

가뜩이나 빠르고 위력적인데 공을 던질 때마다 구속이 늘어나다니.

다시 타오르던 대만 벤치는 침묵에 휩싸이기 시작했고······.

파앙!

"스트라이크 아웃!"

부웅!

파앙!

"스트라이크 아웃!"

타자들은 타석에서 그 침묵을 그대로 유지하고 있었다.

◆

아직도 손이 얼얼하다.

160km 대의 강속구를 받아내다 보니 손바닥이 시뻘겋게 부어오르고 있었다.

단순히 빠르기만 하다면 모를까, 포수 박경환이 잡았던 주혁의 패스트볼은 그가 살아생전 잡아본 공들 가운데 최고였다.

그 살아 움직이는 듯한 볼 끝은 그의 입에서 연신 감탄만 나오게끔 만들었다.

1점 차로 추격당하면서 분위기가 넘어갈 뻔했으나 주혁이 마운드에서 보여준 존재감 하나로 경기의 분위기는 다시 대표팀 쪽으로 넘어오고 있었다.

한국프로야구 최고 에이스 투수인 류현준을 상대로 대만

타자들은 3점을 뽑아내며 오늘 좋은 감각을 과시하긴 했으나 새롭게 등장한 강적의 앞에선 그저 고개를 숙여야만 했다.

대만에게 더 이상의 추격을 허용하지 않은 대표팀이지만 한 가지 문제가 있었다.

4 - 3의 스코어.

도망가는 점수가 도통 터지지 않고 있다는 점이었다.

따악!

그나마 다행스럽게도 강성호가 2루타를 때려내면서 밥상을 차리는 데까지는 성공했다.

그리고 대기 타석에서 준비하던 박경환이 발걸음을 옮겼다.

타석에 선 그는 다시 장갑을 고쳐 쓰고는 이내 침착하게 타격폼을 취했다.

1사 2루의 찬스.

'경기를 조금이라도 수월하게 풀어가기 위해선 여기서 점수가 반드시 필요하다.'

박경환이 배트를 쥔 손에 힘을 잔뜩 실었다.

사인을 주고받던 투수가 몇 번 고개를 휘젓더니 이내 끄덕거리고는 와인드업을 하기 시작했다.

초구를 기다리면서, 박경환이 속으로 생각했다.

'분명 초구로 패스트볼을 던질 가능성이 높다.'

오늘 경기에서 아직 안타가 없는 박경환이 투수의 손에

서 뿌려지는 초구를 확인했다.

그리고…….

따악!

제대로 맞은 타구가 외야를 향해 날아가기 시작했다.

맞는 순간, 박경환은 확신했다.

'넘어갔다.'

이렇게 판단한 이유는 오직 하나다.

손바닥에서 어떤 반동도 느껴지지 않았기 때문이다.

그리고 이 타구는 그의 예상대로 담장을 넘어가는 데 성
공했다.

6 - 3.

금메달이 서서히 눈앞에 다가오고 있었다.

◆

9회 말.

스코어 11 - 3.

대표팀이 8점 차로 앞서가고 있는 지금, 정규 이닝 마지
막 공격을 위해 대만의 선두 타자 링 펑이 타석에 들어섰
다.

그는 배트를 허공에 한 번 휘두르고는 이내 타석에 서서
침을 꿀꺽 삼켰다.

그의 시선이 마운드 위에 서 있는 투수에게로 향했다.

이윽고 투수가 사인을 확인하고는 부드러운 투구폼을 보여주더니 곧바로 힘껏 포수 미트에 공을 꽂아 넣었다.

파앙!

"스트라이크!"

구심의 목소리가 귓전에 울려 퍼졌고, 링 펑은 애써 침착하게 다시 타격폼을 취했다.

그러나 그는 내면에 자리 잡은 불안함과 공포를 쉽게 떨쳐내질 못했다.

지금 그가 상대하고 있는 투수의 손에서 뿌려졌던 초구 포심 패스트볼의 구속은 155km였다.

하나 단순히 빠르기만 한 공이 아니었다.

볼 끝이 살아 움직이는 듯했으며, 홈 플레이트 부근에서 마치 떠오르는 듯한 느낌을 주고 있었다.

그 압도적인 구위는 링 펑의 자신감을 바닥끝까지 추락시키게끔 만들었고…….

파앙!

"스트라이크!"

155km의 같은 구속으로 날아오는 투심 패스트볼의 무브먼트는 그저 멍하니 바라만 봐야 했다.

자신이 그의 공에 기가 눌려 있다는 걸 눈치 챈 투수는 계속해서 공격적인 피칭을 이어가고 있었고, 3구 째 공이 분명 스트라이크 존 안으로 들어올 것을 알면서도 타자의 배트는 결국 허공을 가르고 말았다.

부웅!

파앙!

"스트라이크 아웃!"

9회 말 첫 아웃카운트를 삼구 삼진으로 헌납하고 만 링 펑이 허탈한 표정을 지으며 벤치로 돌아갔다.

그리고 이를 본 투수, 주혁은 로진 백을 집어 들면서 승리가 99% 넘어왔음을 직감할 수 있었다.

이어지는 다음 타자와의 승부에서도 포수 박경환은 포심 패스트볼 위주의 볼 배합을 가져갔고, 묵직하게 연달아 스트라이크 존 안에 꽂히는 공을 대만 타자들은 적응하지 못했다.

파앙!

"스트라이크 아웃!"

2타자 연속 삼진.

이제 남은 아웃카운트는 단 하나.

금메달을 확정 짓기 위한 마지막 승부.

이미 대표팀 선수들은 벤치에서 뛰어나갈 준비를 하고 있었다.

그들의 손에는 태극기가 쥐어져 있었고, 주혁은 단 1구만에 대표팀 선수들을 마운드로 달려오게끔 만들었다.

틱!

초구 체인지업이 빗맞으면서 유격수 강성호에게로 굴러갔고, 이를 1루에 송구하면서 마지막 아웃카운트를 잡아내는 데 성공했다.

"와아!"

"금메달이다!"

감격스러운 순간.

경기가 끝나자마자 대표팀 선수들은 서로 부둥켜안으며 기쁨을 함께 누렸고, 문성욱 감독도 코칭스태프들과 악수를 나누면서 이번 대회의 성공적인 마무리를 기뻐했다.

경기장을 찾아온 한국 팬들 역시도 기립 박수로 금메달을 축하해주었으며 금메달 도전에 실패한 대만 대표팀 선수들도 승자가 된 한국 대표팀 선수들에게 박수를 보내주었다.

훈훈한 분위기 속에 2010 광저우 아시안게임 야구가 막을 내렸고, 곧이어 시상식이 열렸다.

금메달은 한국 대표팀 선수들의 목에 걸려 있었다.

◆

「광저우AG 야구 대표팀, 대만 꺾고 금메달!」

[대한민국 야구 대표팀이 도하 아시안게임의 아쉬움을 4년만에 털어버렸다.

대표팀은 오늘 결승전 상대인 대만에게 11 - 3으로 승리를 거두면서 금메달을 목에 걸었다.

대표팀은 대만의 선발 투수 판 웨이룽을 상대로 1회 초부터 4점을 뽑아내면서 무섭게 몰아붙이는 듯했으나 2회 초부터 득점이 터지지 않았고, 류현준이 5회까지 3점을 헌납하면서 1점 차로 위기를 맞을 뻔 했으나 메이저리그 아메리칸리그 신인왕에 빛나는 윤주혁의 호투로 추가 실점을 내주지 않았고, 박경환의 2점 홈런과 강성호의 3점 홈런으로 도망가기 시작, 총합 11점을 만들어내며 경기를 승리로 이끌었다.

이 날, 멀티 히트를 때려냈던 추신우는 이번 대회에서 오늘 경기를 포함하여 24타석 19타수 14안타 3홈런 12타점 12득점 4볼넷 1사구를 기록하며 가장 돋보이는 활약을 펼쳤다.

윤주혁 역시도 대회 첫 등판 경기에서 4이닝 무실점 8K 퍼펙트 게임으로 경기를 마무리 지으면서 메이저리그 최고 신인 다운 피칭을 선보였다.

이로서 대한민국 야구 대표팀은 대회 3번째 금메달을 품에 안게 되었다.

대표팀 선수들은 모레 광저우를 떠나 인천국제공항에 입국한다.

대표팀의 금의환향은 21일 오후 5시다.]

〈 스포토탈 코리아 김석호 기자 〉

코멘트(Comment)

- 윤주혁 퍼펙트 진심 지렸다…
- 160km에 대만 애들 꼼짝도 못하더라. 믈브 신인왕답다.
- 윤주혁이 류현준보다 한 수 위.
- 대표팀 금메달 축하드립니다!
- 군대 면제네…부럽다…누군 입대 1주일 남았는데…ㅅ
ㅂ
- 추신우 타율 보소… 추신우 0.736 / 이대훈 0.350ㅋ
ㅋㅋㅋㅋㅋ메이저리그랑 한국프로야구랑 수준 차이 심각
하네.
- 전 경기 콜드 게임이었으면 더 좋았을 텐데 조금 아쉽
다…
- 좀 많이 싱거웠음. 프로랑 아마추어랑 대결하는 그런
느낌…계속 이런 식이면 폐지될 수도 있음…
- 윤주혁 데뷔 첫 해에 메이저리그 신인왕, 아시안게임
금메달 따네…진짜 클래스 쩐다;;

그로부터 이틀 후.
대표팀이 귀국했다.

◆

금의환향을 그 누구보다도 기뻐해준 사람은 바로 주혁의
부모님이었다.

귀국하자마자 매니저 박성현과 함께 집으로 돌아온 주혁을 윤상현과 임혜정은 환한 미소로 맞이해주었다.

주혁은 부모님에게 금메달을 직접 보여줬고, 생전 처음 만져보는 금메달에 두 사람 모두 신기하다는 듯이 꼼꼼하게 살펴보기 시작했다.

'흠…….성적표 보여드리는 뭐 그런 느낌이네.'

피식 웃은 주혁이 쇼파에 앉았다.

식탁에서 금메달 관찰을 마친 두 사람이 그림이 그려진 액자에다 걸어두었다.

'그러고 보니 가족사진 하나 없네.'

워낙 바빴던 탓에 가족사진 한 번 제대로 찍지 못했었던 지난날들.

잠시 고민하던 주혁이 두 사람에게 선뜻 제안했다.

"내일 가족사진 찍으러 가요."

갑작스런 제안에 당황한 두 사람이 서로를 번갈아보다 이내 고개를 끄덕였다.

"생각해 보니까 우리 가족사진을 안 찍었네요, 여보."

"그러게. 근데 이 근처에 사진관이 있나?"

"사진관은 제가 알아봐 두겠습니다."

말을 마친 주혁이 곧장 휴대폰을 꺼내 박성현에게 문자를 보냈다.

'내일 오전에 가족사진 찍을 건데 괜찮은 곳 좀 알아봐 줘요.'

답장은 칼 같이 도착했다.

'내일 오전에 대표님 내려오신다고 하셨는데……'

'전화로 세부 사항 전달하라고 하시고 모레 제가 직접 서울 올라간다고 전해줘요. 오늘은 이만 퇴근하세요.'

'알았어. 그럼 내일 차 끌고 올까?'

'네.'

'근처로 알아봐둘게.'

박성현의 마지막 문자를 읽은 주혁이 휴대폰 화면을 껐다.

그리고는 늦은 저녁 식사를 부모님과 함께 한 후, 거실의 TV 앞에 앉아 휴식을 취하기 시작했다.

때마침 전화가 울렸다.

발신자를 확인해 보니 김창섭 대표였다.

주혁이 전화를 받기 위해 방 안으로 들어갔다.

수신 버튼을 누르자, 김창섭의 목소리가 들려왔다.

"매니저한테 연락 받고 전화 드립니다. 통화 가능하신가요?"

"네. 말씀하시죠."

"아, 그 전에 먼저 금메달 축하드립니다."

"감사합니다."

주혁의 대답 이후 잠깐 동안 부산스러운 소리가 들렸다.

이윽고 김창섭이 다시 입을 열었다.

"간략하게 말씀드리겠습니다. 광고 계약 문의를 준 업체가 21곳, 방송 섭외가 9곳 왔는데 이 중에서 제가 간추려서 우선 5개의 업체를 선별했습니다."

"그 전에 방송 출연은 일체 거절해주세요."

"예? 아, 알겠습니다!"

주혁의 말에 김창섭이 방송 섭외 요청이 들어온 리스트들을 일절 삭제했다.

주혁이 방송 출연을 하지 않겠다고 한 이유가 있었다.

'나는 야구 선수지 연예인이 아니다.'

예능 프로그램에 나와 인지도를 알리는 것을 주혁은 전혀 필요가 없다고 판단했다.

연예인들의 인맥은 야구 선수에게 쓸모가 없는 부분이라고 주혁은 생각했다.

김창섭이 말했다.

"스포츠 관련해서 섭외 요청이 온 것도 있는데 이것도 캔슬할까요?"

"무슨 프로그램이죠?"

"KBC 스포츠에서 제작하는 야구 다큐멘터리입니다. 신인왕 특집으로요."

"흠……. 일단 그건 보류해주세요."

"네. 알겠습니다."

"광고 업체들 리스트 알려주시죠."

주혁의 말에 김창섭이 우선 자신이 먼저 선별한 업체들의 이름을 부르기 시작했다.

21곳의 업체들 중 김창섭이 고른 업체는 9곳이었고 주혁은 이 중에서 식품 업체와 휴지 업체를 캔슬했다.

김창섭은 이어서 누락된 12곳의 업체들도 설명했고, 주혁은 여기서 1곳만 선택하고 업체 3곳은 보류를, 나머지는 캔슬해 달라고 말했다.

확정된 업체는 총 8곳.

주혁과 김창섭은 일단 전화 통화로 먼저 선택할 업체 3군데를 골랐다.

"이 업체들에게는 제가 따로 전화하겠습니다. 계약은 오시면 그 때 일괄 처리하는 걸로 하겠습니다."

"알겠습니다."

"계약하실 때 조건이 마음에 들지 않으시면 언제든 캔슬 가능하십니다. 전적으로 윤주혁 선수 의사에 따라 일처리를 진행하겠습니다."

"감사합니다. 그럼 이틀 후에 뵙죠."

"네. 그럼 들어가십시오."

전화가 끊겼다.

주혁이 다시 거실로 나오자 임혜정이 물었다.

"무슨 전화이기에 방 안에서 받아? 혹시 아들 벌써 여자친구 생긴 거야?"

"그런 거 아닙니다. 에이전시하고 광고 계약 차 연락한 겁니다."

"아, 그렇구나."

이미 광고를 찍게 될 것 같다고 윤상현과 임혜정에게 말을 해 둔 상태인지라 두 사람은 딱히 놀라진 않았다.

다시 쇼파에 앉아 TV를 시청한 주혁은 모처럼만에 부모님과 좋은 시간을 보냈다.

그리고 다음 날 아침.

매니저 박성현이 알아봐둔 사진관으로 향한 세 사람은 20년만에 처음으로 가족사진을 찍게 되었다.

처음으로 찍어보는 가족사진에 임혜정은 떨리는 목소리로 윤상현에게 몇 번이고 같은 질문을 반복했다.

"오늘 화장 잘 됐나요, 여보? 얼굴 괜찮죠?"

같은 질문을 자꾸 하면 짜증이 날 법도 한데, 윤상현은 밝게 웃으며 그녀의 손을 잡고 부드럽게 말했다.

"아냐. 예뻐. 정말로. 진심이야."

윤상현의 말에 임혜정은 자신감을 갖게 되었고, 뒤에서 이 두 사람의 알콩달콩한 대화를 본의 아니게 엿듣게 된 주혁은 흐뭇하게 웃었다.

이윽고 촬영이 시작되었다.

사장은 열정적으로 촬영에 임했고, 조명의 각도를 수정하면서까지 가장 완벽한 한 컷을 찍어내기 위해 최선을 노력을 다했다.

그 결과 정말 아름다운 사진이 찍혔고 주혁은 사장에게 고마움을 표시했다.

돈을 내려는 데 사장이 한사코 이를 거부했다.

"윤주혁 선수 덕분에 제가 올 해 나날이 행복했습니다. 아침에 그렇게 뿌듯하고 상쾌한 기분으로 일을 해 본 적이 없을 정도로 말이죠. 그 자체만으로도 저는 돈을 받았다고 생각합니다. 사진은 무료로 드리겠습니다. 포토샵 처리까지 완료되면 집으로 배송해 드리겠습니다."

"공짜로 받기는 제가 죄송스러울 정도입니다만……."

"아이고, 아닙니다. 그저 저희 가게를 찾아주신 것만으로도 제가 다 영광스럽습니다."

"그럼 고급 액자로 해서 배송해주세요. 이 액자값은 받아주시죠."

주혁의 완강한 지불 의사에 결국 사장도 돈을 받을 수밖에 없었다.

돈을 받은 후, 사진관을 나서려는 주혁에게 사인을 받은 사장이 그의 손을 덥석 잡으며 말했다.

"몸 조심 하셔서 앞으로도 좋은 활약 부탁드립니다. 그리고 저희 사진관 찾아주셔서 다시 한 번 감사드립니다."

사장의 말에 주혁이 씩 웃으며 그와 악수를 나눈 후 그제야 사진관을 나왔다.

박성현이 사진관 앞에서 대기하고 있었고, 주혁과 윤상현, 그리고 임혜정이 벤에 올라탔다.

박성현이 물었다.

"사진을 잘 찍으셨나요?"

"사장님께서도 친절하시고 덕분에 정말 소중한 가족사

진 찍을 수 있었습니다. 고맙습니다, 매니저 님."

임혜정의 대답에 박성현이 머리를 긁적였다.

"제가 한 거라곤 그냥 알아봐드린 것뿐인데요, 뭐."

차를 출발시킨 박성현이 입을 열었다.

"그……, 사실 사진관 알아보면서 여기 근처에 되게 유명한 맛집도 알아봐 뒀는데 거기로 모실까요?"

마침 허기가 진 상태인지라 모두 찬성했다.

그의 옆자리에 앉은 주혁이 박성현을 슬쩍 보고는 피식 웃었다.

'생각보다 센스 있네.'

소중하고 뜻깊은 하루하루가 조금씩 천천히 지나가고 있었다.

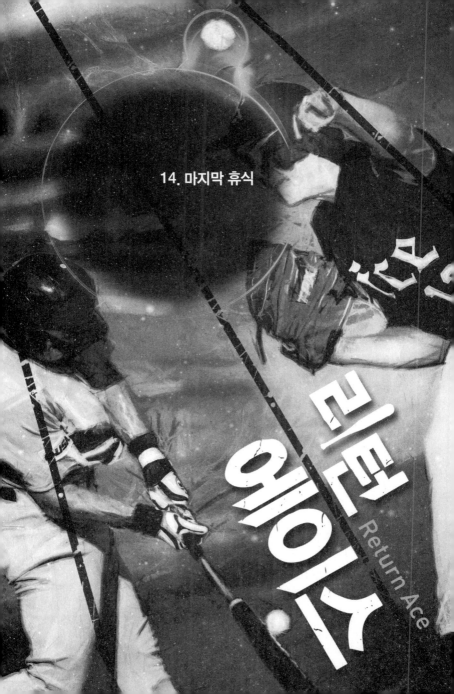

14. 마지막 휴식

리턴 왕이스
Return Ace

14. 마지막 휴식

    광고 촬영이 있는 날.

    남성 정장으로 유명한 의류 브랜드인 '파크월드'와 광고 계약을 맺은 주혁은 카메라 앞에서 모델만큼이나 능숙하게 포즈를 취하고 있었다.

    사진작가도 주혁의 이런 능숙한 모습에 적잖이 놀란 듯한 표정이었다.

    이를 본 주혁은 속으로 피식 웃었다.

    '이 브랜드하고 내가 10년 넘게 함께 했었지.'

    얼굴이 잘 생긴 편은 아니었으나 워낙에 키가 크고 비율이 좋다보니 정장과도 정말 잘 어울리는 주혁이었다.

    찰칵!

찰칵!

딱히 나무랄 데 없이 촬영은 순식간에 끝이 났고, 사진 작가가 감탄하며 주혁에게 박수를 보냈다.

"수고하셨습니다. 아주 잘 하시는데요?"

옆에 있던 마케팅 담당 직원도 만족스러운 표정을 지으며 주혁에게 악수를 권했다.

"감사합니다."

멋쩍게 웃으면서 주혁이 그들과 악수를 나눴다.

'옛날 생각나네.'

처음 의류 광고 촬영을 했을 때만 해도, 부자연스러운 모습 때문에 잔소리 아닌 잔소리를 많이 들었던 주혁이었다.

'아무튼 잘 끝났으니 다행이다.'

경험이 있어서인지 광고 촬영들은 예상보다 빠른 시간 안에 해결되었고, 광고업계에서 소문이 파다하게 퍼져 이제는 더 많은 광고 업체들이 문의 전화를 넣고 있었다.

신인왕에 금메달까지 따내면서 이미지까지 좋아진 주혁은 광고업계에서 가장 뜨거운 인물 중 한 명이었다.

더군다나 시기 상 지금이 아니면 촬영이 거의 불가능하기 때문에, 주혁을 간판으로 내세워 브랜드의 이미지 상승 효과를 노리려는 업체들이 부지기수로 많아진 것이었다.

그러나 주혁은 김창섭 대표와 상의 끝에 '파크월드'와의 광고 촬영을 끝으로 더 이상의 광고 촬영을 하지 않기로 입을 맞춘 상태였다.

이미 그가 촬영을 마친 광고만 무려 11개나 되었으며 '파크월드'까지 합치면 대략 2주 만에 12개의 업체 광고를 찍은 주혁이었다.

주혁이 계약한 광고들은 모두 야구 선수로서의 이미지에 누가 되지 않는 것들이 대부분이었다.

가령 스포츠 아웃도어 전문 브랜드나 스포츠음료 브랜드 등과 광고 계약을 맺었는데 11개의 광고 중에선 독특한 광고도 여러 개 있었다.

그 중 대표적인 것이 바로 국내 최고의 영어 전문 학원인 'HTLE 어학원(히틀 어학원)'이었다.

메이저리그에서 매번 통역사 없이 스스로 영어를 정말 잘 했던 주혁은 의사소통을 원활하게 하고 싶은 일반 사람들에겐 선망의 대상이나 다름없었다.

야구도 잘 하는데다 수준급 영어 실력을 갖춘 주혁은 단순히 실력뿐만 아니라 숨겨진 그의 노력까지도 인정받고 있었다.

그리고 이런 세세한 부분들이 주혁의 좋은 이미지를 더욱 부각시켜주고 있었다.

물론 주혁에게 영어 실력이란 과거로 돌아오면서 함께 가져온 능력 중 하나에 불과하지만 말이다.

이 외에도 주혁은 광고 계약과 더불어 스폰서 계약까지 맺기도 했는데, 대부분 광고 계약을 맺었던 스포츠 의류 브랜드와 스폰서 계약을 체결했으나 그 중에는 국내 자동차

기업인 '미래자동차그룹'도 있었다.

국내 자동차 시장에서 70%에 가까운 점유율을 보이고 있는 '미래자동차그룹'은 자신들의 프리미엄 자동차인 '헤네시스'를 아예 독립적인 프리미엄 브랜드로 키우기 위해 고급 자동차의 느낌을 주고자 여러 방면에서 많은 노력을 기하고 있는 중이었다.

특히 그들은 해외 시장에서도 '헤네시스'의 고급스러운 이미지를 만들고자 했는데, 가장 큰 시장인 미국을 노리던 '미래자동차그룹'이 선택한 수많은 홍보 방법 중 하나가 바로 메이저리그에서 가장 핫한 선수, 주혁과 스폰서 계약을 맺는 일이었다.

'미래자동차그룹'은 가장 비싼 차량인 '헤네시스 HB300' 모델을 주혁에게 제공하고, 계약 기간인 3년 동안 일정 금액을 지불하는 조건으로 주혁이 홈구장에서 출퇴근을 할 때마다 이 모델을 타고 다닐 것을 요구했다.

주혁에게도 이 조건은 썩 나쁘지 않았다.

오직 출퇴근을 할 때만 적용되는 부분인데다 굳이 차를 사지 않아도 되었고, 무엇보다도 '미래자동차그룹'의 봉고 차량을 타고 다니던 윤상현에게도 같은 모델이 무료로 제공되었기에(심지어 5년 유류비 무상 지원 혜택까지) 나름 괜찮은 계약이었다.

아무튼 이로서 올해 모든 광고 스케줄을 마친 주혁은 메이저리그에서 받았던 연봉보다도 10배가량 넘는 액수의 광고 계약금을 받게 되었다.

이는 라온 스포츠 에이전시에게도 큰 도움이 되었고, 비좁던 사무실이 확장 공사로 3배 정도 넓어지게 되었다.

김창섭은 라온 스포츠 에이전시와 계약을 맺어준 주혁에게 다시 한 번 고맙다는 뜻을 전했고, 주혁은 남은 스케줄상의도 할겸 '파크월드'와의 광고 촬영이 끝난 오늘, 그와 저녁 식사를 함께 했다.

전 직원들이 모두 모여 일식 횟집에서 일종의 회식을 하게 된 그들은 모처럼만에 즐기는 술맛에 잔뜩 취해가고 있었다.

주혁도 안 마시지는 않았으나 그렇다고 과음을 하지도 않았다.

화기애애한 분위기 속에서 대화가 오고 갔고, 그 분위기가 무르익어갈 때 쯤 김창섭이 주혁에게 물었다.

"다큐멘터리는 어떻게 할까요?"

"음……. 아무래도 고작 1시즌 밖에 치르지 않았으니까 내 년에 하겠다고 전해주세요."

"알겠습니다."

"이제 남은 게 봉사 활동하고 모교 방문이죠?"

주혁의 물음에 김창섭이 술잔을 들며 대답했다.

"네, 그렇습니다."

"절대 기자들이 오게 해서는 안 됩니다. 뭐랄까……. 깜짝 방문처럼 말이죠. 아무튼 잘 좀 부탁드립니다."

"걱정 마세요. 잘 처리해 두겠습니다."

김창섭이 싱긋 웃으며 술잔에 든 술을 입에 털어 넣었다.

그리고는 회를 집어 먹는 주혁을 보며 흐뭇하게 웃었다.

'인성이 참 잘 된 선수다.'

어린 나이이지만 김창섭이 본 주혁은 뭔가 어른스러움이 물씬 풍겼다.

이 정도로 큰 인기를 얻게 되면 자연스레 거만해질 법도 한데, 주혁은 전혀 그러지 않았다.

게다가 사치 또한 부리지 않았으며 연예계 쪽에 아예 관심조차 두지 않는 모습은 다른 선수들과는 확연히 차이가 났다.

'연애도 생각이 없는 건가?'

스캔들조차도 나지 않고 있는 주혁의 깨끗한 사생활.

마치 스스로 관리를 하는 것처럼, 주혁은 야구에 방해가 될 만한 것들은 모조리 배제시키고 있었다.

그러면서도 봉사 활동을 자처했고, 결코 언론에 뜨기 위함이 아닌 진심에서 우러나는 봉사 활동을 하고 싶어 하는 주혁에겐 어딘지 모를 따뜻함이 느껴지는 듯했다.

"아참. 가족 여행은 언제쯤 가실 예정이세요?"

"장소를 고르고 있는 중이라 아직 확정은 아니지만, 일단 국내 스케줄 다 끝나고 나서 다녀올 계획입니다."

"그럼 일단 스케줄은 그대로 진행하겠습니다."

"알겠습니다. 그 모교 방문이 언제죠?"

"잠시만요……."

김창섭이 품에서 노트를 꺼내 확인하고는 대답했다.

"3일 후입니다. 대림고등학교 측에도 연락해뒀습니다."

"기대되네요."

"은사님을 뵈는 거 말씀이신가요?"

김창섭의 물음에 주혁이 피식 웃으며 고개를 절레절레
흔들었다.

"아뇨. 후배들 보러요."

"아……. 그렇군요."

"뭐 감독님도 뵐 겸 겸사겸사 가는 거지만요."

말은 이렇게 했으나 주혁은 조금도 문창진 감독을 보고
싶은 마음은 1도 없었다.

'뭐 내가 가면 또 자기가 키웠다고 말도 안 되는 자랑질
을 해대겠지만……'

자신과 함께 한국야구의 미래를 이끌어갈 후배들은 꼭
챙겨주고 싶은 주혁이었다.

"장비들은 다 구매하셨죠?"

주혁의 물음에 김창섭이 우물거리며 답했다.

"보내주신 금액에다 저희가 추가적으로 보태서 넉넉하
게 구매해 두었습니다."

"신경 써 주셔서 감사합니다."

"하하. 별 말씀을요."

주혁이 벌어다 준 돈에 비하면 용품을 구매하느라 쓴 돈은 새 발의 피 밖에 되질 않았다.

물론 그 외에도 야구 꿈나무들에게 지원금을 아낌없이 쏟아 붓고 있는 김창섭인지라 이런 부분에서는 조금도 아까워하지 않았다.

어느덧 식탁 위에 올려 진 접시들이 깨끗해지고 술병에 술이 떨어지자 김창섭이 먼저 계산서를 들고 자리에서 일어났다.

"1차도 제가 쏘고 2차도 제가 쏘고 원한다면 3차까지 제가 쏩니다!"

"와아아아!"

"대표님 최고!"

"5차까지 갑시다!"

들뜬 분위기.

갑자기 주혁이 이 분위기에 찬물을 끼얹었다.

"크흠. 여기 횟집은 제가 이미 계산했습니다. 이어서 회식에 참석하긴 힘들 거 같아서요."

"네?"

"아니……. 주인공께서 벌써 가시면 어떡합니까?"

"조금만 더 놀다 가시면 안 될까요?"

애원하는 직원들.

주혁이 씩 웃으며 그들에게 자초지정을 말했다.

"사실 오늘 밤에 축구 보면서 아버지와 함께 맥주 한 잔

하기로 했거든요."

"아……."

'아버지'라는 단어 한 마디에 모두들 수긍하기 시작했다.

이대로 나가긴 주혁이 찝찝했는지 김창섭에게 지갑을 열어 카드 하나를 내밀었다.

"결제도 이걸로 하세요. 오늘은 마음껏 즐기시길 바랍니다. 아참, 그리고 매니저 형. 형도 오늘은 쉬세요. 차는 제가 알아서 끌고 갈게요."

이 말을 끝으로 주혁이 멋있게 퇴장하려고 했다.

그러나…….

"주, 주혁아? 너 면허 없잖아……."

아, 맞다.

나 면허가 없었지, 참…….

주혁이 머쓱하게 머리를 긁적이며 박성현에게 말했다.

"택시 타고 갈게요."

"여기서 택시 타고 집까지 가면 10만원 넘어. 기다려. 나 혹시 몰라서 술 안 먹었으니까 바래다줄게."

"아뇨. 괜찮아요. 제가 알아서 갈게요."

주혁이 완강하게 거부하고는 모자를 깊게 눌러쓴 뒤 가게를 잽싸게 빠져나왔다.

9시가 조금 넘은 시각.

잠시 동안 거리를 걸어 다니면서 주혁은 이런저런 생각들을 하기 시작했다.

한 해가 마무리 되어가는 지금.

주혁은 올해 스스로의 활약에 대해 평가를 하고 점수를 내렸으며 앞으로 어떻게 해 나갈지에 대해서도 고민했다.

그렇게 적당히 찬바람을 쐰 주혁이 이내 택시를 탔다.

'얼른 면허나 따야겠다.'

운전 실력이 어떨지는 모르지만, 야구 실력과 영어 실력도 가져온 마당에 운전 실력도 갖춰져 있을 거라고 주혁은 확신했다.

대략 1시간 반 만에 도착한 집 앞.

택시비로 10만원도 넘게 깨졌으나 윤상현과의 약속을 위해서라면 그다지 아깝게 느껴지진 않았다.

덜컥!

문을 열고 들어가자, 이미 거실에는 한 상 가득히 차려져 있었다.

그러나 윤상현만 자리를 지키고 있었고 그 어디에도 임혜정의 모습은 보이질 않았다.

주혁이 고개를 갸웃거리자, 윤상현이 바로 눈치를 채고는 그 궁금증을 풀어주었다.

"저녁 때 쯤에 친정 갔어."

"아······."

"할머니께서 네가 TV에 나오시는 거 보고 깜짝 놀라셔서 부른 것 같더구나."

"광고 말씀이시죠?"

주혁의 물음에 윤상현이 고개를 끄덕였다.

촬영한 지 얼마 되지도 않아 벌써 몇몇 업체들은 즉시 공중파 방송에 광고를 내보내고 있었다.

"씻고 앉아라. 아들이랑 한 잔 해보자."

윤상현의 말에 주혁이 즉시 간단히 샤워를 하고는 쇼파 앞에 앉았다.

"이거 다 아버지께서 차리신 겁니까?"

"그럼. 이래봬도 내가 자취 경력만 5년인 사람이야."

윤상현이 섭섭하다는 듯한 표정을 지었다.

사실 주혁도 윤상현이 안주 요리는 기가 막히게 잘 한다는 걸 알고 있었다.

그저 그의 기분을 좋게 만들기 위해 모르는 척을 한 것뿐이었다.

"와……. 정말 맛있는데요?"

"그러냐?"

그제야 윤상현이 뿌듯해하며 직접 구운 오징어 다리를 뜯어 질겅질겅 씹기 시작했다.

"한 잔 받거라."

"예, 아버지."

주혁이 공손하게 윤상현이 따라주는 맥주를 받았다.

그리고는 주도에 맞춰 술잔을 맞대고는 이내 고개를 돌려 맥주를 음미했다.

여러 번의 술잔이 오고 가면서 두 사람은 이런저런 이야기들을 주고받았다.

　주량이 그리 세지 않은 윤상현이 맥주 2병을 마시고는 살짝 취했는지 얼굴이 붉게 상기되었다.

　그가 슬쩍 입을 열었다.

　"이렇게 잘 커져줘서 고맙다."

　"다 부모님 덕분입니다."

　"겸손할 줄도 알고……. 다 컸네. 잘 컸어."

　대견스러워하며 윤상현이 기분 좋게 맥주를 들이켰다.

　그리고는 말을 이었다.

　"아비로서 참 너한테 남들처럼 좋은 옷 입혀주지도, 비싸고 맛있는 음식들을 먹여주지도 못해서 정말 미안하다……."

　"그런 말씀 마세요, 아버지."

　"그리고 이렇게 훌륭하게 자라줘서 정말 고맙다……."

　눈물을 글썽이는 윤상현.

　주혁의 눈가에도 눈물이 조금씩 고이기 시작했다.

　울컥거리는 마음을 애써 달래며 주혁이 말했다.

　"아버지께선 제게 큰 선물을 주셨습니다."

　"응? 뭘?"

　"아버지의 큰 키. 그게 없었더라면 제가 194cm까지 크지도 못했을 겁니다."

　주혁의 말에 윤상현이 피식 웃었다.

　잠시 거실 안에 침묵이 휩싸였다.

그 적막을, 주혁이 먼저 깼다.

"입단하면서 받았던 계약금, 그거 아직도 안 쓰고 계시죠?"

갑작스러운 물음에 뜨끔해 한 윤상현이 입을 굳게 다물었다.

이는 사실이었다.

거액의 계약금을 받긴 했으나, 윤상현과 임혜정은 이 돈을 쓰지 않았다.

행여 모를 일에 대비하기 위해서였다.

그런 그에게 주혁이 말했다.

"이사해요, 아버지."

"아니다. 괜찮다. 도시는 복잡해서 싫고 슈퍼마켓이라도 안 하면 무료해서 못 참는다."

"도시로 이사하라는 말씀을 드린 게 아닙니다."

주혁의 말에 윤상현이 고개를 갸웃거렸다.

"예전부터 마당 있는 주택에 살고 싶어 하셨지 않습니까?"

"그랬지."

"여기 근처에 주택 지어서 이사하시는 건 어떠세요? 어머니께서도 텃밭 가꾸고 꽃 키우는 게 취미이시고, 차우차우(사자와 곰을 닮은 오랜 역사를 가진 중국 순수혈통의 개) 키워서 같이 오순도순 사는 거죠."

"내가 차우차우 키우고 싶어하는 거 어떻게 알았냐?"

"아……. 음, 전에 말씀하셨어요."

이 이야기를 들은 건 꽤 나중의 일이긴 하지만, 어찌 되었든 윤상현은 마당 있는 집에서 큰 개를 키우고 싶어했다.

그러나 윤상현은 끝내 고개를 저었다.

아들에게 부담을 주고 싶지 않아서였다.

"계약금도 네 것이다. 가져가거라."

"안 그래도 그럴 참이었습니다. 왜냐하면 이미 그 돈으로 주택 건설하기로 했거든요."

"……?"

뜬금없는 발언에 윤상현이 당황해하자 주혁이 씩 웃으며 말했다.

"가장 취향에 맞게, 오직 어머니 아버지를 위한 주택이 지어질 겁니다."

집 취향만큼은 제가 잘 아는 부분이니까요.

주혁은 이 말을 생략했다.

"이렇게 키워주셔서 감사합니다, 아버지."

낯간지러운 말.

그러나 자꾸 하다 보니 이제는 그다지 낯설지가 않았다.

뭐든 한 번 하기가 어렵지 한 번 하고나면 쉽다.

윤상현이 가만히 고개를 숙이고 있다가 주혁의 어깨에 손을 얹었다.

"그래, 고맙다. 고맙다, 아들……. 정말 고맙다……."

잘 커줘서 고맙다는 말.

그의 눈가는 또 다시 뜨거운 눈물로 촉촉이 젖어가고 있
었다.

◈

오늘 대림고등학교에선 그야말로 난리가 났다.

주혁이 모교 방문 차 대림고등학교에 왔기 때문이었다.

이미 소식을 접한 기자들도 와 있었고, 교내 학생과 교사
들마저도 주혁을 보기 위해 모여 있는 상태였다.

뜻하지 않게 모교에서 사인회(?)를 하게 된 주혁은 이후
야구부 학생들과 시간을 보내게 되었다.

먼저 그를 환하게 반겨주는 한 사람.

"내 제자야. 내 제자."

뻔히 다 아는 이야기임에도 대림고등학교 야구부 감독
문창진은 계속해서 '제자'라는 단어를 끊임없이 언급했다.

이를 가만히 듣고 있던 주혁은 마치 자신이 메이저리그
에서 성공할 수 있게끔 해줬다는 식으로 말하는 문창진이
마음에 들지는 않았으나 잠자코 있었다.

오랜만에 보는 코치들과도 반갑게 인사를 나눈 주혁은
야구부 선수들을 강당에 모이게 하고는 본격적으로 왜 자
신이 모교를 방문했는지에 대해 입을 열었다.

"선입견이라는 말 알지? 모두들 메이저리그에서 동양인이
성공하기는 어려울 거라고 봤어. 그나마 일본 선수 중에는

이치로가 MVP까지 수상하면서 대단한 활약을 보여줬지만 한국은 아직도 긍정적으로 보는 시선이 그다지 없었어. 물론 박찬홍 선배님께서 투수로서 가능성을 보이셨지만……. 다들 알지?"

1990년대 후반부터 2000년대 초반까지 메이저리그 정상급 투수로 활약했던 강속구 투수 박찬홍.

그러나 그는 텍사스 레인저스와 대형 계약을 맺은 이후부터 주춤거리더니 결국 평범한 투수로 전락하고 만 상태였다.

"타자진도 마찬가지였어. 최근에 추신우 선배님께서 잘해주시고는 계시지만, 여전히 시선이 좋지는 않아. 사실 내가 갔을 때도 그랬어. 강속구를 던지지만 메이저리그 타자들에게는 결국 공략 당할 거라고 말이지."

주혁이 잠깐 숨을 고른 후 다시 말을 이었다.

"내가 윈터 리그에서 좋은 활약 보였을 때도 메이저리그에서 내게 기대를 거는 사람은 그다지 없었어. 스프링캠프에서도 잘 했으나 우리 팀을 제외하고는 모두 부정적인 시선이었지."

이 말을 하면서, 주혁은 그래도 자신을 끝까지 믿어주고 기용해줬던 탬파베이 레이스에게 새삼 고마움을 느꼈다.

연설은 계속 이어졌다.

"내가 마이너리그로 내려가지 않고 메이저리그에 직행했을 때, 모두들 실패할 거라고 했어. 그런데 결과는?"

"최고의 활약을 보여주셨습니다."

"그래. 내 입으로 말하긴 조금 부끄러웠는데 대답 고맙다. 아무튼, 난 마이너리그에서 교육을 받지 않아도 충분히 좋은 피칭 할 수 있다는 걸 보여줬어."

주혁이 물을 한 모금 마신 후 연설을 이어 나갔다.

"타자로도 마찬가지야. 이건 한국인으로서 안 될거라는 선입견이 아니라, 현대 야구에서 투타 겸업은 불가능하다는 선입견이 만연해 있었어. 그런데 결과는?"

"성공하셨습니다."

"대답 고마워. 그래, 맞아. 결과적으로 성공했지. 된다는 걸 보여줬어. 내가 지금 이 이야기를 꺼내는 이유는 결코 내 자랑을 하려는 게 아니야."

초롱초롱한 눈빛으로 시선을 오로지 자신만을 바라보는 야구부 선수들을 보며 주혁이 흐뭇하게 웃었다.

그의 말이 이어졌다.

"선입견. 안 될 거라는 시선들. 난 이게 싫어. 왜 가능성이라는 걸 열어두지 않는 거지? 안 그래? 모두들 너희들에게 한계라는 걸 붙여두잖아. 가령 너는 볼이 빠르지 않으니까 투수로서 실패할거라는 말들 말이야. 왜 실패한다고 하는 걸까? 빠른 공? 결국은 공략 당하게 되어 있어. 제구력. 이거 하나만 있어도 충분해. 스트라이크 존을 넓게 쓰는 투수를 이겨내는 타자는 거의 없어. 방법은 많아. 그리고 충분히 더 발전할 수도 있어. 그런데 시선들이 안 좋다보니 그 꿈을 내려놓게 되지. 아, 이 길이 아니구나. 아, 난 정말 성공할 수 없는구나. 이런 식으로 말이야."

목소리 톤이 자신도 모르게 높아지자 주혁이 목을 가다듬고는 말을 이었다.

"그 사람들이 신도 아니고, 너희의 미래를 판단할 수 있는 권한조차 없는 사람들이야. 뭐 미래에서 왔대?"

나는 미래에서 왔어.

그러니 이런 말을 할 자격이 된단다.

주혁은 이 말은 생략한 채 연설을 계속했다.

"선입견에 신경 쓰지 마. 부수면 돼. 안 될 거라고? 그럼 해. 해 봐. 그리고 부숴. 재능이 없어? 그래, 솔직히 이건 인정할게. 야구는 재능이야. 그런데 그 재능만으로 오래 나기는 어려워. 누군가는 대비를 할 거고, 손 놓고 있으면 그냥 당해. 너희들에게 당장 재능이 눈에 보이지 않는다고 치자. 그럼 재능을 만들어. 꾸준한 노력도 결국 재능이야. 나는 일본을 싫어하지만 개인적으로 이치로는 존경해. 30년 발언은 증오하지만 말이야. 어쨌든 그가 했던 말이 있어."

주혁이 직접 준비한 자료를 보기 위해 글귀를 적어둔 종이를 꺼낸 후 읽기 시작했다.

"노력하지 않고 뭔가를 잘 할 수 있는 사람을 천재라고 한다면 나는 천재가 아니다. 내가 노력하지 않고 공을 잘 칠거라는 생각은 잘못됐다. 내가 일본 최고의 선수가 될 수 있었던 것은 나보다 더 많이 연습한 선수가 한 명도 없었기 때문이다."

주혁은 이치로가 한 또 다른 말도 읽어주었다.

"나는 태어나서 나 자신과의 약속을 어겨본 적이 단 한 번도 없다."

주혁이 준비해 온 말을 들은 야구부 선수들이 감탄하며 고개를 끄덕거렸다.

주혁이 다시 연설을 이어나갔다.

"솔직히 이치로는 천재야. 타고난 재능은 분명히 있어. 그러나 그만큼 엄청난 노력을 한 거지. 동양 타자들을 우습게 봤던 메이저리그에서 첫 해에 MVP와 신인왕을 동시 수상한 선수가 바로 이치로야."

주혁은 연설의 대미를 장식하는 말을 꺼냈다.

"한계를 두지 마. 극복하고 이겨내. 안 된다는 시선에 신경 쓰지 마. 아무리 해도 안 된다는 건 결국 노력이 부족한 거야. 나도 그랬어. 단 하루도 운동을 게을리 한 적도 없고, 술을 마신 적도 없고, 과식을 한 적도 없고, 항상 일정한 패턴을 유지했지. 그러면서도 끊임없이 훈련했고, 상대하는 타자들을 포수하고 같이 분석하고, 상대해야 할 투수들의 스카우팅 리포트를 꼼꼼하게 읽고 그에 맞춰 대비했어. 내가 진정으로 여러분한테 해주고 싶은 말을 종합하자면 이거야. 한계를 두지 말고, 오직 너희 자신만을 믿고, 그 누구보다도 열심히 해. 그럼 어느새 너희가 꾸었던 꿈들이 눈앞에 다가올 거고 또 다른 기회의 문이 열릴 거야.

너희가 스스로 노력한 것들은 절대 너희의 곁을 떠나지 않는다는 걸 명심했으면 좋겠다."

연설이 끝났다.

박수갈채가 쏟아져 나왔고, 주혁을 바라보는 야구부 선수들의 시선에선 존경의 눈빛이 한가득 담겨져 있었다.

주혁의 진심이 담긴 연설.

과거, 투수로서 실패한 이후 타자로 성공하기까지 주변에서 들어왔었던 불가능하다는 이야기들, 그리고 그걸 이겨내기 위해 정말 피눈물을 흘려가며 훈련했던 지난 날들.

파노라마처럼 그 기억들이 머릿속에 그려지자 주혁도 순간 감정이 울컥거려 목이 순간 목이 멨다.

'결과적으로는 잘 되었고, 또 다시 과거로 돌아왔으니……'

새로운 분야에서 새로운 성공을 거둔 주혁은 과거로 돌아온 지금, 더 많은 야구 꿈나무들에게 자신이 느꼈던 것들을 전해주고 싶었다.

과거에는 나이를 먹기 전까지 후배들을 신경 쓸 여력이 없었기에 이런 기회조차 마련하지 않았던 주혁은 지금, 그간 못했던 말들을 전해주고 싶은 것이었다.

주혁은 단 한 명이라도 자신을 롤모델로 삼고 노력해 성공하기를 바랐다.

그것은 비단 개인의 성공뿐만이 아니라, 결국 한국 야구의 수준을 높여주는 일이 되기도 하기 때문이다.

주혁이 감정을 추스르고는 야구부 선수들에게로 좀 더 가까이 다가갔다.

모든 선수들과 한 명씩 악수를 나눈 주혁은 그들과 사진도 찍고, 유니폼에다 사인도 해주었다.

그리고는 개개인의 질문들도 일일이 다 대답해 준 주혁은 이후 장소를 옮겨 훈련장으로 향한 주혁은 자신의 노하우들을 전수해주었고 선수들의 부족한 점들을 보고 고쳐주는 시간을 가졌다.

그러던 와중에 주혁은 엄청난 성장을 보인 후배 한 명을 보게 되었다.

파앙!

구속이 그리 빠르지는 않지만, 로케이션도 좋고 투구폼도 안정적이었으며 구위도 제법 괜찮았다.

'그 사이에 많이 발전했네.'

씩 웃으며 주혁이 공을 던지고 있는 투수에게로 다가갔다.

그는 바로 대림고등학교 마운드의 에이스, 최승일이었다.

주혁은 과거의 기억들을 더듬으면서 최승일이 어떤 투수였는지를 떠올렸다.

'그래도 100승은 했던 녀석이지.'

구속보다도 제구력으로 오랫동안 프로야구에서 활약했던 최승일.

주혁이 그에게 말을 걸었다.

"많이 좋아졌네? 노력이 티가 난다."

주혁의 말을 들은 최승일이 피칭을 멈추고는 감격스러운 표정을 지으며 대답했다.

"감사합니다, 선배님. 정말 선배님 보면서 많이 깨닫고 노력했습니다."

기다리던 말을 들은 주혁이 뿌듯한 미소를 지어보였다.

주혁은 특별히 짧은 시간 동안 최승일에게 개인적인 코칭을 해주기 시작했다.

이미 그가 말한 것들은 대부분 코치들이 알아차리고는 많이 설명한 부분이긴 하지만, 주혁은 이를 다시 반복함으로서 더 빨리 깨닫게끔 해주고자 코칭을 해줬다.

"다 좋은데 볼을 던질 때 공을 최대한 앞에서 챈다는 느낌으로 던져. 그래야 구속도 빨라지고 타자와의 거리가 조금이라도 좁혀지기 때문에 체감 속도가 더 빠르다고 느낄거야."

"명심하겠습니다, 선배님."

"그래. 올해겠구나, 드래프트가. 꼭 좋은 결과 있기를 바란다."

"응원 감사합니다. 정말 좋은 투수가 되겠습니다."

최승일의 각오가 느껴지자 주혁이 피식 웃으며 그에게 물었다.

"꿈이 뭐냐? 가장 큰 꿈이 말이야."

주혁의 물음에 최승일이 잠깐 머뭇거리더니 다소 자신감 없는 목소리로 답했다.

"메⋯⋯, 메이저리그에서 뛰고 싶습니다."

"그 꿈이 창피한 거야?"

"예? 아……, 아닙니다!"

"근데 왜 이렇게 자신감이 없어. 당당하게 말해. 네 꿈을 듣고 비웃는 사람들은 애초에 그 꿈을 꿀 자격조차 없는 사람들이야. 지금 나를 봐. 나는 그 꿈을 이뤘고, 이룬 사람으로서 긍정적으로 보고 있어."

"……!"

최승일의 동공이 커졌다.

극찬에 가까운 주혁의 말에 그가 감동받은 것이었다.

주혁이 진지한 어투로 말을 이었다.

"놀래기는. 빈 말 아니다. 메이저리그에서 뛰고 싶다면 구속을 조금 더 늘리고 제구력을 키워. 어차피 마구(魔球)란 마구들은 다 모여 있는 메이저리그에서 뛰는 타자들은 어차피 나중에 다 쳐내. 그러니깐 오히려 제구가 더 중요하지."

"감사합니다, 선배님!"

"물론 다른 요소들이 더 중요하긴 하지만 기본이 탄탄한 선수들은 쉽게 안 무너져."

"명심하겠습니다!"

희망으로 설렌 최승일을 보며 주혁이 어깨를 토닥거려 주었다.

"메이저리그에서 봤으면 좋겠다. 그게 언제가 되었든 간에 말이지. 대신 나 은퇴하기 전에는 와라. 그리고 이건 부담주는 거다. 꼭 와라. 꿈을 이뤄."

주혁의 응원에 최승일이 말로는 형용할 수 없는 감사함을 표현조차 하지 못한 채 그저 고개만 세차게 끄덕였다.

주혁이 그의 곁을 떠나기 전 마지막으로 한 마디 더 건넸다.

"그리고 나 역시도 네가 올 때까지 메이저리그에서 남아 있을 테니까."

"......!

그리고는 그대로 돌아선 주혁이 다른 선수에게로 발걸음을 옮겼다.

그 뒷모습을 바라보던 최승일의 두 눈에서 의지가 불타오르기 시작했다.

'할 수 있다. 나는 할 수 있다. 반드시. 반드시!'

언젠가 주혁과 같은 그라운드에서 함께 뛰는 상상을 하며 최승일이 야구공을 힘껏 쥐었다.

'부끄러워하지 말자.'

나의 꿈은 메이저리그 투수다.

그리고 그 꿈을 이루기 위해 그 누구보다도 더 많이, 더 성실하게, 더 열심히 훈련하자.

의지를 확고히 한 최승일이 포수에게 던지겠다는 사인을 보낸 후 와인드업을 시작했다.

파앙!

드넓은 포부를 가슴에 안은 최승일의 공은 그 어느 때보다도 자신감이 한껏 묻어 있었다.

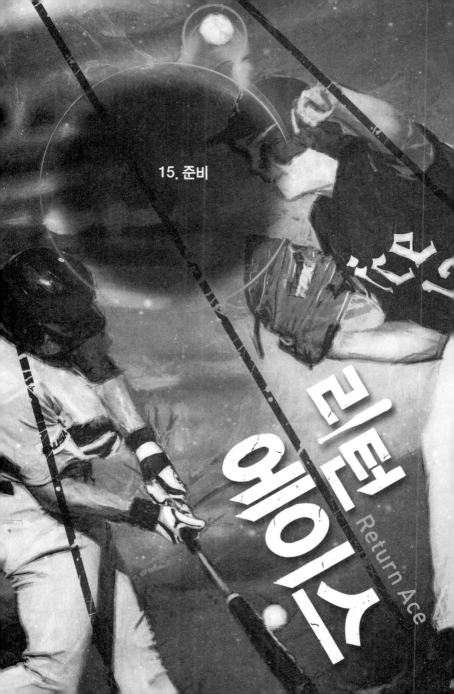

15. 준비

리턴
에이스
Return Ace

15. 준비

　모든 스케줄이 끝난 후, 주혁은 본격적인 시즌 대비 훈련에 들어가기 전까지 가족과 함께 달콤한 휴식을 취했다.

　그 기간 동안 그간 계획했던 해외여행도 무사히 다녀왔다.

　장소는 하와이였는데 하루 숙박비만 무려 200만원에 달하는 초호화 호텔에서 무려 1주일씩이나 머무른 주혁은 다소 과하긴 해도 앞으로 또 1년 가까이 보지 못한다는 사실 때문에 부모님의 반대를 무릅쓰고 이곳에서 휴가를 보냈다.

　즐거운 시간들은 항상 빠르게 흘러가곤 한다.

　해외여행은 눈 깜짝할 사이에 끝나 버렸고, 주혁은 서서히 새 시즌을 준비하기 위해 술도 끊고 천천히 몸을 만드는 데 집중하기 시작했다.

그러나 한 가지 문제가 있었다.

3월 달에 시작하는 메이저리그 스프링캠프 이전 동안 감각을 끌어올리기 위해 훈련을 해야 하는데 마땅한 훈련장이 없다는 점이었다.

이런 문제들을 단 번에 해결해 준 사람이 있었다.

"부산 자이언츠가 전지훈련을 플로리다에서 하는데 너도 함께 가자."

바로 클리블랜드 인디언스에서 뛰고 있는 메이저리거 추신우였다.

부산 자이언츠와 인연이 깊은 추신우는 작년에도 구단의 허락을 받고 일찍이 캠프에 참여해서 훈련을 한 바 있었다.

주혁도 그의 제안을 받아들였고, 부산 자이언츠의 장승호 감독이 직접 탬파베이 레이스 측에 의사를 전달하여 동의를 받아냈다.

그렇게 추신우와 함께 부산 자이언츠의 스프링캠프에 합류하게 된 주혁은 마지막까지 부모님과 시간을 보낸 후 작별 인사를 했다.

"항상 몸 조심하거라."

"힘들 때면 엄마가 갈게."

아쉽긴 하지만 보내야 했기에 윤상현과 임혜정은 떠나는 아들에게 힘이 될 만한 따뜻한 말들을 건네주었다.

주혁이 윤상현과 임혜정을 한 번씩 안아주고는 큰 절을 올린 후 말했다.

"다녀오겠습니다."

그리고는 미련 없이 집을 나섰다.

집 앞에선 매니저 박성현이 그를 기다리고 있었고, 박성현은 주혁을 공항까지 바래다주었다.

차에서 내린 주혁에게 경호원이 붙었고, 몰려드는 기자들과 인터뷰를 나눈 주혁이 비로소 게이트 앞에 섰다.

"언제나 응원한다, 주혁아."

"네, 고마워요."

박성현과도 마지막 인사를 나눈 후 주혁이 비행기로 발걸음을 옮겼다.

아직 부산 자이언츠 선수들이 플로리다로 떠나지는 않았으나 주혁은 처리해야 할 일들 때문에 먼저 출국하게 되었다.

그렇게 하루의 절반도 넘는 시간 동안 이동한 끝에 플로리다 주 탬파에 도착한 주혁은 가장 먼저 조나스 코퍼레이션 아시아 총괄 책임자인 에이전트 스티븐 킴을 만났다.

연봉 협상 일도 있고 주혁의 거처에 대한 부분들도 해결해야 하는 일들이 있었기에 스티븐 킴이 공항에서 그를 마중나간 것이었다.

올해 탬파베이 레이스가 연봉을 그다지 많이 올려주진 않을 것이기에(아직 연봉조정신청이 불가능하기 때문) 굳이 스티븐 킴이 필요하지는 않지만, 연장 계약 등에 대한 논의를 하고자 동석하기로 한 스티븐 킴이었다.

그가 주혁을 반갑게 맞이하며 악수를 권했다.

그리고는 주혁을 데리고는 스티븐 킴이 미리 예약을 해 둔 식당으로 향했다.

늦은 저녁을 먹은 두 사람은 그간 있었던 일들을 털어놓았고, 식사가 끝난 후 스티븐 킴의 사무실로 발걸음을 옮겼다.

그가 컴퓨터 전원을 키고는 물었다.

"거처는 어떻게 할래?"

작년까지는 스티븐 킴이 마련해 준 곳에서 생활을 했으나 그 기간이 끝나는 바람에 당장 살 집이 없는 주혁이었다.

"음……. 당장은 넓은 집으로 갈 필요는 없을 거 같고 그냥 방범만 좀 잘 되는 곳으로 가려고요."

"사실 내가 몇 군데 알아보긴 했는데 네가 보고 결정해 봐."

스티븐 킴이 컴퓨터 모니터를 주혁에게로 돌렸다.

"이 집이 내가 봤을 때는 괜찮긴 한데……. 넌 어때?"

그가 추천해 준 집을 확인한 주혁이 고개를 절레절레 흔들었다.

'여긴 옛날에 살았던 곳이라 패스.'

이왕 과거로 돌아온 이상 새로운 주거 공간에서 생활하고 싶은 주혁이었다.

스티븐 킴이 고개를 끄덕이고는 다음 집을 추천해주었다.

"인테리어도 좋고 방범 시설도 잘 되어 있는데다 레지던스라 기본 옵션도 다 갖춰져 있어. 그냥 몸만 들어가면 돼. 문제라면 구장이랑 거리가 조금 멀다는 거?"

"차타고 가면 얼마 정도 걸리는데요?"

"한 20분 정도. 지금 사는 데랑 비교하면 멀지."

"흠……."

주혁이 턱선을 매만지면서 사진들을 훑어보기 시작했다.

'어차피 차도 있고……'

한국에서 운전면허를 따고 국제운전면허증을 발급받은 주혁이기에(플로리다 주는 한국 면허를 인정) 차를 몰 수 있는 이상, 20분가량의 이동 거리가 그리 불편하게 느껴지진 않았다.

가격까지 확인한 주혁이 최종적으로 선택을 마쳤다.

"여기로 하죠."

"알았어. 내가 말해둘게."

특별히 신경 써주는 스티븐 킴에게 고마움을 표현한 주혁이 사무실 의자에 앉았다.

"아참. 여기 헤네시스 차 키다."

스티븐 킴이 서랍에서 자동차 키를 꺼내 주혁에게 건네주었다.

'미래자동차그룹 '과 계약을 맺었을 때 미국에 없던 관계로 회사 측에서 차 키를 에이전트인 스티븐 킴에게 맡겨달라고 부탁한 것이었다.

"요 앞 골목길에 주차 되어 있으니까 이따 타고 가면 되고. 오늘은 우리 집에서 자는 걸로."

"알겠습니다."

"그나저나 전지훈련이 언제 시작이지?"

"4일 후요."

"그럼 일단 그 때까지 거처 문제부터 처리하고……."

스티븐 킴이 서류들을 정리하면서 중얼거렸다.

잠시 동안 책상에 있던 책을 집어든 주혁은 말없이 영어로 된 책을 읽어나가기 시작했다.

이윽고 정리가 다 끝난 스티븐 킴이 자리에서 일어났다.

"어이고, 이제는 영어로 된 책도 읽는 거야?"

"그냥 심심해서요."

"너처럼 영어 빨리 느는 사람도 없을 거다. 영어 학원 광고도 찍었더만?"

"네. 보셨어요?"

"와이프랑 그거 보면서 진짜 배꼽 빠지게 웃었다니까."

키득키득 웃던 스티븐 킴이 광고를 흉내 내기 시작했다.

"영어도 강속구처럼. 이제 히틀 어학원에서 빠르게 영어를 익히세요. 가자, 메이저리그로! 히틀 어학원!"

"……."

여전히 웃음이 멈추지를 않는지 사무실 불을 끄면서도 스티븐 킴은 자꾸 웃어댔다.

"적당히 하세요……. 그거 다 국민들이 영어를 잘 하길

바라는 마음에서 찍은 거라고요. 웃음거리로 전락할 줄은
몰랐네."

"그래도 라면 광고보단 나아. 전에 신우가 찍은 라면 광
고 봤지?"

"그 킹뚜껑 라면 광고요?"

"그래. 그거."

주혁이 피식 웃었다.

사무실을 나와 차로 향하면서 스티븐 킴이 말했다.

"그나저나 광고 많이도 찍었더라?"

"그것도 많이 줄인 거예요. 닥치는 대로 다 했으면 그보
다 2배는 많았을 걸요?"

"광고계에서 떠오르는 샛별이구나, 네가. 돈 좀 만졌겠네?"

"연봉보다는 많이요."

"하긴⋯⋯. 네 활약으로 따지면 당장 천만 달러는 넘겨
야 하지만 뭐⋯⋯."

제도 상 그러지 못한다는 사실을 잘 아는 스티븐 킴이 끝
말을 흐렸다.

"그래도 연봉조정자격만 얻으면 게임 끝이죠."

"그렇긴 하지만 푼돈에 고생하는 건 사실이니깐."

"뭐 못 받은 돈들 싹 다 뜯어내면 되니까요. 그러기 위해
서 형님과 조나스 대표님이 필요한 거고요."

주혁의 말에 스티븐 킴이 씩 웃었다.

"걱정하지 마라. 아주 등골 제대로 휘게 만들어줄 테니까.

투타 겸업 에이스라……. 6년 내내 성공적으로 마치면 역대 최고액은 그냥 경신하겠는데?"

스티븐 킴의 말에 주혁이 대답 대신 미소만 보였다.

그만한 돈이 당장 필요한 건 아니지만, 고액 연봉은 곧 메이저리그 구단에서의 대우와 직결되는데다 자존심이 걸린 부분이기에 주혁은 반드시 최고액을 받고 싶어했다.

'그리고 그러기 위해서는 성적이 가장 중요하지. 내 노력하고.'

삑!

주혁이 차 문을 열었다.

"내 뒤만 따라와. 운전은 잘하나?"

"그건 걱정하지 마세요."

대답을 마친 주혁이 그대로 헤네시스 차에 탑승했다.

시동을 켜고 부드럽게 차를 몰며 스티븐 킴의 집까지 향한 주혁은 모처럼만에 만나는 스티븐 킴의 와이프와 정겹게 인사를 나눴다.

그리고는 하룻밤을 묵고 난 후, 다음 날 아침이 밝자 스티븐 킴과 함께 호텔로 향했다.

집은 사진과 다를 바가 없었다.

제법 집이 마음에 든 주혁은 곧장 계약을 하고는 한국에서 가져온 짐들을 풀었다.

'전지훈련 때까지 기초 체력이나 다져야겠다.'

3일이라는 시간이 그에게는 길게 느껴졌다.

다소 무료한 하루들이 지난 후.

마침내 전지훈련의 첫 날이 밝자, 주혁이 곧장 부산 자이언츠의 플로리다 캠프로 향했다.

새 시즌에 앞선 준비.

주혁은 다른 선수들보다도 일찍 그 준비를 시작했다.

더 나은 결과를 위해서.

◆

이곳, 플로리다 캠프의 불펜에선 한동안 포구음이 연신 들리고 있었다.

전지훈련이 시작된 지 오늘로서 3일 차.

주혁의 본격적인 불펜 피칭이 시작된 것이었다.

파앙!

파앙!

파앙!

가볍게 던지고 있으나 공의 빠르기는 상당했다.

현장에 취재 차 와 있던 기자들은 쉴 틈 없이 주혁의 피칭 장면 찍고 있었고, 이를 보고 있던 부산 자이언츠의 코칭스태프들과 선수들은 감탄을 금치 못하고 있었다.

빠르고 묵직한 포심 패스트볼과 굉장한 무브먼트의 투심 패스트볼, 그리고 포구 직전에 착 가라 앉는 고속 체인지업까지.

약 2달 간 휴식을 취한 선수가 맞는지 의심이 될 정도로 주혁의 감각은 이미 상당 수준 올라와 있었다.

"당장 뛰어도 되겠는데요?"

"한국에서 뛰면 성적이 얼마나 나올까 궁금하다."

"공 봐라. 살벌하다, 살벌해."

공을 받던 포수조차 빠르면서도 강력한 패스트볼의 구위에 잠시 타임을 요청할 정도로 주혁의 볼 끝은 생생하게 살아 있었다.

생전 처음 받아보는 위력적인 공에 그도 적응할 시간이 필요한 것이었다.

이윽고 포수가 다시 공을 받았고 그렇게 30분 정도 더 피칭 훈련이 이어졌다.

잠시 휴식을 취하면서 주혁이 속으로 생각했다.

'공은 좋은데 제구가 그다지 좋지가 않다.'

뭐 이제 막 시작한 상태라 애초에 완벽한 걸 기대한다는 자체가 무리이긴 했으나 주혁은 초반부터 드러나는 문제점들을 빠르게 해결하고자 혈안이 되어 있었다.

그가 이렇게 빠른 개선을 하려는 이유가 있었다.

새 시즌을 앞두고 뭔가 변화가 필요하기 때문이었다.

그리고 그 변화를 주기 위해선 시간과 노력이 필요한데, 그 시간들을 보다 많이 가져가기 위함이었다.

'분명 나에 대해서 많은 분석을 했을거고……'

더 좋은 성적을 거두기 위해서, 주혁이 선택한 방법은

바로 새로운 변화구의 장착이었다.

사실 새롭다고 하기는 좀 그렇지만 지난 시즌부터 꾸준히 연습을 했었던 구종, 바로 커브의 완성도를 2011시즌에 들어가기 전까지 갖춰두려는 주혁이었다.

휴식을 마친 주혁이 다시 글러브를 꼈다.

그리고는 커브 그립을 쥐고는 포수에게로 던졌다.

썩 나쁘지 않은 움직임.

그러나 날카로움 없이 밋밋했다.

'이 정도면 타이밍은 빼앗을 수 있어도 공략 당하기 너무 쉽다.'

꽤나 오랜 시간을 투자했으나 여전히 큰 발전을 보이지 않는 커브에 주혁이 골머리를 앓았다.

여러 번 그립도 바꿔 보았으나 커브를 던지는 것이 그다지 익숙하지 않다는 게 문제였다.

주혁이 고개를 갸웃거리며 커브를 던지던 그 때.

"생각보다 커브 각이 별로지?"

누군가 뒤에서 주혁에게 말을 걸어왔다.

낯선 목소리.

주혁이 피칭을 멈추고는 고개를 돌렸다.

모자를 깊게 눌러쓴 채 금테 안경을 낀 한 남자가 팔짱을 낀 채 미소를 짓고 있었다.

그를 보는 순간, 주혁이 그제야 큰 깨달음을 얻은 사람마냥 밝게 웃으며 모자를 벗어 인사를 했다.

'맞다. 이 분이 계셨지!'

한국프로야구 역사 상 가장 위대한 투수로 손꼽히는 선수이자 엄청난 각도의 커브로 당시 프로야구계를 평정했던 사나이.

한국시리즈에서 4승을 거두며 부산 자이언츠의 우승을 사실 상 홀로 이끌었던 살아 있는 레전드.

그의 뒤에 서 있는 남자는 바로 '무쇠팔' 최종원이었다.

◈

그와의 만남을 주혁은 운명이라고 여겼다.

'내가 왜 이 생각을 못했을까?'

커브라는 변화구에 있어 확실한 노하우를 가진 대선배를 앞에 두고도 혼자서 힘겹게 고민하고 있었다는 사실에 주혁은 허탈하게 웃었다.

하나 그럴 만도 했다.

과거, 주혁이 그와 만난 적이 사실 거의 없었다.

그가 일찍이 세상을 떠났을 즈음, 주혁은 타자로 전향하기 위해 미국에서 훈련을 했었기 때문이었다.

미소를 지으며 자신을 바라보는 최종원을 보며 주혁도 긴장을 풀었다.

어쩌면 그를 이렇게 다시 볼 수 있다는 것도 정말 큰 행운이 아닐까 싶었다.

비록 그가 활약했을 당시에는 주혁이 태어나지도 않았을 때이지만, 야구 선수를 꿈꾼다면, 그리고 최고의 투수를 꿈꾼다면, 최종원이라는 사람은 대한민국에서 투수라는 꿈을 가진 선수들에겐 우상과도 같은 존재였다.

특히나 그가 고교 야구에서 17이닝 연속 노히트 노런이라는 전대미문의 기록을 세우기도 했기에 그는 고교 선수들에게 있어 전설로 회자될 만 했다.

당시 야구계에 큰 파장을 불러일으켰던 최종원은 박찬홍보다도 더 일찍이 메이저리그라는 무대를 밟을 수도 있었다.

그러나 병역 문제 때문에 미국행을 포기할 수밖에 없었던 최종원은 이후 한국프로야구 역사의 한 획을 그은 투수로 남게 되었다.

그래서일까.

주혁을 보는 최종원의 눈빛에선 어린 나이에 메이저리그라는 큰 무대에서 대한민국 선수로서 아주 성공적인 활약을 보인 것에 대한 대견함과 자신의 꿈을 이미 이룬 것에 대한 부러움 섞인 뿌듯함이 묻어나 있었다.

최종원이 물었다.

"새 구종으로 커브를 생각하는 거냐?"

"네, 그렇습니다."

주혁의 대답에 최종원이 싱긋 웃었다.

"도와줄까?"

"도와주시면 저야 감사하지만 다른 선수들도 있는데……."

"그래서?"

"예?"

"도움이 필요하다는 거야, 필요 없다는 거야? 네가 도움이 필요하다면 그때는 염치고 나발이고 신경 쓰지 말고 도와달라고 먼저 말해."

최종원의 말에 그제야 주혁이 자신감 있게 대답했다.

"절실하게 코치님 도움이 필요합니다."

"간절하냐?"

"물론입니다."

"그래. 그러면 하나만 묻자. 이 커브는 언제부터 연습한 거냐?"

"1년 넘었습니다."

"그렇게 했는데 막상 결과물이 썩 만족스럽진 않네?"

"……그렇습니다."

"투심은 얼마 만에 익혔냐?"

최종원의 물음에 주혁이 그가 어떤 말을 하고자 이런 질문들을 하는지 눈치 채고는 대답했다.

"3개월 정도입니다."

"그 때 어떻게 훈련했냐?"

"빨리 실전에서 쓰기 위해서 자투리 시간까지 탈탈 털어 연습했습니다."

주혁의 대답에 최종원이 고개를 끄덕거렸다.

"네가 캠프를 떠나기 전까지 나는 너에게 내 시간을 투자할거다. 넌 우리 부산 자이언츠 소속도 아니고 그렇다고 내가 가르친 제자도 아니지만, 이제 대한민국을 대표하는 야구 선수로서 자리 잡은 네게 투자할 시간들은 전혀 아깝지가 않다고 생각한다."

"감사합니다, 코치님."

"이미 너는 성공을 맛 봤고 앞으로 이루고 싶은 성공은 네가 성공을 하기 위해 했던 노력들만 반복해도 무궁무진하게 이뤄질 거다."

최종원이 팔짱을 풀고는 주혁에게로 좀 더 다가갔다.

"한 가지 명심해야 할 건, 내 도움을 받는다고 해서 당장 커브가 좋아지진 않을 거라는 거다. 내 노하우를 네가 얼마만큼 스스로 훈련하느냐에 내년 시즌 커브로 더 좋은 피칭을 이어갈지 말지가 결정되니깐."

"반드시 명심하겠습니다."

"준비 됐나?"

"물론입니다."

열정이 이글이글 타오르는 주혁의 눈빛을 본 최종원이 야구공을 집고는 그립을 쥐었다.

그리고는 그 그립을 주혁에게 보여주면서 그가 커브라는 구질에 대해 설명하기 시작했다.

"내가 생각하기에 커브볼을 완벽하게 구사할 줄만 알면 그 어떤 타자도 칠 수가 없다고 생각한다. 그만큼 좋은 구종이고 또 그만큼 위험 요소가 많은 구종이기도 하지. 밋밋한 커브, 타자가 떨어지는 각을 예측할 수 있는 커브, 타이밍을 빼앗지 못하는 커브는 차라리 안 던지는 게 낫다고 해도 과언은 아니다.”

주혁이 그가 보여준 그립대로 커브를 쥐었다.

딱히 큰 차이는 없으나 주혁은 일단 그가 쥐었던 그립과 정확히 일치하게끔 커브 그립을 쥐었다.

최종원이 말을 이었다.

“스핀이 제대로 먹어야 해. 타자 입장에서 이 타이밍에 배트를 휘두르면 맞겠구나라고 생각하는 것보다 더 아래로 떨어져야 하지. 즉, 꺾이는 그 순간 커브의 각도가 엄청난 차이를 만들어야 한다는 뜻이다.”

주혁이 그의 말을 이해하고는 고개를 끄덕였다.

그도 과거 타자 시절, 메이저리그에서 숱하게 커브를 상대하기도 했을 뿐더러, 간혹 정말 엄청난 커브를 구사하는 투수들에게는 알고도 당할 정도로 애를 먹기도 했었다.

그 경험을 상기시킨 주혁은 이어지는 최종원의 말에 더욱 집중할 수가 있었다.

그가 말했다.

“네 릴리스 포인트가 전체적으로 높은 쪽에서 형성되더구나. 커브도 마찬가지다. 나는 키가 그렇게 크지 않았음에도 불구하고 내 커브를 본 동료 타자들이 항상 하는 말이, 릴리스 포인트가 높은 곳에서 형성되는 까닭에 순간 시야에서 사라졌다가 눈 깜짝할 사이에 포수 미트로 떨어져 꽂힌다고 했었지. 마찬가지다. 너는 키도 크기 때문에 높은 릴리스 포인트에서 뿌려지는 날카로운 커브를 던질 수만 있다면 지금보다 몇 배는 더 성장할 수가 있다."

말을 마친 최종원이 그가 커브를 어떻게 던졌는지를 투구폼과 릴리스 포인트를 통해 천천히 보여주었다.

그러면서 커브를 던지는 방법만을 설명한 후, 곧바로 주혁에게 커브를 던지게끔 시켰다.

주혁이 곧장 커브를 던졌고 제법 괜찮은 각도로 커브가 포수 미트 안에 들어갔다.

하나 아직은 메이저리그에서 쓰긴 밋밋한 커브였다.

최종원은 급하지 않게 천천히 설명을 해가면서 어떤 지점에서 커브를 긁어내려야 하는지, 또는 상체와 하체의 밸런스가 커브를 던질 때마다 살짝 무너지는 것들을 세심하게 캐치하고 조언해주었다.

이는 30분 이상의 시간을 잡아먹었고, 최종원이 이내 입을 열었다.

"당장 빨리 고치려고 해도 어차피 안 늘어. 조언은 해줄 수 있어도 그 감각을 깨우치는 건 전적으로 네 몫이니까. 연습해라. 정말 많이."

"알겠습니다. 감사합니다."

최종원이 모자를 꾹 눌러쓰고는 피식 웃더니 다시 팔짱을 낀 채 다른 투수에게로 발걸음을 옮겼다.

다시 홀로 남겨진 주혁이 심호흡을 한 후 커브 그립을 쥐었다.

'아직은 익숙하진 않지만……'

익숙해지게 만든다.

다가오는 2011시즌을 투수로서 또 다시 성공적으로 마치기 위해서는 반드시 숙련된 커브를 구사해야만 했다.

주혁이 다시 와인드업을 하고는 포수 미트를 향해 커브를 던졌다.

슈웅!

파앙!

이번에도 떨어지는 각도는 괜찮았으나 컨트롤이 미숙한 까닭에 던지려던 지점에서 커브가 벗어나고 말았다.

'던지는 방식 자체가 달라서 그런지 쉽지는 않다.'

그러나 주혁은 조금도 실망하지 않았다.

묵묵히, 그리고 조급해 하지 않으면서, 그는 최종원의 말들과 모습들을 떠올리며 포수 미트에 커브만을 계속해서 던지기 시작했다.

물론 발전은 그다지 없었다.

다만 한 가지 차이가 있다면…….

슈웅!

파앙!

주혁의 손에서 뿌려지는 커브가 이전보다 훨씬 더 자신감이 붙어 있다는 점이었다.

그렇게 한동안 주혁은 커브를 집중적으로 연습했고, 다른 구종들 역시도 소홀히 하지 않으면서 구속과 구위를 체크하고 컨트롤을 확인한 후 문제점들을 파악해 수정해나갔다.

여기는 스스로의 힘으로 해낼 수 있었으나 커브만큼은 최종원의 코칭이 필요했다.

그리고 최종원은 주혁이 그 누구보다도 열심히 훈련하는 모습을 보면서 조금씩 그에게 투자하는 시간을 늘렸다.

물론 개인적으로 휴식을 취하는 시간에 말이다.

서로의 일을 가장 우선으로 여기면서, 자투리 시간을 알차게 활용해 온 두 사람의 이번 전지훈련 일정은 물 흐르듯 하루하루가 빠르게 지나가고 있었다.

어느덧 부산 자이언츠가 캠프를 정리하게 되는 날이 다가오자, 최종원과 주혁은 스케줄이 끝난 이후 불펜에서 다시 만나 마지막 점검을 마쳤다.

대략 1달간의 그 기간 동안, 주혁의 커브는 미약한 발전만을 보였을 뿐 눈에 띄게 좋아지진 않았다.

하나 이를 지켜보던 최종원은 주혁에게 처음으로 칭찬을 해주었다.

"밸런스는 아주 좋아. 릴리스 포인트도 좋고, 아직 스핀이 덜 먹어서 위력적이진 않더라도 조금씩 나아지는 게 눈에 보인다. 컨트롤이나 실투도 이젠 거의 없고. 그간 수고했다."

예상보다 놀라울 정도로 빠른 성장 속도를 보인 주혁에게 최종원은 칭찬을 하지 않을 수가 없었다.

여태껏 채찍질만 했다면, 이제는 당근을 줄 차례인 셈이었다.

'가능성은 충분하다. 재능도 좋고 받아들이는 속도도 빠르고 어깨며 신체 조건도 탁월하고……. 야구로서 천재적인 감각을 갖췄음에도 게으르지가 않군.'

이제 막 청소년의 딱지를 뗀 나이일 텐데 자기 관리만큼은 베테랑급 선수들처럼 하는 주혁을 보며 최종원은 그의 미래를 점칠 수가 있었다.

'이 녀석은 성공하겠다.'

배우려는 자세가 잘 갖춰져 있었기에 최종원은 주혁이 쉽게 무너지지 않을 거라고 본 것이었다.

'메이저리그에는 나보다 더 뛰어난 코칭스태프들과 선수들이 있을 테니까…….'

앞으로 더 발전할 수 있도록 도와줄 도우미들이 넘쳐난다는 것, 그리고 그 도움을 스펀지처럼 재빠르게 흡수해버리는 타고난 천재성.

최종원이 그의 어깨를 토닥여주었고, 주혁은 말없이 모자를 벗은 후 그를 향해 90도로 고개를 숙여 감사의 뜻을 전했다.

그런 주혁에게 최종원이 말했다.

"절대 잊지 마라. 현실에 안주하면 그걸로 발전이 끝난

180 **리턴 에이스** 3

다는 것을. 간절하게 노력해라. 절실하게. 그게 너를 한 단계 더 성장시켜줄 테니까."

"명심 또 명심하겠습니다."

"그래. 이틀 후면 이제 작별이구나."

최종원이 못내 아쉽다는 듯한 어투로 중얼거렸다.

요새 어린 선수들과는 마인드나 자세에서 그 차이가 너무도 뚜렷하게 보이는 주혁에게 짧은 시간이지만 최종원도 그새 정이 든 모양이었다.

자신이 꿈꿨던 메이저리그 무대에서 이미 성공적으로 시즌을 마치고 이제는 더 좋은 성적을 얻기 위해 노력하는 주혁의 투지 넘치는 모습.

그것이 최종원의 지난날을 떠올리게 하는 매개체가 되고 있었다.

"그러고 보니 투타 겸업 말이다."

"네, 코치님."

"두 포지션 중 하나라도 무너진다면 깔끔하게 포기하거라. 잘못하다간 두 개 다 무너질 수도 있으니 말이다."

최종원의 말에 주혁이 고개를 끄덕이며 답했다.

"언젠가 선택의 시간이 올 수도 있겠지만, 저는 은퇴까지 두 포지션 모두 활약하고 싶습니다. 체력적으로도 이상도 없기 때문에 아직까지는 긍정적으로 보고 있습니다."

"그런데 왜 그렇게까지 하는 거냐? 팀을 위해서?"

최종원의 물음에 주혁이 잠시 고민하다 이내 고개를 저었다.

"시작은 팀을 위해서였으나 이후에는 생각이 달라졌습니다. 모두가 불가능하다고 하는 것들을 제 손으로 이루고 싶습니다."

"불가능한 일에 대한 도전이라……."

최종원이 낮게 깔린 음성으로 혼잣말을 하다 피식 웃었다.

문득 과거가 떠올랐기 때문이었다.

불가능할 거라던 한국시리즈 4승.

그러나 그는 해냈고, 팀에게 우승을 안겨주었다.

다만 그것이 몸을 희생시켜 가면서 했던 업적이라는 게 흠이라면 흠이지만 말이다.

최종원이 말했다.

"그래. 그 마음 이해한다. 그리고 너는 이미 절반을 성공시켰다. 앞으로도 해낼 수 있을 거라고 믿는다."

"감사합니다, 코치님."

"대신 혹사는 안 된다. 자기 몸을 사랑하고 아낄 줄 아는 것 또한 프로 선수의 기본이다."

"명심하겠습니다."

주혁의 대답을 들은 최종원이 씩 웃고는 금테 안경을 고쳐 쓰더니 이내 불펜을 나서기 시작했다.

그런 그의 뒷모습을 바라보며 주혁은 깊은 생각에 잠겼다.

'이미 이룰 건 다 이뤄봤다.'

타자로서 절망의 순간부터 시작하여 끝내 명예의 전당에 헌액되는 것까지.

아시아 선수의 기록들은(이치로의 기록을 제외하고) 죄다 갈아 치웠으며, 아시아에서 2번째로 명예의 전당에 헌액되는 선수이자 한국 최초의 선수가 되기도 했었다.

그러나 투수로서의 간절한 꿈은 그를 과거로 돌려보냈고, 주혁은 새로운 인생을 다시 개척하게 되었다.

자연스레 눈높이가 높아질 수밖에 없었고, 타격 실력마저도 전성기 때의 감각을 그대로 가져온 지금, 주혁은 새로운 목표를 향한 도전을 진행하고 있는 중이었다.

'믿음에 보답하겠습니다.'

멀어지는 최종원을 바라보며 주혁이 말없이 그 자리에 가만히 서 있었다.

그의 시야에 최종원의 말라버린 두 다리가 보였다.

'부디 건강하시길 바랍니다. 꼭……'

최종원이 더 이상 보이지 않자, 그제야 주혁도 짐을 정리하고는 발걸음을 옮기기 시작했다.

구름 한 점 없이 맑던 하늘 위로 어느새 어두운 먹구름이 천천히 몰려들고 있었다.

◆

부산 자이언츠의 전지훈련이 끝이 나고, 주혁은 개인

트레이너를 임시로 고용해서 3월에 시작되는 스프링캠프 전까지 철저한 준비를 하고 있었다.

주혁이 전지훈련에서 최종원 코치와 함께 훈련에 몰입하는 사이, 탬파베이 레이스는 기존의 최저 연봉인 41만 4000달러에서 8만 6000달러 상승한 50만 달러로 그의 연봉을 책정했고 주혁은 군말 없이 이 연봉을 받았다.

어차피 항의해도 연봉이 올라가진 않을 게 뻔하고, 연봉을 올려달라고 하면 헐값에 연장계약을 하자며 계약서를 들이밀 것이 뻔했기 때문이었다.

'어차피 조만간 뜬다.'

미련은 없었다.

기회를 준 팀은 맞지만, 이 팀의 레전드로 남고 싶지는 않았다.

팬들도 열정적이고 선수들이나 코칭스태프들도 모두 마음에 들긴 하지만 매번 헐값에 오래 묶어두려는 탬파베이 레이스의 정책과 주혁은 맞지 않았다(이는 에이전트인 스캇 조나스도 반기지 않는 부분이었다).

사실 탬파베이 레이스가 연봉 협상을 하기 전, 단장인 앤드류 프리드먼이 스캇 조나스와 주혁에게 연장 계약에 대한 이야기를 꺼내긴 했었다.

그 세부 내용은 다음과 같다.

7년 5580만 달러.

2011y - 130만 달러.

2012y - 250만 달러.

2013y - 500만 달러.

2014y - 700만 달러.

2015y - 1200만 달러.

2016y - 1300만 달러.

2017y - 1500만 달러.

옵션(인센티브 포함)

- 제한적 트레이드 거부권(14구단 한정)

- 마이너리그 거부권

- 아메리칸리그 시즌 MVP 투표 5위 진입 시 2만 달러. 순위가 오를 때마다 2만 달러씩 추가 지급(MVP 수상 시 10만 달러).

- 아메리칸리그 사이영상 수상 시 10만 달러.

- 월드시리즈 MVP 수상 시 8만 달러.

- 아메리칸리그 챔피언십 시리즈 MVP, 아메리칸리그 실버슬러거, 아메리칸리그 골든글러브 수상 시 각각 5만 달러.

- 아메리칸리그 올스타 선정 시 3만 달러.

만일 이 계약서에 서명을 한다면 그들이 내밀었던 당초

이번 시즌 연봉인 50만 달러보다 약 3배 가량 높은 액수의 연봉을 올해 받을 수 있긴 하지만 스캇 조나스는 주혁과 상의 끝에 이 제안을 거절했다.

2008시즌 신인왕 출신인 에반 롱고리아도 이처럼 신인왕을 수상한 해 바로 연장계약을 맺긴 했으나 그는 워낙 탬파베이 레이스를 사랑하는 사람인지라 일명 '노예계약'임에도 불구하고 사인을 한 것이었다.

반면에 주혁은 달랐다.

특히나 이번 시즌을 앞두고, 탬파베이 레이스가 대대적인 선수단 개편 작업에 들어가면서 에이스 선수들을 대부분 내보냈기에 주혁의 팀에 대한 애정은 더 식을 수밖에 없었다.

탬파베이 레이스가 내보낸 선수들 수만 무려 16명이 넘어갈 정도였다.

대표적으로 2010시즌을 함께 보냈던 주전 타자들인 1루수 카를로스 페냐와 외야수 칼 크로포드, 유격수 제이슨 바틀렛이 팀을 떠나게 되었으며, 선발투수 맷 가르자도 팀을 떠났고, 불펜 투수들인 호아킨 베노아, 그랜트 발포어, 댄 윌러 등이 팀을 떠났다.

특히나 특급 마무리 라파엘 소리아노도 팀을 떠나면서 비어버린 엄청난 공백들은 탬파베이 레이스의 미래를 암울하게 만드는 듯했다.

그나마 앤드류 프리드먼이 보강을 한답시고 자니 데이먼

과 매니 라미레즈를 데려왔으나 사실 상 FA 시장에서 인기가 없는 선수들이었다.

겨우 건진 선수라고는 불펜 투수들인 카일 판스워드와 조엘 페랄타가 전부였다.

다행스럽게도 지난 시즌 선발진에서 부상으로 빠졌었던 제프 니만과 웨이드 데이비스가 복귀한다는 소식이 전해지긴 했으나 제대로 된 보강을 하지 못한 탬파베이 레이스의 2011시즌을 기대하는 사람들은 나날이 줄어들고 있었다.

믿을 것은 이제 남은 선수들과 신인 선수들의 조화 뿐.

상황이 이렇다보니 탬파베이 레이스를 향한 주혁의 마음도 점점 떠나고 있었다.

'일단은 투타에서 계속 좋은 활약을 보인 후에 연봉 조정 자격만 얻으면 트레이드로 다른 구단의 유니폼을 입자.'

이것이 주혁이 생각하는 시나리오였다.

물론 탬파베이 레이스가 과감하게 높은 액수의 연봉을 주고서라도 주혁을 계속 팀에 남게 할 수도 있으나 스캇 조나스와 주혁은 그렇게 생각하지 않았다.

만일 꾸준히 잘해준다면 충분히 트레이드 카드로 쓸 값어치가 높아지기 때문에 우승을 노리는 팀들이 트레이드를 문의할 것이고 탬파베이 레이스는(특히 앤드류 프리드먼 단장이라면) 주혁을 처분하고 유망주들을 쓸어올 것이 분명했다.

다만 주혁에게 트레이드 거부권이 없기 때문에 구단의 일방적인 트레이드에도 묵묵히 따라야 한다는 단점이 있긴 했다.

행여 스몰마켓으로 트레이드가 된다고 할지라도 주혁의 높아질 연봉을 감당할 팀으로 다시 트레이드가 될 가능성이 농후했다.

'그래도 희망을 버리면 안 된다.'

혹시 모른다.

작년의 자신처럼 마이너리그에서 신인 선수가 올라와 그 빈자리를 확실하게 메꿔줄 수도 있다.

그래도 불만이 가라앉지는 않았다.

스프링캠프가 시작하기 전, 주혁은 개인적으로 카를로스 페냐를 만났고 그와 저녁 식사를 함께 하면서 작별의 아쉬움을 털어냈다.

그렇게 스토브리그가 끝나갈 무렵.

2011시즌 스프링캠프가 시작되었다.

1군 선수들을 비롯해서 초청 선수들까지 60명이 넘는 선수들은 새 시즌을 대비하고자 탬파베이 레이스의 스프링캠프 장소인 샬럿 스포츠 파크에 저마다 포부를 안고 모여 있었다.

본격적인 야구 개막의 시작을 알리는 이 스프링캠프 개막에 야구팬들은 기다렸다는 듯이 뜨거운 관심을 보내주었고, 스토브리그를 통해서 새로 보게 될 선수들에 대한 기대를 품으며 2주 후에 시작될 시범 경기를 손꼽아 기다리기 시작했다.

그리고 수많은 팬들의 이목을 사로잡는 선수가 있었으니……

"윤! 윤! 윤! 윤!"

헤네시스 HB300을 타고 샬럿 스포츠 파크에 입성하는 선수.

바로 주혁이었다.

◆

불펜 안에서 주혁의 피칭을 유심히 지켜보던 애런 루이스 투수 코치가 씩 웃었다.

파앙!

파앙!

파앙!

'준비를 철저하게 해뒀네.'

딱히 손볼게 없을 정도로 주혁은 이미 당장이라도 마운드에 설 수 있을 만큼 준비를 미리 해둔 상태였다.

볼 끝의 묵직함도 여전했고, 투심 패스트볼의 무브먼트나 고속 체인지업의 낙폭도 변함없이 좋았다.

다만 아직 제구에 있어서 약간의 불안함을 보이긴 했으나 애런 루이스는 크게 신경 쓰지 않았다.

'어차피 금방 적응할 녀석이다.'

특히나 시즌을 치르면 치를수록 더욱 무서워지는 선수가 바로 주혁이었기에 애런 루이스는 몸 상태에 이상이 없다는 것만 확인하고는 다른 선수에게 시선을 돌렸다.

그러나 그는 채 10분도 되지 않아 다시 주혁에게로 시선을 되돌렸다.

그럴 만한 이유가 있었다.

"......!"

슈웅!

파앙!

지금 주혁의 손에서 뿌려지고 있는 구종.

느린 스피드이지만 떨어지는 각도가 상당한 이 공, 커브볼을 본 애런 루이스의 동공이 순간 커졌다.

커브가 대단히 위력적이라서가 아니었다.

'분명 작년까지만 해도 엉성했는데?'

지금 그의 손에서 뿌려지는 커브는 그 힘은 비록 약할지라도 릴리스 포인트나 떨어지는 낙폭, 그리고 실투가 나오지 않는 좋은 컨트롤은 애런 루이스를 놀래게끔 만들기 충분했다.

'언제 이렇게 완성도가 높아진 거지?'

안정적으로 커브를 던지는 주혁을 보며 애런 루이스의 눈빛이 달라졌다.

'이거 조금만 더 다듬으면 실전에서 써도 되겠는데?'

전혀 예상치도 못한 발전.

애런 루이스는 그가 부산 자이언츠와의 앞선 전지훈련을 통해 이걸 익혔다고는 미처 생각하지 못하고 있었다.

가만히 주혁의 커브를 지켜보던 애런 루이스가 이내 주혁이 피칭을 멈추자 그에게로 다가갔다.

"커브가 아주 좋아졌네."

"그런가요? 다행이네요."

"아직 실전에서 쓰기는 부족한데 일단 이 정도만 해도 충분히 가능성이 있어. 정규 시즌 들어가기 전까지 커브 훈련에 집중해라."

"알겠습니다."

대답을 마친 주혁이 물로 목을 축이고는 다시 공을 쥐었다.

'애런 코치한테 인정까지 받았으면 80%는 된 거다.'

이제 그 날카롭고도 힘 있는 커브만 갖추면 게임은 끝이다.

'나에 대한 대비가 아주 철저하게 되어 있겠지만……'

슈웅!

파앙!

서서히 위력적인 모습을 보이는 듯한 주혁의 커브.

'타이밍을 더 잡기 어렵게 해주지.'

점점 자신감이 붙기 시작한 커브는 매서운 각도로 포수 미트에 연신 꽂히기 시작했다.

최종원과의 짧았던 만남.

그리고 훈련.

그간 흘렸던 땀방울과 쏟아 붓은 노력의 결실이 서서히 맺어지고 있었다.

◆

스프링캠프가 시작된 이후로 1주일 동안, 주혁은 커브 훈련과 타격 훈련에 꽤 많은 시간을 할애했다.

그럴 수밖에 없었다.

커브를 제외한 나머지 구종들은 이미 정상적으로 복귀가 된 상태인데다 약간 흔들리던 제구도 어느 정도 감각을 되찾아가고 있는 반면, 타격 감각이 생각했던 것만큼 올라오지 않고 있었기 때문이었다.

'확실히 힘든 일이긴 하다.'

양 쪽 모두 신경을 써야 하기 때문에, 주혁은 남들보다도 더 많은 시간을 투자할 수밖에 없었다.

특히나 타격 감각은 빨리 올려야만 했다.

그럴 만한 이유가 있었다.

어제 저녁, 스프링캠프에서의 1주일을 유심히 지켜본 조 매든 감독이 주혁에게 시범 경기에서 어떤 역할을 맡게 될지를 미리 알려줬었다.

팀 내 2선발.

6번 타순 배치.

지난 시즌까지만 해도 5선발에 9번 타자였으나 이제는 2선발에 6번 타자를 맡게 된 이상 부담이라는 짐은 더 크고 무거워졌다.

이러한 이유 때문에 주혁이 더 많은 노력을 기울이고 있는 것이었다.

특히나 6번 타자로 타석에 나선다는 건 곧 9번 타순 때처럼 출루에만 국한된(어쩌다 한 번씩 큰 스윙을 하긴 하지만) 역할이 아닌 클린업 타자들의 바로 뒤에서 장타를 보강해줘야 한다는 뜻이기도 했기에 대비는 필수였다.

물론 이게 싫은 건 아니었다.

지난 시즌에는 살아남아야 했기 때문에 투수로서 더 많은 노력을 기울였으나, 꿈틀대는 타격 본능을 터트리고 싶은 주혁에게는 6번 타순은 괜찮은 자리이긴 했다.

그러나 그 자리가 주는 무게감은 실로 컸다.

만일 기대 이하의 성적을 낸다면 더 이상 투타 겸업을 할 수 없게 되기 때문이다.

'만약 그렇게 되면 분명 감독님은 타자를 포기하라고 하실거고…….'

조 매든은 주혁의 타격 실력도 높게 평가했으나 투수로서 더 비중 있게 기용하고자 했다.

'뭐 어찌 되었든 간에 내가 좋아서 하는 일이니까 최선을 다해야지.'

한 번이라도 나무에서 떨어지면 그걸로 다시 오를 수 있는 기회는 사라진다고 봐도 무방하다.

지금처럼 타격 감각이 최고조에 있을 때 잘 활용해야 한다.

메이저리그 유일무이한 투타 겸업 선수.

이 명성을 유지하기 위해서, 더 나은 결과와 더 빠른 대우, 메이저리그 최고의 선수로 우뚝 서기 위해서.

주혁이 남은 기간 동안 해야할 일은 가장 완벽한 준비를 마치는 일이었다.

따악!

'이 정도면 배트 스피드도 많이 좋아졌다.'

서서히 지난 시즌 폼이 돌아오고 있었다.

실전을 통해 부족한 점들을 파악해야겠지만, 당장의 준비는 상당 부분 끝나 있는 상태였다.

이제 남은 건 그간의 준비를 마지막으로 점검하는 것 뿐.

그리고 그 남은 1주일마저도 흘러가고 나자, 비로소 시범 경기가 시작되었다.

대망의 첫 경기.

상대는 바로 지구 라이벌, 뉴욕 양키스였다.

16. 2011 시범 경기

리턴
에이스
Return Ace

16. 2011 시범 경기

조 매든 감독이 첫 시범 경기 상대인 뉴욕 양키스를 상대로 내세운 선발 라인업은 다음과 같다.

1번 타자 SS 션 로드리게스
2번 타자 CF B.J. 업튼
3번 타자 3B 에반 롱고리아
4번 타자 LF 매니 라미레즈
5번 타자 2B 벤 조브리스트
6번 타자 DH 윤주혁
7번 타자 RF 필립 모리스
8번 타자 C 켈리 숍패치

9번 타자 1B 케이시 코치맨

지난 시즌도 그리 좋지 못했던 탬파베이 레이스의 타선이 지금은 더욱 빈약해 보였다.

우선 테이블 세터진부터가 달라졌는데, 지난 시즌에는 칼 크로포드와 B.J. 업튼 또는 제이슨 바트렛이 번갈아가며 맡았던 이 중요한 자리에 션 로드리게스라는 타자는 확실히 무게감이 떨어지는 편이었다.

지난 시즌, 제이슨 바트렛에게 유격수 자리도 밀리고 부상까지 당하면서 시즌 초반부터 전력에서 이탈했었던 션 로드리게스는 이후 로스터 확장 때 다시 메이저리그로 돌아왔으나 대타로도 그다지 좋은 활약을 보이지 못했던 그였다.

그런 그에게 1번 타자 자리를 맡긴 조 매든 감독의 생각이 무엇인지 팬들은 알 수 없었으나, 믿음 하나만으로도 그들은 1번 타자 션 로드리게스를 응원했다.

이 밖에도 카를로스 페냐의 대체자로 선택된 1루수 케이시 코치맨 역시도 팬들에게 큰 기대감을 주지는 못했다.

그나마 한 사람, 실버슬러거만 9번을 수상한 타자인 매니 라미레즈에게 탬파베이 레이스는 뜨거운 관심을 보이고 있었다.

물론 팀을 떠난 칼 크로포드와 비교한다면 그 공백을 100% 메꿔줄 정도의 기대를 하기는 힘들었으나 그래도 통산 500홈런을 넘긴 거포인 만큼 장타력을 보강해 줄 자원이라고 팬들은 기대하고 있었다.

하나 어찌 되었든 팬들에게 있어서 다소 실망스러운 타선이라는 건 변함이 없었다.

그저 지략이 뛰어난 조 매든 감독이 팀 내 뛰어난 유망주들을 잘 활용해서 부족한 공백들을 메워줄 거라고 그들은 믿고 있었다.

실제로 지난 시즌, 투타에서 모두 최고의 활약을 선보인 주혁과 예상 외로 큰 힘이 되어준 우익수 필립 모리스를 통해 부상의 공백을 메꾸면서 지구 우승을 거두는 데 성공했었던 조 매든 감독이었다.

신인 선수들을 어떻게 기용해야 하는지를 잘 아는 감독.

탬파베이 레이스의 팬들은 조 매든이라도 남아 있어서 다행이라고 여기고 있었다.

샬럿 스포츠 파크 구장에 모여 이번 시즌의 우승 가능성을 놓고 팬들이 서로 이야기를 나누던 그 때, 반가운 얼굴의 선수들이 모습을 드러내기 시작했다.

그리고 마운드로 걸어 올라오는 투수, 데이비드 프라이스를 본 팬들은 환호성을 내질렀다.

묵직한 구위를 바탕으로 지난 시즌 2점대 방어율에 19승을 기록했던 데이비드 프라이스는 이제 탬파베이 레이스의 어엿한 스타플레이어가 되어 있었다.

이윽고 뉴욕 양키스의 1번 타자가 타석에 들어섰고, 비로소 경기가 시작되었다.

데이비드 프라이스의 속구는 여전히 위력적이었다.

파앙!

파앙!

파앙!

연신 스트라이크 존 바깥쪽에 꽂히는 이 속구들은 평균 95마일(153km)의 구속을 보이면서 묵직하게 포수 미트에 꽂히고 있었다.

이를 지켜보던 팬들은 믿음직스러운 데이비드 프라이스의 피칭에 흐뭇한 미소를 머금고 있었다.

그러나 그것도 잠시.

따악!

따악!

서서히 맞기 시작하는 데이비드 프라이스의 패스트볼.

분명 유리한 볼 카운트를 만들고 있기는 했으나 그 결과가 좋지 못했다.

따악!

결국 마크 테세이라에게 중견수 뒤를 넘어가는 홈런을 맞으면서 1회부터 3점을 내주고 만 데이비드 프라이스의 표정이 점점 굳어지기 시작했다.

아직 몸의 완성도가 떨어져 있음이 여실히 드러나고 있는 것이었다.

이후 데이비드 프라이스가 1회를 마무리 짓기까지, 그는 뉴욕 양키스의 타선에게 5점을 헌납하고 말았다.

속구에는 문제가 없었다.

단지 공이 높게 형성되고 있다는 게 흠이었다.

제 아무리 속구의 위력이 좋아도 전체적인 컨트롤과 안정성이 떨어져 있으면 무너지기 마련이다.

더군다나 아직 타격 감각이 정상 궤도에 진입하지도 않은 뉴욕 양키스의 타자들을 상대로 1회부터 피안타만 총합 6개를 내주었다는 것은 곧 아직 그에게 시간이 더 필요하다는 뜻과 귀결되고 있었다.

벤치에서 이를 지켜보던 주혁은 크게 신경 쓰지 않았다.

'아직 감이 되살아나지 못해서 그런 거지, 그 감만 되찾으면 1선발다운 피칭을 해줄 투수다.'

주혁이 팀 내 여러 선수들 가운데 2번째로 믿는 선수가 바로 데이비드 프라이스이기 때문에(첫 번째는 에반 롱고리아) 조금도 걱정스러워 하지 않았다.

'다만 시범 경기 첫 날부터 5점 차로 뒤져 있다는 게 마음에 안 들기는 하지만……'

점수 차이야 금방 쫓아가면 그만이다.

이어지는 1회 말, 탬파베이 레이스의 공격 찬스.

오늘 뉴욕 양키스가 선발로 내세운 투수는 퍼렐 젠킨스였다.

우완투수인 퍼렐 젠킨스는 지난 시즌 밀워키 브루어스에서 11승 10패 3.75의 평균자책점을 기록, FA 자격을 취득해 뉴욕 양키스와 5년 4500만 달러에 계약을 맺은 바 있다.

이미 그의 스카우팅 리포트를 읽은 주혁이지만, 그가 오늘 어떤 피칭을 하는지 유심히 지켜보기 시작했다.

'일단 떨어지는 스플리터가 날카롭네. 그리고 결정구로도 많이 쓰고. 패스트볼은 스피드가 아직 안 나오고 있고, 반면에 슬라이더는 지난 시즌보다 구속이 더 붙었군.'

대략적으로 퍼렐 젠킨스의 피칭을 분석한 주혁은 그를 상대로 자신이 어떤 스윙을 가져가야 할지에 대해 구상했다.

잠시 후…….

따악!

2사 1,2루의 찬스를 맞았던 벤 조브리스트가 안타를 때려내면서 1점을 만들어내는 데 성공, 다음 타자인 주혁에게 2사 1,3루의 찬스가 찾아왔다.

대기 타석에서 생각을 마친 주혁이 천천히 발걸음을 옮겼다.

타석에 서서 타격폼을 취한 주혁에게 퍼렐 젠킨스가 사인을 확인하더니 초구를 던졌다.

파앙!

몸쪽 높게 들어온 패스트볼은 스트라이크 존을 벗어났고, 주혁은 이 공이 실투임을 단번에 눈치 챘다.

'오늘 속구는 별로다.'

그렇다면 다음 공은 스플리터 아니면 슬라이더가 들어올 가능성이 높다는 걸 파악한 주혁이 재차 타격폼을 취했다.

그리고 2구 째 공이 포수 미트로 날아오는 순간, 주혁이 배트를 휘둘렀다.

틱!

공을 맞추기는 했으나 빗맞으면서 파울이 되고 만 타구.

2구 째 공은 낮게 떨어지는 스플리터였다.

'대충 예상은 했는데……'

생각보다 낮은 공에 대한 배트 스피드가 다소 느렸고, 결국 제대로 맞추지 못한 것이었다.

틱!

이어지는 3구 째 낮게 몸쪽으로 휘는 슬라이더 역시도 배트의 반응 속도가 살짝 느렸다.

'이게 문제군.'

낮은 공에 대한 대처.

어떤 부분이 미흡한지를 파악하는 것이야말로 시범 경기가 중요한 이유를 설명할 수 있는 부분 중 하나다.

시범 경기를 통해 부족한 점을 깨닫고 그걸 고쳐서 정규 시즌 때 제대로 된 모습을 보여주는 것.

'일단 파악은 했고, 이제 제대로 쳐보자.'

지금부터는 안타를 때려내서 타점을 생산하는 일에 집중하기로 마음을 먹은 주혁이 허공에 스윙을 한 번 하고는 다시 타격 자세를 잡았다.

사인을 확인한 퍼렐 젠킨스 역시도 1볼 2스트라이크의 유리한 볼 카운트에서 주혁을 잡아내기 위해 침착하게 슬라이드 스텝을 가져갔다.

그리고…….

따악!

바깥쪽으로 들어오던 패스트볼을 밀어 친 주혁의 타구가 좌익수에게로 날아가기 시작했다.

좌익수가 앞으로 달리면서 그 타구를 잡으려 했으나, 타구는 정확히 그의 앞에 뚝 떨어지면서 안타가 되었다.

또 다시 1점을 추가하는 탬파베이 레이스.

그리고 시범 경기 첫 타석부터 1타점을 생산한 주혁이 1루 베이스에서 보호구를 벗으며 속으로 생각했다.

'다음 타석 때는 장타를 노린다.'

작년 시범 경기 때는 눈에 띄기 위해 무조건 결과를 만들기 위한 배팅을 했다면, 올해 시범 경기는 새 시즌을 위해 다양한 테스트를 해보는 하나의 시험대나 다름없었다.

물론 주전 경쟁에서 자유로운 몸은 아니었다.

지명타자라는 자리인 만큼, 타격 성적이 좋지 못하면 밀리는 것도 당연하다.

하나 한 가지 확실한 사실은…….

'지금 나보다 실력이 뛰어난 경쟁 상대는 없다.'

가장 먼저 시즌 대비를 시작한 주혁보다 타격감이 좋은 선수는 팀 내 아무도 없었다.

이겼으면 좋았겠지만, 탬파베이 레이스는 뉴욕 양키스에게 11 - 9로 패하고 말았다.

비록 시범 경기 첫 경기를 패배하긴 했으나 경기 내용은 나름 괜찮았기에 팀 분위기가 나빠지진 않았다.

단지 패배를 한 건, 마크 테세이라가 첫 경기부터 홈런 2개를 포함 3안타 게임을 하면서 혼자서 7타점을 만들었기 때문이었다.

반면에 개인의 활약으로 사실 상 11점을 뽑아낸 뉴욕 양키스와는 반대로 각자 타순에서 제 몫을 톡톡히 해주며 9점을 만들어낸 탬파베이 레이스의 타자들이었다.

그 중에서도 4타수 2안타 2타점을 기록한 5번 타자 벤 조브리스트와 3타수 2안타 3타점 1볼넷을 기록한 6번 타자 주혁, 그리고 4타수 2안타 1타점을 기록한 케이시 코치맨의 활약이 돋보인 첫 경기였다.

경기를 마친 후, 주혁은 남아서 스윙 훈련을 보충하기 시작했다.

경기를 통해 파악한 단점들을 고치기 위함이었다.

미흡했던 낮은 공에 대한 스윙 연습을 하니 점차 배트 스피드가 빨라지는 게 느껴졌다.

'포괄적으로 훈련하는 것하고 하나만 집중적으로 훈련하는 건 시간 차이가 크지.'

시범 경기 일정 이전에는 전체적으로 훈련을 한다면, 시범 경기 일정이 시작된 이후부터는 부족한 것들에 대해서만 훈련을 함으로서 주혁은 완벽을 기하고자 했다.

과거에도 이런 훈련 방식으로 매 시즌마다 슬럼프를 딱히 겪지 않을 수 있었다.

스스로의 문제점을 찾아내기란 대단히 어려운 일이긴 하다.

대부분의 선수들은 자신이 어떤 문제점을 가지고 있는지를 잘 파악하지 못한다.

그러나 주혁은 오래전부터 이런 훈련들을 해왔기 때문에 단점을 파악하는 것이 무척이나 익숙했다.

기존의 스윙 매커니즘에서 달라진 부분만 찾아내면 되기 때문.

해가 지고 달빛이 밤하늘을 가득 메울 때쯤이 되어서야 비로소 주혁의 훈련이 끝났다.

샤워를 하고는 피로가 쌓인 몸을 이끌고 숙소 앞까지 도착한 주혁의 앞에 조 매든 감독이 나타났다.

"윤. 모레 등판 예정이니까 내일은 이렇게 늦게까지 훈련하지는 마라."

"알겠습니다."

"그리고 그 날은 타자로 안 나서도 된다."

주혁은 그의 결정을 따르기로 했다.

충분히 타자로 나서도 주혁에겐 체력적으로 문제가 없었

으나, 조 매든은 그 날 경기 때 다른 타자들을 기용하기 위해 주혁을 타자로 내세우지 않기로 결정한 것이었다.

그가 주혁을 보며 흐뭇하게 웃었다.

"네가 흘리는 땀방울 하나하나가 안타이자 타점이자 홈런이자 승리이자 탈삼진이다. 무슨 뜻인지 알지?"

"물론입니다."

"지금 선수들 중에서 가장 준비가 잘 된 선수가 바로 너다. 그리고 그만큼 많은 시간을 투자한 선수 역시도 너다. 그러니 정규 시즌 들어가기 전까지 지금보다 더 무리하게 훈련하지 마라."

"무슨 뜻인지 알겠습니다."

걱정 가득한 조 매든의 얼굴.

그는 다른 무엇보다도 주혁의 부상을 가장 염려하고 있었다.

부상 위험을 생각해서라도 당장 투타 겸업을 말리고 싶긴 하지만 워낙에 본인 의사가 뚜렷한데다 투타에서 모두 뛰어난 활약을 보이고 있었기에 제재를 가할 수가 없었다.

그나마 다행스러운 것은 지난 시즌 투타 겸업을 하면서도 단 한 번도 지친 기색을 보지 못했다는 점이었다.

이것이 조 매든의 걱정을 달래주는 요인이 되고 있었다.

"명심해라. 이제 너는 우리 팀의 에이스나 마찬가지다."

조 매든의 말에 주혁이 고개를 끄덕였다.

에이스(Ace).

지난 시즌과는 다르게 팀 내 핵심적인 역할을 맡게 된 주혁은 이번 시즌 탬파베이 레이스의 성공에 있어 가장 중요한 선수 중 한 명이었다.

　　마운드와 타석에서 모두 기대 이상의 활약을 보이는 선수.

　　이 어린 선수가 팀 내에 주는 존재감이란 실로 엄청났다.

　　이러한 이유 때문에 조 매든이 그에게 직접 '에이스'라는 표현을 쓴 것이었다.

　　주혁이 씩 웃으며 그에게 말했다.

　　"기대 그 이상을 보여드리겠습니다."

　　그의 목소리에는 언제나 그렇듯 자신감이 넘쳐나 있었다.

◈

　　디트로이트 타이거즈의 스프링캠프 장소인 조커 머챈드 스타디움 안.

　　탬파베이 레이스와의 시범 경기가 한창인 지금, 그라운드를 바라보는 짐 릴랜드의 낯빛은 갈수록 어두워져 가고 있었다.

　　따악!

　　벌써 6번째 들려오는 큼지막한 타격음.

　　짐 릴랜드가 끝내 자리에서 일어나 투수 교체를 지시했다.

고작 아웃카운트 1개 밖에 잡아내지 못했으나 탬파베이 레이스의 타순은 이미 한 바퀴를 돌아 다시 1번 타자까지 온 상태였다.

더군다나 오늘 선발 투수가 팀 내 굳건한 1선발 투수, 저스틴 벌랜더라는 점이 짐 릴랜드의 표정을 굳어지게 만들고 있었다.

스프링캠프가 시작된 지 이제 3주가 다 되어 가고 있음에도 저스틴 벌랜더는 여전히 정상 컨디션을 조금도 찾아가지 못하고 있었다.

결코 몸에 문제가 있는 것은 아니었다.

단지 저스틴 벌랜더가 그 감각을 아직까지도 되찾지 못하고 있다는 점이었다.

투구폼의 밸런스가 일시적으로 무너지다보니 공들은 계속해서 높게 형성되고 말았고, 컨트롤이 되지 않다보니 위력적인 공들이 전혀 제 몫을 해주지 못하고 있는 상황이었다.

결국 마운드를 내려오게 된 저스틴 벌랜더에게 짐 릴랜드는 그의 어깨를 토닥이며 말했다.

"좀 더 훈련이 필요하다는 걸 너 스스로도 느꼈을 거다."

그의 말에 저스틴 벌랜더는 고개를 끄덕였다.

"1주일 동안은 경기에 나서지 말고 훈련에 집중해라."

"……알겠어요, 보스."

저스틴 벌랜더도 스스로 자신에게 큰 문제점이 있다는 사실을 잘 알고 있었기에 짐 릴랜드의 판단을 수긍했다.

그가 벤치 구석으로 발걸음을 옮겼고, 짐 릴랜드는 마이너리그에서 처음 스프링캠프에 합류하게 된 좌완투수 에디 가렛을 마운드 위에 올렸다.

에디 가렛은 급히 마운드를 이어받았음에도 불구하고 불안하던 저스틴 벌랜더와는 다르게 안정적인 피칭을 바탕으로 추가 실점 없이 공 9개로 이닝을 끝내는 데 성공했다.

그리고 이를 지켜보던 저스틴 벌랜더가 주먹을 꽉 쥐었다.

아직 빅리그 경험조차 없는 마이너리거조차도 몸 상태를 잘 만들었는데, 팀 내 1선발인 자신이 아직도 준비가 제대로 되어 있지 않다는 사실에 화가 난 것이었다.

짐 릴랜드는 슬쩍 저스틴 벌랜더를 보고는 생각했다.

'분명 독기를 품고 훈련할 거고, 저 녀석 정도라면 분명 다시 돌아올 거다.'

시기가 늦기는 했으나 아직 개막을 한 건 아니기 때문에 남은 시간만 잘 활용한다면 충분히 1선발로서의 활약을 보여줄 수 있을거라고 짐 릴랜드는 확신했다.

이번 시즌을 앞두고 스토브리그에서 나름 투수진을 알차게 보강한 짐 릴랜드는 굳이 서두를 필요가 없다고 보고 있었다.

선발진도 탄탄하고, 타선도 좋기 때문에 그는 이번 시즌의 성공을 자신하고 있었다.

그러나 이어지는 1회 말.

마운드 위로 올라오는 탬파베이 레이스의 선발 투수를 보는 순간, 짐 릴랜드는 알 수 없는 긴장감에 휩싸였다.

파앙!

묵직하게 포수 미트에 꽂히는 공들.

스피드는 물론이거니와 로케이션이며 그 볼 끝은 이미 모든 준비가 끝나 있는 투수처럼 보였다.

더군다나 지금 마운드 위에 서 있는 투수가 이제 2년 차 메이저리거라는 점을 감안할 때, 짐 릴랜드는 이제 막 스프링캠프가 시작했음에도 완벽한 컨디션을 보이는 이 어린 투수의 준비성에 감탄하지 않을 수가 없었다.

아직 타격감이 제대로 올라오지 않은 디트로이트 타이거즈의 타자들은 이미 몇 번 상대했던 공들임에도 불구하고 타이밍을 정확하게 맞추지 못하고 있었다.

따악!

그나마 맞춰내도, 타구는 외야수의 글러브 안으로 빨려 들어가면서 아웃카운트를 늘려주고 있었다.

'시즌 끝나고 대회 일정까지 치르고 온 선수가 저렇게 컨디션이 멀쩡하다고?

저스틴 벌랜더가 충분한 휴식을 취했음에도 아직까지 감을 찾지 못하고 있는데, 지난 시즌 아메리칸리그 신인왕을 수상한 이 투수는 이미 완성되어 있다는 게 그저 놀라울 따름이었다.

오랫동안 감독 생활을 해 왔지만, 이렇게 시범 경기 첫 등판부터 완벽한 피칭을 하는 투수는 다섯 손가락 안에 꼽을 정도로 드물었다.

'심지어 저스틴마저도 빌빌 대는데…….'

지금 탬파베이 레이스의 마운드를 지키고 있는 투수, 주혁은 2회까지 단 한 개의 출루도 허용하지 않은 채 탈삼진만 3개를 잡아내는 위력적인 피칭을 보여주고 있었다.

'전력투구는 아니다.'

타자들의 컨디션이 정상 궤도에 오르지 않은 것도 한 몫을 하겠지만, 무엇보다도 공들의 무브먼트나 로케이션이 완벽에 가깝다고 할 만 했다.

'탬파베이 레이스에 저런 선수가 있다는 건 축복이다.'

마치 디트로이트 타이거즈에 이닝 이터라는 별명을 가진 저스틴 벌랜더가 있는 것처럼 말이다.

'심지어 타격까지 하는 선수이니…….'

한 구단의 감독으로서 짐 릴랜드는 주혁을 당장이라도 데려오고 싶을 정도로 탐이 났다.

특히나 작년과 마찬가지로 오늘도 어김없이 팀 내 4번 타자인 미겔 카브레라를 삼진으로 돌려세우는 장면은 그야말로 압권이었다.

'이렇게 감탄만 하고 있을 때는 아니다.'

어느 정도 분석이 되어 있고, 공격적인 피칭 위주로 경기를 풀어가기 때문에 타이밍만 맞추면 충분히 공략할 수 있는 투수이긴 했다.

'물론 완급 조절하고 고속 체인지업 때문에 타이밍 잡기가 쉽지는 않다만······.'

처음도 아니고, 수많은 자료들을 통해 타자들도 떠오르는 스타플레이어인 주혁의 피칭에 더 이상 낯설어 하지는 않았다.

칭찬은 여기까지다.

시범 경기일지라도 컨디션이 좋은 주혁의 공을 타자들이 조금이라도 더 직접 느끼는 게 좋다.

경험은 쌓이면 쌓일수록 빛이 나기 때문이다.

3회 말.

약간의 기대를 걸긴 했으나, 7번 타자부터 9번 타자로 이어지는 이번 이닝에서 주혁의 공을 때려내는 타자는 없었다.

3이닝 퍼펙트 피칭.

이는 그만큼 주혁의 컨디션이 매우 좋다는 것을 입증하는 사례나 다름없었다.

'아마도 4회나 5회까지 던지고 내려가겠지.'

6회까지 마운드에 설 일은 절대 없을 거라고 짐 릴랜드는 확신했다.

그러던 그 때.

따악!

잘 던져주던 에디 가렛도 조금씩 흔들리기 시작했다.

'약체 타선을 상대로 초반부터 고전 중이라니······.'

짐 릴랜드는 점수 차이가 어느덧 7 - 0으로 벌어지자, 에디 가렛을 내리고 롱 릴리프 계투인 마이클 보트를 마운드 위에 내세웠다.

평균 구속 96마일(154km)의 패스트볼을 던지는 마이클 보트는 낮게 피칭을 이어가면서 달아오르던 탬파베이 레이스의 타선을 식히는 데 성공했다.

이윽고 4회 말.

타순이 한 바퀴를 돌아 다시 1번 타자 오스틴 잭슨의 공격으로 시작되는 이닝.

짐 릴랜드는 이전 3회까지 나오지 않던 출루가 분명 이번 이닝에서는 나올 거라고 믿고 있었다.

그러나 그의 기대는 주혁의 손에서 뿌려지는 낯선 공에 와르르 무너지고 말았으니…….

부웅!

"……?"

전광판에 찍힌 82마일(131km)의 스피드.

속구와 거의 비슷한 릴리스 포인트에서 뿌려졌던 이 공은 포수의 미트에 도달하기 전까지 아름다운 포물선을 그리며 떨어졌고, 오스틴 잭슨은 이 공을 맞춰내질 못했다.

짐 릴랜드는 이 공이 어떤 공인지를 단 번에 알아차릴 수 있었다.

'커브다.'

완성도가 느껴지진 않지만, 분명 떨어지는 각도는 제법

괜찮은 편에 속했다.

무엇보다도 강속구 위주의 피칭을 던지는 주혁의 손에서 뿌려지는 커브는 부족한 완성도를 메꿔주는 듯한 느낌이었다.

'몸 상태를 일찍이 끌어올리는 것도 모자라서 그 새 새로운 변화구를 또 장착하다니…….'

그는 생각을 달리했다.

전혀 대비가 되어 있지 않은 타자들은 분명 이 커브에 속고 말 것이라고 짐 릴랜드는 예상했다.

그리고 그 폭포수처럼 낙하하는 커브볼을 상대한 타자들의 배트는…….

부웅!

연신 허공을 가르고 있었다.

◆

성공적인 시범 경기 첫 등판을 마무리 지은 주혁은 이날, 5이닝 무실점 7K 0피안타 0볼넷의 퍼펙트 피칭을 선보이면서 기대감을 한껏 높였다.

경기가 끝난 이후, 각종 언론에서는 주혁의 활약상을 두고 찬사를 아끼지 않았다.

게다가 디트로이트 타이거즈의 짐 릴랜드 감독마저도 주혁을 칭찬했는데, 그가 경기 후 인터뷰를 통해 이렇게 말했다.

"매우 인상적이었다. 그는 이미 완벽하게 준비가 되어 있었고, 우리 타자들을 마치 가지고 놀듯이 피칭했다. 대단한 재능이며 다음번에 만날 때는 이처럼 당하지 않기 위해 철저한 대비를 해야 한다고 느꼈다. 이제 그는 신인의 딱지를 뗀 지 오래다. 더 이상 그를 어린 선수라고 볼 수가 없을 듯하다. 그는 노련한 선수다. 하나 다음번에 만났을 때, 결과는 달라질 것이다."

또한 경기를 지켜본 메이저리그 전문 칼럼리스트 라이언 놀슨은 경기가 끝나자마자 즉시 주혁에 대한 칼럼을 썼는데, 내용을 요약하자면 다음과 같다.

"그는 신인왕이라는 무게를 잘 견뎌 냈고, 녹슬지 않은 강속구를 던지면서 자신을 향한 부정적인 여론들을 시범 경기를 통해 잠식시켰다. 그는 지난 시즌에도 올스타 브레이크 이후 투심 패스트볼을 장착하여 놀라운 성적을 거뒀고, 이번 시즌을 앞둔 스프링캠프에서 신무기인 커브를 익혀 절반 그 이상의 성공을 거뒀다. 물론 그의 커브가 결정구로 쓰이기 위해서는 조금 더 다듬어야 하겠지만, 구종이 하나 늘어났다는 것은 그만큼 타자들의 머릿속을 복잡하게 만들 수 있다는 뜻이다. 그는 짧은 시간 안에 완벽에 가까운 준비를 마쳤고, 이미 앞선 두 경기에서 타자로도 좋은 감각을 뽐냈기에 이번 시즌도 무리 없이 투타를 겸업할 수 있을 것으로 보인다."

긍정적인 시선들.

지난 시즌과는 다르게 초반부터 쏟아지는 높은 기대감.

이런 모든 것들이 이제 데뷔 2년 차 선수에게 있어서는 부담이 될 수도 있으나, 이는 주혁에게 해당되지 않는 부분이었다.

다른 팀들이 자신을 경계하고 철저히 분석하고 있다는 것을 잘 알면서도 주혁은 조금도 걱정하지 않았다.

첫 등판에서도 주혁은 전력투구를 단 1구도 던지지 않았으며, 지난 시즌보다 더욱 능숙해진 완급 조절은 그에게 있어 힘을 더욱 비축할 수 있게끔 만들어주고 있었다.

무엇보다도 지난 시즌보다 낮은 코스의 제구력이 좀 더 좋아졌기에 공격적인 피칭을 하다가도 얼마든지 맞춰 잡는 피칭으로 자유롭게 변환이 가능해졌다.

물론 이런 부분들이 완벽한 수준에 이르지는 못했으나, 지난 시즌과 비교 했을 때 눈부신 발전을 이룩해 낸 주혁이었다.

그리고 가장 중요한 것 한 가지가 있었으니…….

'남들은 내가 시범 경기에서 내 모든 걸 보여주고 있다고 생각하겠지만…….'

그가 첫 경기에서 보여준 것이라고는 고작 커브가 전부였을 뿐이었다.

그 외에도 보강된 것들을 아직 꺼내지 않았음에도 모든 이들의 극찬이 쏟아지고 있다는 것은 주혁의 넘쳐나는 자신감에 힘을 실어주는 셈이었다.

모든 관심들이 쏠리는 가운데, 주혁은 남은 시범 경기 시즌 동안의 선발 등판을 이어갔으며 선발 등판 경기를 제외하고는 지명타자로도 꾸준히 타석에 들어섰다.

그리고 마침내 시범 경기 일정의 끝에 다다르자 주혁의 시범 경기 최종 성적표가 발표되었다.

투수

6경기 6선발 3승 0패 27이닝 0실점 44K 15피안타 0피홈런 0사구 6볼넷 0홀드 0세이브 ERA 0.00 WHIP 0.77

타자

20경기 91타석 70타수 24안타 6홈런 24타점 2도루 20득점 15볼넷 2사구 4희생 타율 0.342 출루율 0.450 장타율 0.728

만약 시범 경기에서 MVP를 뽑는다면, 그건 주혁의 것이나 다름없었다.

17. 2선발의 무게

리턴
에이스

Return Ace

17. 2선발의 무게

조 매든 감독의 사무실 안.

2010시즌 지구 우승을 확정지었을 당시의 선수들과 코칭스태프들의 모습이 찍힌 사진이 담긴 액자가 벽에 새로이 걸려 있었다.

이곳을 찾은 주혁은 말없이 그 때를 회상하며 물끄러미 사진을 바라보았다.

함께 했던, 그러나 올해부터는 함께 하지 못하게 된 동료들의 반가운 얼굴들이 사진 속에 그려져 있었다.

지난 시즌의 추억을 가슴 저편에 묻어둔 채, 주혁은 이내 액자에서 시선을 떼고는 커피포트에 물을 올리고 있는 조 매든의 앞으로 걸어갔다.

그가 커피포트 안의 물이 끓기를 기다리며 서랍에서 무언가를 꺼냈다.

그의 손에 쥐어진 것은 한국의 대표적인 인스턴트 커피였다.

주혁이 피식 웃으며 그에게 물었다.

"입맛에 맞으시나 봅니다."

"아! 이거? 제법 달달하니 괜찮더라고. 특히 간편해서 좋아. 네 한국 팬들에게 고맙다고 전해다오."

조 매든의 말에 주혁이 고개를 끄덕였다.

주혁의 팬들이 조 매든에게 선물한 이 인스턴트커피는 그가 한국 기자와의 인터뷰 때, 선수들 사이에서 유행하는 한국의 인스턴트커피가 매우 맛있었다고 말한 게 한국까지 전해져 무려 3000개가 넘는 커피믹스를 팬들이 선물해준 것이었다.

커피 잔에 인스턴트커피 가루를 채운 후 끓는 물을 부어 잘 섞은 후, 첫 한 모금을 마신 조 매든이 만족스럽다는 듯한 미소를 지으며 사무실 중앙에 배치된 의자로 발걸음을 옮겼다.

연신 커피를 홀짝이던 조 매든이 커피 잔을 내려두고는 입을 열었다.

"몸은 좀 어떠냐?"

"많이 힘듭니다."

"……?"

전혀 예상치 못한 주혁의 대답에 조 매든이 당황했다.

그 모습을 보며 주혁이 폭소를 터트렸다.

그가 해명했다.

"빨리 경기에 뛰고 싶어 몸이 근질거려 참기가 힘들다는 말입니다."

"아…… 이런 농담 좋지 않아, 윤."

그제야 조 매든의 입가에 미소가 걸렸다.

커피 잔에 남은 커피를 입 안에 털어 넣은 조 매든이 주혁을 부른 이유에 대해 입을 열었다.

"시즌 초반에는 시범 경기 때처럼 변함없이 2선발에 6번 타자로 출전하게 될거다. 그리고 지난 시즌과 마찬가지로 선발 등판 다음 날은 무조건 휴식이다. 단 시범 경기 때와는 다르게 선발 등판 때도 지명 타자로 서게 될 거고, 언제든 지치면 말해라."

"알겠습니다."

"일단은 올스타 브레이크 전까지는 계속 너를 지명 타자로 기용할 거다. 다만 올스타전 때까지 타격 성적이 별로 좋지 않을 경우는 투수에만 집중하는 걸로 한다."

주혁은 대답 대신 고개만 끄덕거렸다.

조 매든이 말을 이었다.

"투구수 제한은 지난 시즌과 마찬가지로 100구 이하다. 네가 타자로도 뛰기 때문에 불가피한 선택이라는 걸 이해하길 바란다. 다만, 지난 시즌과는 예외를 둔다. 2아웃까지 잡아 놓은 상태에서 100구가 채워지면 그 때는 그 이닝까지 마무리할 수 있도록 하고, 7회까지 투구수가 100구 미만일 경우에는 네 선택에 따라 완투에 도전해도 된다."

지난 시즌에는 완투의 기회가 있어도 무조건 투구수 100구를 채우면 마운드를 내려와야만 했던 주혁이었다.

그런 그에게 조 매든은 2선발로서 개인 기록 달성의 기회를 주고자 이 같은 방침을 정한 것이었다.

"알겠습니다."

주혁의 대답을 들은 조 매든이 흡족한 미소를 보이고는 씹는담배가 들어있는 통을 꺼내면서 말했다.

"네게 거는 기대가 크다. 더 이상 너는 신인 선수가 아니다. 이제는 우리 팀의 스타플레이어다. 그만큼 책임감도 늘어날 것이고, 네 작은 행실 하나하나가 매스컴의 뜨거운 감자가 될 거다."

"무슨 뜻인지 압니다."

조 매든이 이렇게 말한 이유.

대부분의 신인 선수들이 유명해지고 나면 초심을 잃거나 또는 여자에게 흠뻑 빠져 도리어 경기 내용이 악화되는 경우가 있기 때문이었다.

"걱정 안하셔도 됩니다."

믿음이 가는 주혁의 대답에 조 매든이 씩 웃었다.

그가 씹는담배를 한 움큼 집어 들고는 주혁에게 말했다.

"나가도 좋다."

입 안에 씹는담배를 넣고는 질겅질겅 씹기 시작하는 조 매든을 보며 자리에서 일어난 주혁이 나가기 전, 그에게 넌 지시 말했다.

"건강을 생각해서라도 담배는 이만 끊으시는 게 어떠십 니까?"

"그래야지. 근데 쉽지가 않다."

"조금씩 노력하시면 될 겁니다."

주혁의 말에 조 매든이 씹는 담배 통을 잽싸게 주머니에 쏙 집어넣고는 이내 고개를 끄덕였다.

'뭐 말씀 드려도 당분간은 안 끊으시겠지만……'

과거, 동료 선수이나 함께 했던 감독들 중 씹는 담배로 인해 구강암에 걸려 고생하거나 또는 세상을 뜬 사람들을 여럿 보았던 주혁이었다.

덜컥!

말을 마친 주혁이 사무실을 나섰다.

'이제 내일이면 개막이군.'

지난 시즌 개막전이 엊그제 같은데 벌써 새로운 시즌의 시작이 코앞으로 다가와 있었다.

과거 이 무렵, 수술과 재활 치료로 눈물을 흘렸던 지난 날들을 떠올린 주혁은 새삼 이 시기에 일찍이 그라운드에 서 뛸 수 있게 되었다는 사실에 감사함을 느꼈다.

'이 시간들이 결코 아깝지 않도록 최선을 다하자.'

각오를 단단히 한 주혁이 락커룸으로 발걸음을 옮겼다.

새로운 시즌의 시작을 앞둔 지금.

주혁의 가슴은 뜨거운 설렘으로 벅차오르고 있었다.

◆

모두가 기다리던 2011시즌 메이저리그 정규 시즌의 개막전이 열리는 날.

탬파베이 레이스의 홈구장인 트로피카나 필드에는 수많은 홈팬들이 경기장을 찾아와 열기를 더욱 뜨겁게 만들어주고 있었다.

경기 시작에 앞서 다양한 행사가 열렸고, 시구까지 끝이 나자 비로소 마운드 위로 탬파베이 레이스의 1선발 투수 데이비드 프라이스가 올라왔다.

그리고 그를 상대하기 위해 토론토 블루제이스의 1번 타자가 타석에 들어섰다.

로진 백을 내려놓은 데이비드 프라이스가 초구 사인을 확인한 후, 포수 미트를 향해 힘껏 공을 던졌고…….

파앙!

"스트라이크!"

우타자 바깥쪽 스트라이크 존 상단 모서리에 꽂힌 97마일(156km)의 패스트볼을 시작으로 개막전 경기가 출발을 알렸다.

초반 경기 양상은 제법 팽팽하게 펼쳐졌다.

데이비드 프라이스는 토론토 블루제이스의 타선을 상대로 묵직한 패스트볼을 앞세워 3회까지 피안타 1개만을 허용, 탈삼진 3개를 잡아내며 위력을 과시했다.

그러는 한편, 토론토 블루제이스의 개막전 선발 투수로 낙점된 리키 로메로 역시 데이비드 프라이스의 선전에 못지않게 탬파베이 레이스의 타선을 조리 있게 잘 공략하는 데 성공했다.

리키 로메로는 3회까지 볼넷은 3개를 내주었으나 단 한 개의 피안타도 허용하지 않는 피칭을 선보였다.

팽팽하던 3회까지의 개막전 경기.

이런 상황 속에서 먼저 분위기를 잡아간 쪽은 홈팀인 탬파베이 레이스였다.

4회 말.

파앙!

"……."

리키 로메로의 바깥쪽 공을 잘 참아낸 5번 타자 벤 조브리스트가 볼넷을 얻어내는 데 성공했다.

1사 1루의 상황.

이어지는 6번 타자, 주혁이 타석에 들어섰다.

앞선 타석에서 내야 플라이로 물러났던 주혁은 이번 타석에서 리키 로메로를 상대로 7구까지 승부를 끌고 갔고…….

따악!

"……!"

8구 째 커브를 때려낸 주혁의 타구가 좌익수와 중견수 사이를 갈라놓으면서 1사 2,3루의 득점 찬스가 만들어졌다.

그리고 다음 타자인 7번 타자 필립 모리스를 상대로 리키 로메로의 3구 째 공이 실투로 연결되면서 높게 형성되었고…….

따악!

시범 경기 중반부터 좋아진 타격감을 선보였던 필립 모리스가 이 공을 놓치지 않았다.

중견수 키를 넘어가는 장타를 때려내는 데 성공한 필립 모리스는 2루 베이스까지 서서 들어갔고, 그 사이에 3루 주자인 벤 조브리스트와 2루 주자 주혁이 홈 베이스를 밟으면서 2 - 0으로 탬파베이 레이스가 먼저 앞서가기 시작했다.

벤치로 돌아온 주혁은 이번 이닝에서 좀 더 점수가 터지길 기대했으나 리키 로메로는 재빨리 멘탈을 잡으면서 추가 실점을 허용하지 않은 채 마운드를 내려왔다.

2점을 등에 업은 데이비드 프라이스는 이후 5회까지 단한 점도 내주지 않으면서 6개의 탈삼진과 3개의 피안타, 2개의 볼넷을 기록하며 분위기를 가져가는 듯했다.

그러나 6회 초, 토론토 블루제이스의 3번 타자 에드윈 엔카나시온을 상대로 볼넷을 내준 데이비드 프라이스가 다음 타자인 4번 타자 호세 바티스타에게 우측 담장을 넘어가는 홈런을 맞으면서 2 - 2로 동점이 되고 말았다.

반면에 4회 말, 2점을 허용했던 리키 로메로는 6회 말까지 실점을 내주지 않으면서 안정적인 피칭을 이어가고 있었다.

7회 초.

믿었던 데이비드 프라이스가 안타 3개를 연속으로 얻어맞으면서 또 다시 1점을 내주고 말았고, 2사 만루의 위기까지 허용했던 데이비드 프라이스가 다행스럽게도 만루의 위기를 벗어나면서 완전히 내줄 뻔한 경기의 분위기를 조금이나마 붙잡아 둔 채 오늘 등판을 마무리 지었다.

7회 말, 탬파베이 레이스가 역전에 성공한다면 데이비드 프라이스에게 개막전 승리가 기록될 수도 있는 상황에서 마운드에 다시 올라온 리키 로메로는 삼자 범퇴로 이닝을 마치면서 그 영광을 누리지 못하게 막았다.

8회 초.

탬파베이 레이스의 마운드 위로 불펜 투수 조엘 페랄타가 올라왔고, 그는 3타자를 모두 삼진으로 잡아내며 성공적인 첫 등판을 마쳤다.

그리고 이어지는 8회 말.

리키 로메로가 1번 타자 션 로드리게스를 내야 땅볼로 잡아낸 후 마운드를 내려왔다.

토론토 블루제이스는 2번째 투수로 케이시 얀센을 마운

드에 내세웠고, 그에게 아웃카운트 2개만 실점 없이 잘 마무리 지어주기를 기대했다.

그러나 케이시 얀센을 선택한 건 토론토 블루제이스의 실수였다.

따악!

공 3개가 연속해서 높게 형성될 정도로 케이시 얀센의 제구력은 크게 흔들렸고, 결국 2번 타자 B.J. 업튼에게 2루타를 허용하고 말았다.

분명 불펜에서 몸을 풀 때만 해도 안정적이었던 케이시 얀센의 흔들리는 제구에 토론토 블루제이스는 급히 다른 투수를 불펜에서 준비시키기 시작했다.

타석에 3번 타자 자니 데이먼이 타석에 들어섰고, 포수가 타임을 요청하고는 마운드를 방문하여 어떻게 승부를 가져갈 것인지에 대해 대화를 주고받은 후 다시 돌아왔다.

그들이 선택한 승부는 바로 고의사구였다.

오늘 경기에서 3타수 2안타로 멀티 히트를 기록 중인 자니 데이먼을 결국 피하기로 결정한 것이었다.

1사 1,2루의 찬스.

마운드는 다시 교체가 되었고, 싱커볼러인 폴 클락이 이 위기를 벗어나기 위해 마운드 위로 올라왔다.

이어서 오늘 4타수 무안타 2삼진으로 침묵하고 있는 에반 롱고리아가 타석에 들어섰다.

장타력이 있는 타자이기 때문에 어쩌면 이런 선택이 크나큰 실수일 수도 있으나, 오늘 낮은 공을 상대로 헛스윙만 주구장창 한 에반 롱고리아에게 그들은 병살타를 유도할 계획을 잡고 있었다.

그리고…….

틱!

내야 땅볼을 유도하는 데까지는 성공했으나…….

"세이프!"

타구가 느리게 굴러가는 바람에 2루 주자만 아웃시키는 데 그치고 말았다.

병살 실패로 2사 1,3루의 마지막 찬스를 얻은 탬파베이 레이스의 타석으로 5번 타자 벤 조브리스트가 들어섰고, 폴 클락이 초구부터 몸쪽으로 패스트볼을 뿌렸다.

그러나…….

퍼억!

손에서 제대로 뿌려지지 못한 공이 벤 조브리스트의 허벅지에 맞았고, 토론토 블루제이스는 누상의 모든 베이스가 채워지는 최악의 위기를 맞게 되었다.

2사 만루 상황이 되자 결국 마운드 위로 시토 개스톤 감독이 방문했다.

다음 타자가 오늘 2루타만 2개를 때려낸 주혁이기 때문이었다.

시범 경기 시즌 때 이미 그레이프프루트 리그 타자들

가운데 가장 뛰어난 활약을 펼친 바 있는 주혁은 지금 상황에서 가장 견제해야 할 타자나 다름없었다.

시토 개스톤 감독이 택한 방법은 바로…….

"무조건 땅볼을 유도해라. 낮게."

아무리 뛰어난 타자라고 한들, 빅리그 경험도 적은 주혁이 분명 타점을 올리는 데 혈안이 되어 있을 거라고 본 시토 개스톤 감독은 승부를 하기로 선택한 것이었다.

그가 벤치로 돌아가고 폴 클락이 로진 백을 집어든 후 심호흡을 하며 포수의 사인만을 기다렸다.

타석에 선 주혁이 타격폼을 취했고, 곧바로 포수가 사인을 보내오자 이를 확인한 폴 클락이 고개를 끄덕인 후 그립을 쥐었다.

긴장감이 맴도는 그라운드 안.

폴 클락이 슬라이드 스텝을 가져갔다.

그리고…….

슈웅!

그의 손에서 뿌려진 초구가 매섭게 포수 미트로 날아가기 시작했다.

◈

2사 만루.

오늘 경기의 가장 중요한 승부처가 될 지금 이 순간, 2사

만루 찬스의 기회를 맞이한 주혁이 침착하게 호흡을 정리
하면서 타석에 들어섰다.

　마운드에선 회의가 한창 진행 중이었다.

　이윽고 시토 개스톤 감독이 투수, 폴 클락의 어깨를 토닥
이고는 마운드를 내려가자 준비하고 있던 주혁이 속으로
생각했다.

　'투수를 교체하지 않는 다라…….'

　만루 상황을 만든 투수를 마운드에서 내리지 않겠다는
건, 그만큼 여기서 확실하게 아웃카운트를 잡겠다는 의미
나 다름없었다.

　폴 클락의 피칭 스타일을 잘 아는 주혁은 토론토 블루제
이스의 배터리가 자신을 상대로 어떤 피칭을 가져갈지 대
강 느낌이 왔다.

　'낮게 던지겠지.'

　상대는 싱커볼러다.

　매우 위력적이라고 평가하기는 힘들지만, 평균 구속 91
마일(146km) 대의 나름 빠른 싱커를 구사하는 폴 클락은
지난 시즌 싱커만 무려 78%에 이를 정도로 대부분 싱커를
던졌던 투수로서 지금과 같은 상황에서는 어쩌면 가장 적
합한 투수라고 봐도 무방했다.

　게다가 스트라이크 존의 낮은 코스들을 제법 잘 활용하
는 폴 클락이기에 시토 개스톤 감독이 그를 마운드에서 내
리지 않은 것이었다.

'상대 타자가 어떻게 승부를 할 것인지를 뻔히 눈치 챘음에도 밀고 가겠다는 건……'

그만큼 자신이 있다는 뜻.

주혁이 보폭을 조금 더 넓게 벌리고는 무릎을 살짝 구부렸다.

이는 낮은 공에 대처하기 위함이자, 낮게 떨어지는 공을 쳐낼 테니 던져보라는 일종의 도발과도 같았다.

이를 확인한 폴 클락은 표정 변화 하나 없이 와인드업 동작을 가져갔다.

그리고…….

따악!

낮게 바깥쪽에서 안쪽으로 살짝 휘면서 들어오는 92마일(148km)짜리 싱커를 주혁이 놓치지 않고 때려내는 데 성공했다.

그러나 타구는 담장 밖이 아닌 관중석으로 향하면서 파울이 되고 말았다.

초구 스트라이크를 내준 셈이 되었으나 주혁은 조금도 아쉬워하지 않았다.

방금 전 그 타격을 통해 낮은 공도 쳐낼 수 있다는 걸 보여줬기 때문이었다.

더군다나 빗맞은 게 아닌, 높고 멀리 뜬 타구를 때려냈기에 그들이 바라는 땅볼 유도가 쉽지 않을 거라는 걸 보여준 주혁이었다.

'마음 놓고 낮게 던지긴 힘들 거다.'

물론 이렇게 생각은 하면서도 주혁은 폴 클락이 계속해서 낮게 피칭을 이어갈 것을 잘 알고 있었다.

'빗맞는 순간 끝이다.'

이 기회를 잡지 못한다면 개막전부터 패배를 내주게 될 가능성이 더욱 높아질 것이 분명했다.

주혁은 스스로에게 끊임없이 자기 최면을 걸었다.

'통산 만루 홈런만 18개를 때려냈던 나다. 개막전을 내 무대로 만들자. 무조건 넘긴다.'

낮은 공을 상대로 애매한 타격은 최악의 결과만 가져올 뿐이다.

무조건 큼지막한 타구를 뽑아내야만 했다.

괜히 단타를 노렸다가 아웃이 될 바에는 행운의 안타라도 노릴 수 있게 외야로 타구를 날려 보내는 것이 지금으로선 가장 중요하기 때문이었다.

주혁은 과거, 자신이 낮은 공을 퍼 올려서 담장을 넘겼던 장면들을 떠올렸다.

그리고 이를 통해 자신감을 더욱 키웠다.

모두가 기대하는 눈빛을 보내는 지금.

폴 클락이 2구를 던졌다.

파앙!

94마일(151km)의 패스트볼이 바깥쪽 스트라이크 존에서 살짝 벗어난 채 포수 미트에 꽂혔고, 구심은 미동조차

하지 않은 채 주머니에서 새 공을 꺼내 포수에게 건네주었다.

침착하게 공을 골라내는 주혁의 모습을 벤치에서 보던 시토 개스톤 감독의 이마에 땀방울이 송골송골 맺히고 있었다.

이어지는 3구 째 승부.

파앙!

이번에도 비슷한 코스로 싱커를 던졌으나 주혁의 배트는 또 다시 나오지 않았고, 구심은 이번에도 스트라이크 콜을 선언하지 않았다.

초구를 제외하고는 배트가 나오지 않자 폴 클락도 겉으로 내색하지는 않았으나 속으로는 조금씩 불안해하기 시작했다.

마치 구심의 스트라이크 존을 완벽하게 꿰뚫은 것 마냥, 주혁은 초구를 제외하고 스트라이크 존을 살짝 벗어나는 공들에 배트를 휘두르지 않고 있었다.

2 – 1의 볼 카운트.

여기서 스트라이크를 잡지 못한다면 승부는 더욱 어려워질 수밖에 없다.

포수가 잠시 고민을 하다 폴 클락에게 사인을 보냈고, 그 역시도 멈칫거리다 이내 고개를 끄덕였다.

그리고 와인드업 동작을 가져간 후, 그가 포수 미트를 향해 공을 던졌다.

슈웅!

이번에 그들이 선택한 코스는 바깥쪽이 아니었다.

틱!

몸쪽 낮게 떨어진 싱커를 맞추기는 했으나 빗맞으면서 땅에 크게 바운드 되어 포수 뒤편으로 굴러가버렸다.

홈 플레이트 앞에서 기막히게 가라앉았던 방금 전 싱커는 정말 잘 던진 공이었다.

그리고 싱커가 들어올 것을 알고 있던 주혁은 이번 공에 배트를 휘둘렀고, 생각보다 더 아래로 가라앉은 싱커를 제대로 맞추지 못한 것이었다.

굉장히 잘 던진 공이었으나 만일 주혁이 배트를 휘두르지 않았다면 볼 판정을 받았을 것이 틀림없었다.

하나 주혁의 배트는 돌아갔고, 파울을 통해 2 - 2의 볼 카운트를 만들어낸 폴 클락이 그제야 불안하던 마음을 조금 걷어냈다.

그가 로진 백을 집어 들면서 속으로 끊임없이 되뇌었다.

'실투만 하지 말자. 실투만……'

더 이상 주혁은 메이저리그의 모든 투수들에게 신인 타자가 아니었다.

시범 경기에서 최고의 타격감을 보여줬고, 오늘도 어김없이 안타 2개를 때려내면서 실질적인 탬파베이 레이스 타선의 에이스나 다름없는 선수였다.

'이번 이닝만 막으면 된다.'

폴 클락이 로진 백을 내려놓고는 호흡을 가다듬은 후, 포수가 보내오는 사인을 확인했다.

그리고 고개를 끄덕이는 폴 클락을 본 주혁 역시도 배트를 꽉 쥔 채로 타격폼을 취했다.

'여기서 점수를 내야 한다.'

비록 앞선 4구 째 공을 제대로 쳐내지는 못했으나 주혁은 여전히 자신감을 잃지 않고 있었다.

이윽고 폴 클락이 오른쪽 다리를 들어 올린 후, 힘껏 포수 미트를 향해 5구 째 공을 뿌렸다.

날카롭게 날아오기 시작하는 공.

이 공의 궤적을 확인한 주혁의 배트도 반응을 보였다.

그리고…….

따악!

"……!"

다시 한 번 몸쪽 낮게 떨어지는 싱커를 제대로 때려낸 주혁이 우익수 쪽으로 날아가는 타구를 바라보았다.

멀리 뻗어가는 타구.

우익수가 타구를 향해 쫓아갔고, 3루 주자는 이미 홈으로 들어왔으며 2루 주자도 3루 베이스를 돌아 홈으로 뛰어들고 있었다.

우익수 호세 바티스타가 담장에 몸을 부딪치는 걸 각오하고서라도 타구를 잡아내기 위해 점프를 시도했으나 타구는 그의 글러브 안으로 들어오지 못했다.

그리고 그 타구가 지면에 닿은 곳은 그라운드 안이 아닌 펜스 너머였다.

2011시즌 메이저리그 첫 그랜드슬램이 터져 나온 개막전.

홈팬들은 열광했고, 폴 클락은 끝내 고개를 떨궜다.

결코 그가 못 던진 것이 아니었다.

5구 째 싱커 역시도 날카롭게 타자 무릎 높이 그 아래로 파고들었으나 단지 4구 째 공에 비해 떨어지는 각도가 적었을 뿐이었다.

경기의 스코어가 6 – 3으로 바뀌었고, 벤치로 들어간 주혁에게 모든 선수들이 모여 그의 헬멧을 손으로 내리치기 시작했다.

조금은 과격해 보이는 이 축하를 받으면서도 주혁은 전혀 기분이 나쁘지가 않았다.

폭력적인(?) 축하가 끝이 나고, 이마에 맺힌 땀방울을 닦아내던 주혁에게 에반 롱고리아가 다가왔다.

"대단해, 윤. 그 낮은 공을 퍼 올려서 담장을 넘길 줄은 상상도 못했는데 말이야."

그의 말에는 진심이 한가득 묻어 있었다.

그도 그럴 법 했다.

아예 뚝 떨어지는 몸쪽 싱커볼을 완벽하게 때려내서 담장을 넘기는 데 성공한 주혁의 타격은 모두를 경악하게끔 만들기 충분했다.

방금 전 공처럼 낮게 떨어지는 공들을 담장 밖으로 보내기 위해서는 우락부락한 체구를 가진 엄청난 괴력을 소유자들이나 가능한 타격이었다.

물론 제법 탄탄한 몸을 가지긴 했어도 근육이 옷깃을 뚫을 것처럼 벌크업이 되어 있지 않은 주혁이 이런 엄청난 장타력을 보여줬다는 사실은 그저 놀라울 따름이었다.

그러나 사실을 아는 주혁은 말없이 미소만 지어보였다.

그가 이번 스프링캠프에서 가장 열심히 연습한 것이 하나 있었다.

그것은 바로 그의 전성기 시절이 아닌, 장타력이 감소하고 난 이후 은퇴하기 전까지 주전으로 뛰기 위해 연습했었던 선구안과 교타에 대한 부분이었다.

과거 전성기 시절에도 교타에 대한 부분은 제법 괜찮았으나 단 한 번도 타율 1위에 오른 적은 없었던 주혁이었다.

무엇보다도 홈런을 많이 생산하기 위해 전성기 시절 굉장했던 손목 힘과 하체 힘, 그리고 빠른 배트 스피드를 이용해서 장타를 많이 노렸었다.

그러나 힘이 빠진 이후부터 매 시즌마다 기록했던 30개 이상의 홈런 개수가 줄어들 무렵, 주혁은 이 때부터 새로운 타법을 연구하기 시작했는데, 이것이 바로 인사이드 아웃 스윙이었다.

이 스윙을 적용함으로서 주혁은 바깥쪽 공도 수월하게 안타로 연결시켰으며 뿐만 아니라 낮은 코스의 공도 이전보다 훨씬 더 잘 공략할 수 있게 되었다.

주혁은 이 스윙을 바탕으로 2026시즌, 타율 0.351 17홈런 88타점 0도루 출루율 0.432 장타율 0.586를 기록하면서 시즌 타율 1위와 출루율 2위, 그리고 3루수 부문 실버슬러거를 수상하는 데 성공했었다.

경험이 만든 좋은 선구안, 그리고 노력이 만든 타법.

주혁이 마지막 시즌 타율 0.312와 출루율 0.400을 기록할 수 있게 만든 것 역시도 그가 변화하는 흐름에 적응하기 위해 노력했던 연습의 산물과도 같았다(시즌 후반에 접어들어 부상을 당해 결국 은퇴).

그런 그가 다시 과거로 돌아왔기에 가장 최근에 그가 썼던 타법이 머릿속에 각인되어 있을 수밖에 없었다.

분명 이 스윙은 그만큼 많은 홈런을 생산하기는 힘들었다.

그러나 무슨 이유에서인지 주혁은 전성기 시절의 파워를 그대로 가지고 과거로 돌아왔고, 그 힘을 바탕으로 지난 시즌 12개의 홈런을 때려낼 수가 있었다.

이후 주혁은 이번 스프링캠프를 통해 인사이드 아웃 스윙을 완성시켰고, 이미 갖춰진 막강한 파워를 타법에 적용시킨 것이었다.

그리고 그 결과는…….

'개막전부터 그랜드슬램이라……. 출발 좋네.'

대단히 성공적이었다.

메이저리그 모든 구단들의 개막전이 끝이 났다.

아쉽게도 홈구장에서 원정팀에게 개막전 승리를 빼앗긴 팀도 있었고, 개막전부터 연장전까지 이어지는 치열한 접전을 펼친 팀들도 있었다.

그리고 수많은 선수들이 이 개막전에서 돋보이는 활약을 펼쳐보였다.

그러나 그들이 범접할 수 없는 선수가 딱 한 명 있었다.

개막전 경기 5타석 4타수 3안타 1홈런 4타점 2득점 1볼넷을 기록하며 최고의 활약을 펼쳐 보인 선수이자 개막전 그랜드슬램으로 역전승을 만들어 낸 타자인 주혁이었다.

홈에서 원정팀 토론토 블루제이스에게 개막전 승리를 넘겨줄 뻔 했던 탬파베이 레이스는 주혁의 보고도 믿겨지지 않는 타격으로 만들어 낸 그랜드슬램으로 한 방에 역전에 성공, 개막전 승리를 가져올 수 있었다.

팬들은 당연지사 주혁에게 흠뻑 빠져들었고, 이 조그마한 규모의 구단에서 나타난 걸출한 특급 스타가 탄생할 것만 같은 기대감이 벌써부터 피어오르고 있었다.

사실 상 주혁의 원맨쇼나 다름없었던 개막전 경기.

단 한 명의 타자 때문에 승리를 빼앗기고 만 토론토 블루제이스가 이어지는 2차전, 이를 갈며 복수를 꿈꾸고 있었다.

그렇게 밤이 지나고 다음 날의 아침이 밝자, 하나둘씩 트로피카나 필드로 향한 선수들이 얼리 워크(Early Work)를 통해 오후 7시 5분에 시작될 2차전 경기를 위해 준비를 하기 시작했다.

이윽고 시간이 흘러 어느덧 경기 시작 시간이 다가오자, 양 팀 선수들이 다시 그라운드에 모습을 드러냈다.

그리고 어제의 역전패를 복수하기 위해 이를 갈며 준비한 토론토 블루제이스가 먼저 1회 초, 공격을 시작했다.

그런 그들을 상대하기 위해 마운드에 오르는 투수.

그는 어제 경기를 승리로 이끈 주역이자 팀에게 역전패를 안겨주었던 선수.

바로 주혁이었다.

◆

압도적인 구위.

최고 101마일(163km), 평균 95마일(153km)의 구속.

타고난 완급 조절과 체인지업으로 타자의 타이밍을 빼앗는 피칭.

그리고 마구(魔球)라고 불리는 엄청난 횡적 무브먼트의 투심 패스트볼까지.

이미 이 자체로도 주혁은 타자들에게 공포감을 심어주기 충분했다.

하나 이 공을 처음 상대하는 타자라면 입을 떡하니 벌린 채 속수무책으로 당하겠지만, 1년 동안 쌓인 방대한 자료들과 분석들, 그리고 지난 시즌 꼼짝도 못한 채 당했을 때 눈여겨보았던 점들을 토대로 타자들도 더 이상 겁을 먹지는 않고 있었다.

다만…….

파앙!

"스트라이크!"

"……."

알고도 못 치는 공이라는 점에는 변함이 없긴 했다.

그러나 쳐 낼 수 있다는 자신감을 가지고, 타자들은 타이밍을 조금씩 맞춰가기 시작했고…….

따악!

지난 시즌처럼 스트라이크 존 안으로 뻔히 들어오는 공들에 더 이상 넋을 놓고 당하지만은 않는 타자들이었다.

물론 주혁의 완급 조절에 속아 벤치로 허무하게 돌아가는 타자들도 많았으나, 공격적인 피칭을 공략하여 안타를 때려내는 타자들도 점차 늘고 있었다.

주혁도 이를 잘 알고 있었다.

이미 시범 경기를 통해 타자들이 지난 시즌처럼 마냥 당하지는 않는다는 걸 확인한 상태였다.

그렇기에 주혁은 조금도 당황하지 않고 있었다.

자신에 대한 대비를 철저하게 할 것이라는 것 쯤은 이미 스프링캠프를 시작하기 이전부터 예상했던 부분인지라 이에 맞서 주혁 역시도 훈련에 매진했었다.

피칭 스타일을 바꿀 수 없기 때문에, 주혁은 세밀한 부분에 있어서 좀 더 날카롭게 다듬고자 했다.

그리고 그 중 가장 대표적인 것이 바로…….

파앙!

"스트라이크!"

로케이션, 즉 제구력이었다.

지난 시즌 때도 로케이션이 썩 나쁜 편은 아니었다.

특히 우타자의 바깥쪽 스트라이크 존에 대한 제구는 제법 날카로웠던 주혁이었다.

하지만 그렇다고 다른 정상급 투수들처럼 스트라이크 존 구석까지 폭 넓게 활용하지는 못했었다.

그래도 높은 코스의 공들은 제구가 좋았으나 낮은 공들은 예리하다는 평가를 받기는 힘든 편에 속했었다.

이 점에 있어서 주혁은 최종원에게 커브를 배울 때에도 지적을 받았었고, 본인 스스로도 지난 시즌보다 더 좋은 성적을 거두기 위해서는 로케이션의 발전이 있어야만 가능하다는 것을 깨닫고 훈련을 강화했던 주혁이었다.

결과적으로는 눈에 띄게 로케이션이 좋아지진 않았으나, 지난 시즌보다 낮은 코스의 제구가 제법 능숙해졌으며 바깥쪽 스트라이크 존에 대한 제구가 보다 날카로워지는 데 성공했다.

제구가 갖춰진 공들은 강속구보다도 상대하기가 까다롭다.

이는 주혁이 과거 타자 시절 경험을 토대로 가장 크게 느낀 부분이었다.

아무리 공이 빨라도 결국에는 눈에 익기 마련이다.

그러나 스트라이크 존을 넓게 활용할 줄 아는 제구력이 좋은 투수의 공은 공략하기가 더욱 까다롭다.

무엇보다도 제구가 좋은 투수의 손에서 뿌려지는 위력적인 구위의 강속구는 그 날 경기에서 안타를 때려내는 것 자체가 기적에 가깝다고 해도 과언은 아니었다(물론 그런 투수가 정말 드물었다).

결국 가장 중요한 것은 제구다.

자신이 넣고자 하는 곳에 얼마든지 꽂아 넣을 수 있는 능력.

이는 곧 실투마저 줄일 수 있기 때문에, 주혁은 구속을 더욱 높이는 일보다도 먼저 제구를 가다듬고자 노력한 것이었다.

그리고 그 결과.

파앙!

"스트라이크 아웃!"

1회 초.

안타 한 개를 맞았으나 4번 타자 호세 바티스타를 상대로 우타자 바깥쪽 낮게 꽂힌 99마일(159km)의 패스트볼로 삼진을 잡아내면서 첫 이닝을 무사히 마쳤다.

그야말로 완벽에 가까웠던 공.

경기 시작부터, 반응은 무척이나 뜨거웠다.

◆

트로피카나 필드 상층에 위치한 중계석 안에서 경기를 보던 해설자 댄 오브라이언은 감탄을 금치 못했다.

방금 전, 주혁이 호세 바티스타를 상대로 던진 5구 째 패스트볼 때문이었다.

"타자가 가장 때려내기 어렵다는 바깥쪽 낮은 코스에, 그것도 99마일(159km)짜리 강속구를 꽂아 넣어 루킹 삼진을 잡아내네요. 과연 지난 시즌 최고의 루키다운 피칭입니다. 놀랍습니다."

이어서 캐스터 래리 허드슨이 1회 말 탬파베이 레이스의 타선을 알려주기 전, 한 마디 거들었다.

"지난 시즌보다 더 커맨드가 좋아진 것 같습니다."

"스트라이크 존 구석에 공을 던져보고, 구심과의 대화를 시도하면서 스트라이크 존을 살피는 모습은 확실히 지난 시즌 때와는 다르죠. 이번 이닝에서 윤이 17구를 던졌으나 앞으로의 피칭을 생각했을 때 이는 결코 아깝지 않다고 보여집니다."

"그렇군요. 이제 탬파베이 레이스의 1회 말 공격으로 이어지겠습니다. 타순 살펴보시죠."

중계 화면에 탬파베이 레이스의 타선 소개가 이어질 동안, 토론토 블루제이스의 야수들이 그라운드로 나와 각자 포지션에 자리를 잡았다.

그리고 오늘 토론토 블루제이스가 선발로 내세운 좌완 투수, 브렛 세실이 연습 투구를 마치자 곧바로 1번 타자 션 로드리게스가 타석에 들어섰다.

래리 허드슨이 말했다.

"평균 구속 93마일(150km)의 패스트볼을 던지는 투수로서 지난 시즌 15승을 기록한 바 있는 브렛 세실입니다."

그의 말이 끝나자마자 사인을 확인한 브렛 세실이 초구를 던졌다.

파앙!

우타자 바깥쪽에 걸친 초구.

그러나 구심의 손을 올라오지 않았다.

댄 오브라이언이 말했다.

"89마일(143km)이 찍혔네요. 사실 시범 경기 때에도 본래 구속이 좀처럼 나오지 않아 고생했던 브렛 세실인데 오늘은 어떨지 지켜봐야 되겠습니다."

이윽고 브렛 세실이 초구와 비슷한 코스로 2구를 던졌으나 이번에도 볼이 되고 말았다.

구속은 88마일(142km).

이어지는 3구째도 볼 판정을 받았는데, 투수 몸쪽 높게 형성되었던 3구 째 포심 패스트볼의 스피드는 92마일

(148km)이었다.

댄 오브라이언이 다소 걱정되는 어투로 입을 열었다.

"시범 경기 때에도 구속이 빨라지면 제구가 좋지 않았던 브렛 세실인데 오늘도 그와 비슷한 모습을 보이고 있습니다. 이러면 타자들이 상대하기 좀 더 수월해져요. 브렛 세실이 그 감을 빨리 되찾아야 할 겁니다."

그러나……

따악!

4구 째 한 가운데로 몰린 커브를 정확히 때려낸 션 로드리게스의 타구가 중견수 앞에 뚝 떨어지면서 선두 타자에게 안타를 맞고 말았다.

브렛 세실이 로진 백을 집어 들면서 고개를 절레절레 흔들었다.

본인 스스로도 만족스럽지 않다고 느낀 것이었다.

지난 시즌, 강팀을 상대로 매우 좋은 피칭을(탬파베이 레이스를 상대로 3승 1패를 기록) 보여줬던 브렛 세실이 초반부터 흔들릴 것 같은 불안함을 보이자, 시토 개스톤 감독의 표정이 어두워졌다.

래리 허드슨이 말했다.

"2번 타자 B.J. 업튼이 타석에 들어섭니다."

"발도 빠르고 장타력도 겸비한 타자입니다. 다만 지난 시즌, 병살타를 많이 기록했을 만큼 낮은 공에 약점을 가지고 있는 타자이기 때문에 토론토 블루제이스의 배터리가 이를 잘 공략해야 초반에 안정적으로 경기를 이어갈 수 있을 겁니다."

"상대 선발 투수가 윤이라는 걸 감안한다면 지금 이 승부가 더욱 중요하겠군요."

래리 허드슨의 말에 댄 오브라이언이 고개를 끄덕였다.

포수가 보내오는 사인을 확인한 브렛 세실이 침착하게 슬라이드 스텝을 가져갔다.

곧바로 그의 손에서 뿌려진 공이 포수 미트로 날아가던 순간.

따악!

몸쪽으로 날아오던 초구를 노린 B.J. 업튼이 제대로 맞춰내면서 외야로 멀리 타구를 보내는 데 성공했다.

좌익수가 재빨리 뛰어갔으나 타구는 워닝 트랙 부근에서 그의 수비 범위를 벗어난 채 떨어졌고, 이를 틈타 1루 주자가 3루 베이스를 밟았고 타자 주자 역시 2루까지 도달하는 데 성공했다.

시작부터 무사 2,3루의 위기를 맞게 된 토론토 블루제이스.

이어서 3번 타자 자니 데이먼이 타석에 들어섰고…….

따악!

중견수 쪽으로 날아간 타구는 비록 잡히긴 했으나 3루 주자가 홈 베이스를 밟는 데는 지장이 없었다.

래리 허드슨이 말했다.

"자니 데이먼의 희생 플라이로 탬파베이 레이스가 1점을 먼저 앞서갑니다. 1사 2루. 타석에 에반 롱고리아가 들어섭니다."

댄 오브라이언도 입을 열었다.

"이 승부에서 또 다시 패한다면 오늘 토론토 블루제이스는 경기를 어렵게 이끌고 가야할 겁니다. 특히나 다음 타자가 벤 조브리스트, 이어서 어제 경기 3안타에 그랜드슬램을 때려낸 윤이 있다는 걸 명심해야 해요."

브렛 세실과 포수도 에반 롱고리아를 어떻게든 잡아내야 한다는 걸 알고 있었기에 초구 사인을 고를 때에도 굉장히 신중한 모습을 보였다.

이내 초구를 선택한 브렛 세실이 와인드업 동작을 가져가자 에반 롱고리아도 왼쪽 다리를 살짝 들어올려 공을 때려낼 준비를 마쳤다.

그리고 그의 손에서 뿌려진 공이 매섭게 날아가기 시작했다.

파앙!

"스트라이크!"

초구 스트라이크 콜이 불리자, 래리 허드슨이 말했다.

"91마일(146km)의 패스트볼이 몸쪽 꽉차게 들어갔습니다."

"브렛 세실이 이런 공을 던져야 해요. 방금 전 초구는 아주 훌륭한 볼이었습니다."

좋은 공을 던졌다는 것에 브렛 세실은 안도감을 느끼면서 2구 째 사인을 확인했다.

구속이 마음처럼 나오진 않더라도 날카로움이 살아있는 이런 공들을 계속해서 던질 수만 있다면, 초반 이 위기를 가뿐히 넘길 수 있을 것 같았다.

이어지는 2구 승부.

틱!

몸쪽 낮게 떨어지는 커브에 에반 롱고리아의 배트가 이를 맞추는 데까지는 성공했으나 파울이 되고 말았다.

공 2개만에 0 - 2의 볼카운트를 만들어 내며 유리한 고지에 먼저 올라선 브렛 세실이 그제야 자신감을 조금씩 회복해가기 시작했다.

곧바로 3구 사인을 확인한 그가 포수 미트를 향해 공을 뿌렸다.

손에서 매끄럽게 뿌려진 3구 째 공에 브렛 세실은 느낌상 삼구 삼진을 잡아낼 수 있을 것만 같았다.

그러나…….

따악!

마치 노리고 있었다는 듯이 바깥쪽으로 들어오던 포심 패스트볼을 툭 밀어친 에반 롱고리아의 타구가 우익수 앞에 절묘하게 떨어지는 게 아닌가.

래리 허드슨이 상황을 중계했다.

"우전 안타! 2루 주자 B.J. 업튼이 3루에 멈춰섭니다. 1

사 1,3루. 기회는 계속해서 이어집니다."

잘 던진 공마저도 공략을 당하자 브렛 세실이 고개를 떨군 채 애꿏은 마운드 흙만 스파이크로 푹푹 찍어댔다.

브렛 세실의 표정은 완전히 굳어버렸고, 그가 쓴 고글 너머로 보이는 눈동자에는 의욕이 한풀 꺾여 있는 듯했다.

하나 대기 타석에 서 있는 타자를 보는 순간, 그는 다시 정신을 똑바로 차렸다.

'여기서 병살을 만들지 못하면 탬파베이 레이스 타자들 가운데 가장 감이 뛰어난 타자와 상대해야 한다.'

그가 침을 꿀꺽 삼킨 후, 포수가 차분하게 승부에 임하라는 제스처를 취하자 고개를 끄덕였다.

사인을 확인한 그가 타석에 서 있는 5번 타자 벤 조브리스트를 슬쩍 보고는 그립을 쥐었다.

중계석에서 이를 지켜보던 래리 허드슨이 말했다.

"스위치 타자인 벤 조브리스트가 왼쪽 타석에 서 있습니다. 좌우 타석에서의 성적에 큰 차이가 없는 타자가 바로 벤입니다."

"홈런도 곧잘 치고, 다양한 수비 포지션까지 소화하는 그야말로 슈퍼 유틸리티 선수라고 부를 수 있죠. 지난 시즌 아쉽게도 부상으로 후반기에 모습을 드러냈으나 이번 시즌은 개막전부터 주전으로 뛰고 있는 선수입니다."

중계진의 설명이 끝남과 동시에 브렛 세실이 초구를 던졌다.

따악!

바깥쪽으로 날아오던 초구를 밀어때린 벤 조브리스트의 타구가 좌익수 뒤로 날아가기 시작했다.

그러나 담장을 넘지는 못한 채 좌익수의 글러브 안에 들어가고 말았으나, 3루 주자 B.J. 업튼은 여유롭게 홈 베이스를 밟을 수가 있었다.

그리고 1루에 있던 에반 롱고리아마저도 2루 베이스까지 향하면서 2사 2루로 누상의 상황이 바뀌었다.

댄 오브라이언이 말했다.

"초구가 좀 높았어요. 더 낮게 피칭을 했어야 했는데, 바깥쪽으로 휘던 슬라이더가 다소 높았던 것이 패인으로 보입니다."

"그렇군요. 희생 플라이로 2점을 내준 브렛 세실이 이제 6번 타자 윤을 상대하게 됩니다."

좀전까지 마운드에 있던 주혁이 어느새 배트를 집어든 채 타석으로 향하자, 탬파베이 레이스의 홈팬들이 그의 등장을 환영해주었다.

이윽고 그가 타석에 선 후 타격폼을 취한 채 초구를 기다리자 금방 브렛 세실이 공을 던졌다.

그런데…….

파앙!

"……!"

몸쪽으로 날아온 패스트볼이 주혁의 몸과 바짝 붙어

온 것이 아닌가.

이어지는 2구마저도 같은 코스로 공이 날아오자, 팬들이 야유를 쏟아붓기 시작했다.

좋은 공을 주지 않으면서 차라리 안타를 맞지 않고 볼넷을 내줘서 7번 타자 필립 모리스를 상대하겠다는 작전이었다.

주혁도 이를 눈치 채고는 속으로 피식 웃었다.

그가 포수에게 슬쩍 말을 걸었다.

"내가 오늘 선발 투수라는 걸 잊지 마. 만약 내 몸에 공이 맞는다면, 네 팀 에이스의 손목이 어떻게 비틀어지는 지를 보여줄 테니까. 호세가 적당하겠군."

"……."

"100마일(161km)이면 1년은 마이너리그에 있으려나……."

주혁의 경고에 포수가 입을 굳게 다물었다.

"일을 크게 벌리지 말자고."

"아가리 다물어. 그러다 머리 맞는 수가 있어."

"그러지."

포수의 한 마디에 주혁이 시선을 브렛 세실에게로 향한 후 타격폼을 취했다.

여기서 주혁을 맞춘다면, 선발 투수를 맞춘 셈이기 때문에 비난은 물론이거니와 이후 벤치 클리어링, 그리고 보복구까지도 생각을 해야 했다.

포수가 끝내 브렛 세실에게 바깥쪽 공을 요구했다.

그가 고개를 끄덕이고는 와인드업 동작 이후 포수 미트를 향해 공을 던졌다.

그런데…….

"……!"

공이 한 가운데로 몰리는 게 아닌가.

아차 싶은 것도 잠시.

따악!

그들에게 불길한 타격음이 귓가에 맴돌았다.

설마하고 타구에 시선을 쫓았으나…….

"넘어갔습니다! 투런 홈런! 윤이 두 경기 연속 홈런을 때려냅니다!"

"걸리면 넘어가네요. 대단한 선수입니다. 입이 다물어지지가 않아요."

베이스를 도는 주혁을 보며 댄 오브라이언과 래리 허드슨이 연신 감탄했다.

댄 오브라이언이 말했다.

"윤에게 정 가운데로 날아오는 공을 던지는 것 자체가 실수죠. 아마 실투일 겁니다. 타격감 좋은 윤에게 가운데로 날아오는 공을 던질 투수는 없을 테니까요."

"윤이 자신의 등판 날, 4점 중에서도 2점을 스스로 만들어내며 유리하게 경기를 가져갑니다."

중계 카메라가 잽싸게 베이스를 돌아 홈을 밟고 벤치로

들어가는 주혁을 비췄다.

　반응은 이를 지켜보던 토론토 블루제이스의 팬들을 제외하곤 모두 뜨거웠다.

　4 - 0의 스코어.

　경기의 승패가 벌써부터 기울고 있는 듯했다.

◈

　경기의 흐름을 바꾸기는 어려운 일이다.

　특히나 이미 어느 쪽으로 무게감이 쏠린 상태라면, 이는 더욱 쉽지 않은 일이 된다.

　물론 방법은 있다.

　이런 흐름을 만드는 데 있어 가장 결정적인 역할을 한 선수를 공략하여 승부에서 이길 수만 있다면, 가라앉은 자신감을 끌어올려 재기에 도전할 수도 있긴 하다.

　그러나 만일 그 선수의 페이스가 좀처럼 무너지지 않는다면, 흐름을 뒤집는 일은 점점 미궁 속으로 빠져드는 것이나 다름없다고 봐도 무방하다.

　지금 토론토 블루제이스의 상황이 이와 정확히 일치했다.

　파앙!

　"스트라이크 아웃!"

　마냥 넋을 놓고 당하고 있지만은 않고 있음에도 불구하고,

탬파베이 레이스의 선발 투수 주혁을 상대로 토론토 블루제이스의 타자들은 5회가 끝날 때까지 단 한 점도 뽑아내지 못하고 있었다.

지난 시즌처럼 공도 제대로 때려내지 못한 채 타석에서 물러나고 있는 게 아니었다.

분명 매 이닝마다 안타를 때려내기도 했었고, 심지어 득점권 주자를 만드는 데 성공하기도 했었다.

그러나 결정적인 득점에 있어서는 번번이 실패하고 있는 토론토 블루제이스의 타자들이었다.

여전히 위력적인 구위와 타이밍을 맞추기 어렵게 만드는 완급 조절, 그리고 좋아진 제구력은 위기 상황을 맞이해도 손쉽게 헤쳐나갈 수 있도록 주혁을 돕고 있었다.

무엇보다도 주혁이 이런 위기 상황에서도 전혀 흔들림 없이 자기 공을 던질 줄 안다는 점이 실점을 내주지 않는 가장 큰 원인으로 작용하고 있었다.

가장 중요한 건, 이런 노련미 넘치는 경기 운영을 아직 술도 법적으로 마시지 못하는(미국 법에 따르면) 어린 선수가 보여주고 있다는 점이었다.

물론 여기에는 메이저리그 감독들 가운데 가장 영리하다는 평가를 받고 있는 수비 시프트의 귀재라 불리는 조 매든 감독의 절묘한 작전들과 안정감 있는 수비, 그리고 존 제이소와 함께 만들어가는 볼 배합도 한 몫 하고 있었다.

하나 이는 그저 마운드 위에서만 국한되지 않았다.

실제로 그가 타석에서 침착하게 투수의 공을 골라내는 모습이나 불리한 볼 카운트에서도 유인구를 참아내는 모습들은 이제 막 신인의 딱지를 뗀 선수 같아 보이지 않았다.

또한 낮은 공도 때려내는 타격 센스와 바깥쪽에도 능숙하게 대처하는 모습, 그리고 이따금씩 터져 나오는 장타력은 늘 많은 사람들을 깜짝깜짝 놀라게 만들고 있었다.

이러한 주혁의 타격 실력은 오늘도 유감없이 터져 나오고 있었다.

따악!

5회 말, 교체된 우완 불펜 투수를 상대로 4구 째 낮게 떨어지는 바깥쪽 서클 체인지업을 툭 갖다 밀어치며 안타를 때려낸 주혁이 3루에 있던 주자를 홈으로 불러들이면서 1타점을 추가하는 데 성공했다.

두 경기 연속 멀티 히트 연속 홈런, 그리고 3출루를 성공시킨 주혁은(오늘 2타수 2안타 1홈런 3타점 1볼넷) 초반부터 무섭게 몰아치며 토론토 블루제이스의 벤치에 침묵을 선사하고 있었다.

이후 5회 말이 끝나고 6회 초 토론토 블루제이스의 공격으로 이어지자 마운드 위로 다시 주혁이 올라왔다.

로진 백을 집어 들면서 그가 속으로 생각했다.

'완급 조절로 충분히 힘을 비축해 뒀으니…….'

이제 그 힘을 모조리 쏟아 부을 차례다.

투구수는 80구로 다소 많이 던지긴 했으나 이번 이닝에서 10구 이하로 마무리만 짓는다면 충분히 7회까지도 던질 수가 있었다.

'8회까지 던지기는 무리다.'

어차피 8점 차이가 난 상태인 만큼, 주혁은 이 점수가 쉽게 좁혀지진 않을 거라고 보고 있었다.

'내가 7회까지만 버텨준다면 말이지.'

주혁이 심호흡을 크게 하고는 포수 존 제이소의 사인을 확인했다.

이미 마운드에 서기 전, 대화를 마친 두 사람은 번거롭게 여러 사인을 내보낼 필요 없이 곧바로 사인 교환을 마무리지었다.

주혁이 와인드업 동작을 가져가자 타석에 서 있던 5번 타자가 타격 자세를 취했다.

이윽고 주혁의 손에서 공이 뿌려지는 순간.

부웅!

파앙!

"스트라이크!"

이전보다 더 위력이 좋아진 패스트볼에 타자의 방망이가 허공을 갈라버렸다.

99마일(159km)의 패스트볼.

이 구위와 구속을 체감한 타자가 단번에 눈치를 챘다.

'이제부터가 진짜군.'

그러나 눈치를 챈다고 때려내기 쉬운 건 아니었다.

따악!

제법 타구 소리가 클지는 몰라도, 그 엄청난 회전수에 배트가 뒤로 밀려 타구가 뒷그물로 향하기 일쑤였다.

알고도 못 친다는 말은 바로 여기서 나온 것이었다.

그렇다고 무조건 풀 스윙을 가져갈 수도 없었다.

행여 힘껏 풀스윙을 하기라도 한다면…….

부웅!

파앙!

"스트라이크 아웃!"

90마일(145km)의 체인지업에 방망이가 헛돌고 말기 때문이다.

패스트볼처럼 보일지 몰라도, 오다가 아래로 떨어지는 이 고속 체인지업이 있기에 주혁이 전력투구를 하게 될 경우, 타자들이 그를 상대하기 더욱 까다로워 하는 것이었다.

지난 시즌과 유사한 패턴이지만 타자들은 여전히 이런 패턴에 어려워하고 있었다.

게다가 아무리 이 패스트볼과 체인지업에 타이밍을 얼추 잡아내더라도…….

부웅!

"……?"

패스트볼과 비슷한 릴리스 포인트에서 날아오는 커브에 타이밍을 완전히 빼앗겨 엉성한 헛스윙을 하고 마는 타자들이었다.

지난 시즌과는 또 달라진 이 투구 패턴에 타자들의 머릿속은 더욱 복잡해질 수밖에 없었다.

그렇다고 마냥 커브만 노릴 수도 없었다.

아직 완성이 덜 된 느낌을 충분히 받을 수 있는 이 커브를 주혁이 좀처럼 구사하지 않았기 때문이었다.

여전히 연습중인 구종이지만, 컨트롤이 가능했기에 이렇게 순간적으로 상대 타자의 허를 찌를 수가 있었다.

이렇게 타자가 고민과 갈등 속에서 헤엄을 치고 있을 때면……

파앙!

"스트라이크 아웃!"

입이 떡하니 벌어지게끔 만드는 97마일(156km)짜리 투심 패스트볼이 몸쪽을 파고들며 허무하게 벤치로 돌아가야 하는 상황이 오고 만다.

3타자 연속 삼진.

"아주 좋은 피칭이었어, 윤."

존 제이소가 벤치로 들어가는 주혁에게 칭찬을 아끼지 않았다.

손은 얼얼하지만 그래도 타자들이 꼼짝도 못한 채 고개만 절레절레 흔들면서 벤치로 향하는 모습은 언제 봐도 통쾌한 일이었다.

주혁이 대답 대신 옅은 미소만 지어보이고는 이온음료로

목을 축였다.

'투구수가 92구라······.'

100구를 넘길 수도 있으나 주혁은 크게 신경 쓰지 않았다.

시즌 개막에 앞서 조 매든이 했던 말이 생각났기 때문이었다.

"2아웃까지 잡아놓은 상태에서 100구가 채워지면 그 때는 그 이닝까지 마무리할 수 있도록 허락한다."

즉, 7회 마운드에 올라가서 8구 안으로 아웃카운트 2개만을 잡아내면 그 이닝까지 던져도 된다는 뜻이었다.

주혁이 어깨 상태를 슬쩍 점검하고는 이내 홀로 고개를 끄덕거렸다.

'충분하다.'

6이닝 내내 강속구 피칭을 이어갔다면 지금쯤 어깨에 무리가 갔을 수도 있으나 5회까지는 완급 조절을 통해 낮게 피칭을 이어가며 평균 구속 94.5마일(152km)을 맞췄던 주혁이었다.

'아직까지도 타자들이 이런 패턴에 어려워하고 있고······.'

충분히 7회까지 실점 없이 막아낼 자신이 있었다.

틱!

"아웃!"

그가 잠시 동안 생각에 잠겨 있을 사이, 어느새 아웃카운트 2개가 올라가 있었다.

불펜으로 발걸음을 옮긴 주혁이 가볍게 공을 주고받으면서 마운드에 나설 준비를 하기 시작했다.

그리고 잠시 후.

따악!

높게 뜬 타구가 중견수의 글러브 안으로 들어가면서 삼자범퇴로 이닝이 마무리되자, 주혁이 다시 마운드로 향했다.

곧바로 8번 타자가 타석에 들어섰고, 사인을 확인한 주혁이 고개를 끄덕이고는 힘차게 공을 던져 초구를 우타자 바깥쪽 스트라이크 존 상단에다 꽂아 넣었다.

파앙!

100마일(161km)의 구속에 타자는 그저 멍하니 지켜만 보고 말았고…….

"스트라이크!"

걸걸한 구심의 콜이 울려 퍼지자 주혁은 확신했다.

'게임 끝이다.'

이번 이닝에서, 이 빠른 공을 안타로 연결시키는 타자는 끝내 한 명도 나오지 않았다.

◆

경기가 끝나자, 한국 스포츠 언론에서 대대적으로 주혁의 활약상을 보도하기 시작했다.

「윤주혁, 토론토 블루제이스 상대로 시즌 첫 승 성공(종합)!」

[윤주혁(21, 탬파베이 레이스)가 오늘 토론토 블루제이스와의 2차전 경기에서 선발로 나와 시즌 첫 승을 따내는 데 성공했다.

이 날, 윤주혁은 최고 구속 100마일(161km), 평균 구속 95마일(153km)의 패스트볼을 바탕으로 투심 패스트볼과 고속 체인지업, 그리고 신무기인 커브를 바탕으로 토론토 블루제이스를 상대로 7이닝 7피안타 1볼넷 무실점 11K의 호투를 선보이며 8 - 0으로 탬파베이 레이스의 승리를 도와 시즌 첫 승을 신고했다.

5회까지 매 이닝 안타를 허용하면서 몇 번의 실점 위기를 맞기도 했으나 좋아진 제구력을 바탕으로 이 위기를 넘긴 윤주혁의 피칭에 메이저리그 중계진들도 감탄했다.

한편, 윤주혁은 타석에서도 4타석 3타수 2안타 1홈런 3타점 1볼넷의 성적을 거두며 완벽한 모습을 보여주면서 두 경기 연속 홈런, 멀티 히트, 연속 3출루라는 엄청난 활약을 보이는 데 성공했다.

윤주혁의 활약에 힘입어 탬파베이 레이스가 개막전에 이어 또 다시 승리를 기록, 2연승으로 좋은 출발을 이어가게 되었다.

한편, 주혁을 상대했던 토론토 블루제이스의 타자 에드윈 엔카나시온은 "그에게 안타 2개를 때려내긴 했으나 하나는 솔직하게 운이 컸다. 그 위력적인 투심 패스트볼에 제대로 맞지 않았으나 운 좋게도 안타로 연결되긴 했으나 행운은 연속으로 찾아오지 않았다. 분명 위력적인 투수이긴 하지만 아직 우리의 준비가 미숙했다고 보고 다음번에는 제대로 공략할 것"이라고 말했다.

또한 시토 개스톤 감독 역시도 인터뷰를 통해 "우리는 윤에게 두 번 연속으로 패배했다. 그가 아니었다면 충분히 우리는 승리를 가져갈 수 있었을지도 모른다. 그만큼 그는 대단한 존재감을 가진 선수이며 그에 대한 우리의 대비가 부족했다고 나는 생각한다. 괴물 같은 존재이지만 어찌 되었든 분명히 허점이 있고, 다음에 다시 만날 때는 승부가 달라질 것이다"라고 말하면서 윤주혁의 활약상을 칭찬했다.

이에 대해 윤주혁은 "토론토가 페어플레이를 해줘서 고맙다. 몸에 맞추지 않아서 다행이었다. 좋은 승부를 보여준 만큼 내일도 최선을 다해서 좋은 경기를 치렀으면 좋겠다."라고 말했다.

오늘 선발 투수겸 6번 타자로 출격한 윤주혁은 내일 경기를 결장하고 그 다음 경기에 다시 타석에 나선다.]

〈 케이스포츠 백성일 기자 〉

코멘트(Comment)

– 적장마저 인정하다니…ㄷㄷ;;

– 솔직히 어제 오늘 윤주혁 활약이 쩔었음. 두 경기 연속 홈런도 그렇고 연속 3출루는 진짜 우리나라 출신이라는 게 믿겨지지가 않음.

– ㅋㅋㅋㅋㅋ5회까지 150km 초중반이었다가 6회부터 전력 투구 시작해서 160km로 팍팍 꽂아 넣으니 누가 이걸 때려냄ㅋㅋㅋㅋㅋ

– 그걸 때려내는 타자들이 있는 동네가 메쟈임.

– 근데 그런 동네에서 작년에 홈런왕 드신 호세 바티스타 오늘 윤주혁 상대로 3타수 3삼진ㅋㅋㅋㅋ

– 하도 잘해서 어느새 나도 모르게 그려러니 한다…이러면 안 되는데…ㅠㅠ 너무 잘함…;;

– 매일 아침 내 출근길의 낙과도 같다. 다치지만 않았으면 합니다, 윤 선수!

– 오늘 안타 좀 맞던데 그래도 무실점이네…21살 먹은 투수가 위기관리 보소;;

– 멘탈 전혀 안 흔들리더라. 실투가 거의 없음.

– 쉽게 생각해서 미국에서도 안 나오던 재능임. 탈아시안 급.

– 캬. 이치로 안 부럽다. 이제 일본 놈들이 우리를 부러워하는 날이 올 거다. 뿌듯하다, 뿌듯해!

한국에선 현지보다도 더욱 뜨거운 반응들이 터져 나오고 있었다.

◆

개막전 이후 2연승은 탬파베이 레이스의 좋은 출발을 예고하는 듯했다.

전력 손실이 다분히 컸지만, 앞선 두 경기로 미루어 보았을 때 충분히 이번 시즌에도 1위를 노릴 수 있을 것만 같았다.

적어도 토론토 블루제이스와의 2차전까지는 그랬다.

2연패의 수모를 겪은 토론토 블루제이스는 이를 갈았고, 주혁이 빠진 3차전에서 그들은 탬파베이 레이스의 3선발 투수인 제임스 쉴즈의 호투에도 불구하고(6.2이닝 2실점 8K) 4번 타자 호세 바티스타의 2타석 연속 홈런에 힘입어 5 - 2로 탬파베이 레이스를 꺾고 승리를 챙겨갔다.

하나 2승을 거뒀기 때문에 이 패배가 암흑의 시작이 될 것이라고 생각하는 사람은 아무도 없었다.

이어지는 시즌 4번째 경기인 시카고 화이트삭스와의 경기를 앞두고, 탬파베이 레이스 팬들에게 비보가 전해졌다.

그 내용은 바로 타선의 핵심인 에반 롱고리아가 왼쪽 사근에 부상을 입어 한 달간 결장한다는 소식이었다.

이는 가뜩이나 완성도가 다소 떨어지는 탬파베이 레이스

의 타선에 있어서 크나큰 손실과도 같았다.

하나 팬들은 에반 롱고리아를 대신해서 지난 겨울, FA 시장을 통해 데려온 거포 매니 라미레즈가 그 빈 자리를 메꿔줄 수 있을 것으로 기대했다.

그러나 시카고 화이트삭스와의 1차전 경기에서 매니 라미레즈는 무슨 이유에서인지 명단에 이름이 올라와 있지 않았고, 4선발 제프 니만이 7이닝 5실점을 내주면서 결국 8 - 3으로 패배했다.

이 날 경기에서 5번 타자로 타석에 섰던 주혁은 3타수 1안타 1볼넷으로 3경기 연속 멀티 출루에 성공했으나 이는 타선의 침묵으로 영양가 없는 활약이 되어 버리고 말았다.

그리고 이어지는 2차전 경기.

지난 시즌 혜성처럼 등장했던 유망주 투수인 제레미 헬릭슨이 시즌 첫 선발 등판 경기에서 7이닝 1실점 7K의 눈부신 호투를 보여주며 3 - 1로 이기는 듯했으나, 9회 말 내리 4점을 헌납하며 역전패로 마무리 되었다.

3연패.

점차 분위기는 얼음처럼 차갑게 굳어만 갔고, 결국 1선발 데이비드 프라이스의 8이닝 2실점 호투에도 불구하고 2 - 0 패배를 기록, 시리즈 스윕을 내주고 말았다.

주혁은 타석에서 고군분투하며 어떻게 해서든지 승리로 만들어보고자 했으나 팀 타선의 침묵은 좀처럼 만족스러운 결과로 이어지지 못했고, 3차전 경기에선 3타수 무안타를 기록하며 타격감이 떨어지는 듯한 모습을 보여주고 있었다.

이런 최악의 상황 속에서 맞이하게 된 볼티모어 오리올스와의 1차전 경기.

이 날 선발 투수로 예정되어 있던 주혁이 불펜에서 마지막으로 점검을 마친 후, 경기가 시작되자 마운드 위로 성큼성큼 걸어가기 시작했다.

팬들은 그가 이 분위기를 뒤집어 주기를 기대했다.

"윤이라면 오늘 실점을 내주지는 않을 거야."

"성적은 나빠도 수비 실책은 없을 정도로 우리 팀 수비는 최고니까. 조 매든도 있고."

"윤이라면 믿을 만 하지."

"그는 구원자야. 구원자. 이 암흑 속에서 우리를 구원해 줄 거라고!"

이윽고 1회 초, 볼티모어 오리올스의 1번 타자가 타석에 들어서자 그들이 입을 굳게 다문 채 손에 쥔 맥주만을 홀짝거리며 경기를 관전하기 시작했다.

독기를 품은 주혁의 피칭은 그들의 기대를 저버리지 않았고…….

파앙!

"스트라이크 아웃!"

3번 타자를 삼구 삼진으로 돌려세우면서 첫 이닝을 삼자범퇴로 깔끔하게 마무리 짓는 데 성공했다.

산뜻한 출발.

하나 볼티모어 오리올스의 선발 투수 제레미 거드리도 오늘 날카롭게 휘어지는 슬라이더를 바탕으로 1회 말, 탬파베이 레이스의 타자들을 상대로 삼자 범퇴를 만들어 내면서 좋은 피칭을 선보였다.

이후 경기 양상은 양 팀 선발 투수 간의 팽팽한 맞대결로 이어졌고, 누가 먼저 점수를 내주느냐에 시선이 집중되었다.

그러던 4회 초.

3회까지 퍼펙트 피칭을 이어가던 주혁이 이번 이닝에 들어와서 3번 타자에게 안타를 내주며 2사 2루의 위기를 맞게 되었다.

이후 타석에 들어선 4번 타자 마크 레이놀즈를 상대로 주혁은 공 2개로 단 번에 0 - 2의 유리한 볼 카운트를 만들었다.

모두들 이닝이 끝날 거라고 생각하던 그 때.

따악!

"......!"

큼지막한 타구가 터져 나오더니 이내 담장을 훌쩍 넘기는 게 아닌가.

3구 째 몸쪽으로 날아가던 97마일(156km)의 패스트볼을 마크 레이놀즈가 제대로 당겨 쳤고, 그 결과 홈런으로 이어진 것이었다.

실투라고 하기 보다도 마크 레이놀즈가 잘 때렸다고 봐야 했다.

예상과는 다르게 볼티모어 오리올스가 선취점을 뽑아내자, 이전까지 주혁의 활약상에 들떠있던 홈팬들의 표정이 다시 어두워지기 시작했다.

믿었던 주혁이 먼저 2점을 내줬다는 사실이 왠지 모르게 불길한 팬들이었다.

파앙!

"스트라이크 아웃!"

이어지는 5번 타자를 상대로 주혁이 삼진을 잡아내긴 했으나, 분위기가 쉽게 바뀌지는 않았다.

4회 말.

이닝의 선두 타자로 나선 주혁이 타석에 들어섰다.

앞선 타석에서 내야 땅볼로 물러났던 주혁이기에 팬들은 이번 타석에서 만큼은 그가 출루를 해줄 것이라고 굳게 믿고 있었다.

그리고 잠시 후.

따악!

4구 째 몸쪽 낮게 휘어지는 슬라이더를 잡아당긴 주혁의 타구가 우측 담장 쪽으로 멀리 날아가기 시작했다.

홈런일 거라고 판단한 팬들이 일제히 자리에서 일어나 타구에 시선을 쫓았다.

그러나…….

"……!"

우익수가 워닝 트랙에서 몸을 던져 타구를 잡아내는 데 성공하고 말았다.

정말 잘 때린 타구였음에도 호수비에 막히고 만 것.

이 호수비 하나로 볼티모어 오리올스의 분위기는 더욱 치솟았고, 결국 4회 말에도 탬파베이 레이스는 득점을 만들지 못했다.

빨리 따라잡아야 하는 입장으로서 탬파베이 레이스의 벤치는 애가 탔고, 그나마 주혁이 금세 멘탈을 바로잡아 위력적인 피칭을 이어가긴 했으나 그렇다고 경기 분위기가 바뀌지는 않았다.

5회까지 주혁이 던진 투구수는 총 67구.

완급 조절을 바탕으로 힘도 충분히 남아 있었고, 이닝을 많이 끌고 갈 수 있을 정도로 투구수에도 여유가 있었다.

'완투한다는 생각으로 임하자.'

마운드를 내려오던 주혁이 입술을 살짝 깨물고는 흐려지는 정신을 붙잡고자 노력했다.

'이미 지난 시즌 때도 겪었던 일이다.'

작년 이맘때도 주전 선수들이 부상으로 대거 이탈하면서 크게 흔들렸었던 탬파베이 레이스였다.

'그 때는 그나마 상대 팀들이 나를 잘 몰라서 내가 경기를 이끌어갈 수 있었지만 지금은 상황이 다르다.'

이번 시즌은 상대 팀들이 자신에 대한 대비가 철저하게

되어 있는데다 특히 타석에서는 자꾸만 승부를 피하려고 했기 때문에(타석에서의 활약이 경기의 흐름을 바꾸는 결정적인 계기가 되므로) 그런 단독적인 활약을 펼쳐 보이기도 힘들었다.

그나마 타선이 도와준다면 모를까, 에반 롱고리아의 전력 이탈 이후 이상하게도 타선의 불꽃은 사그라들고 있었다.

'뭐가 어찌 되었든 간에 더 이상 실점을 내주지만 말자.'

여기서 추가로 점수를 내준다면 역전 시나리오는 상상하기 힘들 가능성이 높았다.

'이번 시즌은 나름 괜찮을 거라고 생각했는데……'

적어도 에반 롱고리아만 부상으로 빠지지 않았더라도 이처럼 무너지지는 않을 수도 있었다.

지난 시즌과는 다르게 올해는 유망주들이 대부분 투수인지라 탄탄한 마운드를 구성하고 있었기에 타자들의 득점 지원이 너무도 절실하게 필요했다.

따악!

때마침 터진 장타성 코스의 타구에 벤치에 있던 모든 선수들이 벌떡 일어났다.

그러나 타구는 끝내 펜스 근처에서 힘을 잃었고, 열심히 쫓아간 외야수의 글러브 안으로 들어가고 말았다.

여전히 스코어는 2 - 0.

추락하는 사기를 어떻게든 붙잡기 위해 주혁이 다시 마운드 위로 걸어가기 시작했다.

그리고 이런 주혁의 노력은 탬파베이 레이스의 선수들에게 조금이나마 힘이 되어주고 있었다.

파앙!

"스트라이크 아웃!"

야수들이 거의 움직일 필요도 없이, 주혁은 존 제이소와 함께 단 둘이서만 이닝을 끝내버렸다.

탈삼진 개수도 어느덧 10개까지 잡아낸 주혁의 피칭은 볼티모어 오리올스의 분위기를 한풀 꺾는 데 성공했고, 이어지는 6회 말…….

따악!

따악!

안정적인 피칭을 이어가던 제레미 거드리가 연속 안타를 허용하면서 탬파베이 레이스가 무사 1,3루의 찬스를 만들어냈다.

그리고 이 기회를 운명처럼 맞이하게 된 5번 타자 주혁이 타석에 섰다.

오늘 경기에서 비록 안타를 때려내지 못했으나 포수와 회의를 한 끝에 제레미 거드리는 주혁을 상대하지 않기로 결정했다.

주혁에게 행여 동점타 또는 역전홈런을 맞는다면 분위기가 완전히 탬파베이 레이스 쪽으로 기울기 때문이었다.

그런 빌미 자체를 제공하지 않기 위해 볼티모어 오리올스는 차라리 주혁을 거르고 6번 타자 필립 모리스를 상대하는 쪽으로 가닥을 잡은 것이었다.

가장 최고의 기회에 1루 베이스로 허무하게 걸어 나가야만 하는 상황에 주혁이 씁쓸하게 입맛을 다셨다.

'여기서 점수가 안 나오면 오늘 게임은 끝이다.'

승부처가 될 지금 이 순간.

주혁의 시선이 필립 모리스에게로 향했다.

'나를 거르고 너를 상대하겠다는 거야, 모리스. 자존심 상하잖아. 그렇지? 그러니까 시원하게 때려버려. 그냥 외야 쪽으로 타구를 보내기만 하면 돼! 간단하잖아. 할 수 있어.'

이 말들이 목 끝까지 차올랐으나 꾹꾹 삼켜낸 주혁이 달릴 준비를 하며 초구 승부를 지켜보았다.

이윽고 제레미 거드리의 손에서 뿌려진 공이 우타자 바깥쪽으로 휘어갔고…….

틱!

이 슬라이더를 가볍게 툭 맞춰낸 필립 모리스의 타구가 우익수 쪽으로 날아가기 시작했다.

하나 느리기도 느릴 뿐더러 충분히 우익수가 잡을 수 있을 법한 곳으로 날아가고 만 타구.

누상의 모든 주자가 제 자리를 가만히 지키고 있던 바로 그 때.

"……!"

전혀 예상치 못한 일이 벌어졌다.

애매한 지점으로 날아가던 타구가 순간적으로 조명의 불빛에 숨어버리면서 우익수가 타구를 놓치고 말았고, 결국 잡아내지 못한 것이었다.

이 결정적인 실수로 인해 아웃카운트 하나를 놓쳐버린 볼티모어 오리올스가 한 점을 내준 채 다시 무사 만루의 위기를 맞게 되었고, 탬파베이 레이스의 사기가 다시 솟구치기 시작했다.

'이런 실수 하나가 정말 크지.'

2루 베이스에 선 주혁이 그제야 숨을 돌렸다.

불과 조금 전까지만 해도 이 기회에 한 점도 얻지 못하고 끝날 수도 있겠다는 생각에 불안해하고 있었던 주혁이었다.

'자, 이제 병살만 아니면 된다.'

만일 병살이 나오더라도 3루 주자가 홈을 밟을 수 있을 정도의 시간만 벌어준다면 나쁘지 않았다.

물론 병살타 자체가 이 흐름을 끊어먹는 최악의 시나리오이긴 하지만 말이다.

그러나…….

틱!

"……."

7번 타자 존 제이소의 타구가 유격수 쪽으로 향하고 말았다.

하나 다행스럽게도 타구가 큰 바운드를 튕기면서 유격수

에게로 향했고, 이 틈을 타 3루 주자가 홈을 밟는 데 성공했다.

3루로 향한 주혁은 이를 보고는 그래도 동점이 나왔다는 사실에 감사함을 느끼며 베이스를 밟았다.

그런데······.

"Shit!"

뜬금 없이 3루수의 격양된 목소리가 바로 옆에서 들려오는 게 아닌가.

주혁이 시선을 돌릴 틈도 없이 3루 코치가 다급하게 외쳤다.

"달려! 당장!"

그 말이 귓가에 들려옴과 동시에 주혁은 미친 듯이 홈으로 파고들었고, 어느 누구의 방해도 받지 않은 채 홈 베이스를 터치하는 데 성공했다.

주혁은 방금 전 어떤 상황이 일어났는지 굳이 보지 않아도 알 수 있었다.

2루수의 송구 실책.

연이어 터진 실수들.

그로 인해 경기의 흐름이 바뀌고 있었다.

◆

「탬파베이 레이스, 4연패 탈출(윤주혁 시즌 2승)!」

[탬파베이 레이스가 4연패의 늪에서 탈출했다.

트로피카나 필드에서 열린 볼티모어 오리올스와의 오늘 경기에서, 탬파베이 레이스가 2 - 0으로 지고 있던 5회 말, 상대 수비의 실책으로 역전에 성공, 케이시 코치맨의 2타점 적시타로 총합 5점을 만들어내며 최종적으로 5 - 2 승리를 거두는 데 성공했다.

이 날 선발 투수로 올라온 윤주혁은 타석에서 3타수 무안타 1볼넷으로 침묵했으나 마운드에서 8이닝 2실점 12K 6피안타 1피홈런 2볼넷을 기록하며 시즌 2승을 챙겼다.

오늘 경기에서 윤주혁은 4회 초, 볼티모어 오리올스의 4번 타자 마크 레이놀즈에게 선제 투런 홈런을 허용했으나 이후 안정적인 피칭을 선보이며 추가 실점을 내주지는 않았다.

반면에 4회 말까지 완벽한 피칭을 선보이던 제레미 거드리는 5회 말, 무사 만루의 위기에서 6번 타자 필립 모리스의 타구를 우익수가 처리하지 못하면서 1점을 허용, 7번 타자 존 제이소를 상대로 병살 코스를 유도하는 데 성공했으나 홈으로 달려드는 3루 주자를 막지는 못했다.

게다가 2루수 로버트 안디노의 송구 실책으로 인해 또 한 점을 헌납하며 역전을 허용하고 만 제레미 거드리는 이후 케이시 코치맨에게 2점을 추가로 내주면서 결국 패전 투수가 되고 말았다.

이로서 4연패의 수렁에서 벗어난 탬파베이 레이스는 5

위 보스턴 레드삭스와 1.0게임차로 앞서가게 되었다.]

〈 스포토탈 코리아 김석호 기자 〉

◆

볼티모어 오리올스와의 2차전을 앞두고 충격적인 소식이 탬파베이 레이스에게 전해졌다.

1년 200만 달러를 주고 데려온 매니 라미레즈가 돌연 은퇴를 선언한 것이었다.

놀랍게도 그 이유는 바로 도핑 테스트에서 양성 반응이 나왔기 때문이었다.

이전에도 약물 검사 결과 양성 반응이 나오면서 징계를 받았던 매니 라미레즈에게 메이저리그 사무국은 100경기 출전 정지 처분을 내렸고, 결국 그가 은퇴를 하기로 한 것이었다.

가뜩이나 팀 타선에 공백이 생겨 흔들리고 있는 와중에 기대했던 매니 라미레즈마저 전력에서 이탈하게 되자, 탬파베이 레이스의 벤치는 또 다시 침묵에 휩싸이기 시작했다.

그렇게 시작된 2차전 경기.

어제 실책으로 패배를 당한 볼티모어 오리올스는 2차전 경기에서만큼은 집중력을 잃지 않았고, 3선발 제임스 쉴즈의 7이닝 2실점 호투에도 불구하고 탬파베이 레이스는 2 – 1로 패배하고 말았다.

침체된 타선.

그나마 3차전 경기에서 주혁이 5번 타순에 배치가 되어 힘을 보탰으나, 제프 니만이 5이닝 6실점으로 무너지면서 11 – 7로 패배의 수모를 겪게 되었다.

이것은 또 다른 불운의 시작이었다.

미네소타 트윈스의 홈구장인 타깃 필드로 원정 경기를 떠난 탬파베이 레이스의 선수단은 지친 상태에서 1차전을 맞이했고, 결국 14 – 3으로 패전을 끌어안고 말았다.

이어지는 2차전 역시도 마찬가지였다.

경기 시작 전부터 1선발 데이비드 프라이스가 컨디션에 이상을 보이면서 급히 웨이드 데이비스로 선발 투수가 바뀌었고, 웨이드 데이비스가 나름 잘 던져 주긴 했으나 결과는 6 – 3, 패배였다.

또 다시 4연패.

3차전은 우천으로 인해 경기가 취소되었으나 이것이 탬파베이 레이스에게 이득이 되었다고 하기는 힘들었다.

다시 플로리다 탬파로 돌아온 선수들의 표정은 차갑게 굳어 있었고, 조 매든은 다음 날 경기를 앞두고 락커룸에서 선수들을 불러모아 이렇게 말했다.

"연패를 신경 쓰지 마라. 다른 팀들도 시즌 중에 4연패, 아니 5연패를 넘어서 7연패를 하기도 한다. 연패가 중요한 게 아니다. 연패를 끊고, 그만큼 연승을 달리면 된다. 연승하고 연패하는 것보다는 연패하다가 연승하는 게 더 낫지 않겠나? 고로 모두들 기운 차려라. 작년 이맘때도 지금처럼 상황은 좋지 않았었다. 그러나 우리는 그걸 이겨냈고, 결국 우승까지 거머쥐었다. 올해라고 다를 건 없다. 우리는 할 수 있다. 다들 알겠나?"

"네, 보스."

선수들이 애써 기운을 차리고는 힘차게 대답하긴 했으나 불안함은 좀처럼 사그라들지는 않고 있었다.

그리고 이런 분위기 속에서 얼리 워크(Early Work)가 시작되었다.

선수들을 훈련을 지켜보던 조 매든은 한숨을 내쉬는 대신 미간을 살짝 찌푸리는 것으로 답답함을 표출했다.

여러모로 골치가 아팠다.

'3루가 제일 큰 문제다.'

3루수 에반 롱고리아의 부상으로 인해 급히 마이너리그 트리플A에서 뛰던 3루수 크리스 존슨을 콜업하여 기용하긴 했으나 타격과 수비 모두 좋지 못했다.

어쩔 수 없이 기용을 하고 있기는 하지만, 이 탓에 타선의 무게감이 떨어지고 말았기에 조 매든은 크리스 존슨을 빼고 다른 선수를 기용하려고 했다.

'벤이 3루수도 볼 줄은 알지만……'

내, 외야를 가리지 않고 어떤 포지션이든 수비를 할 수 있는 벤 조브리스트가 있었으나 그를 3루에 기용한다고 해서 2루 베이스에 마땅히 세울 만한 선수가 없다는 것이 문제였다.

사실 이 모든 고민의 원인은 바로 주혁을 타석에 세우기 위함이었다.

지명타자라는 자리.

워낙에 좋은 타격을 보여주는 주혁을 차마 뺄 수는 없었다.

그런 까닭에 자니 데이먼을 좌익수로 몇 차례 기용했던 조 매든이지만, 나이가 많아지고 발이 느려지면서 수비 범위가 줄어든 자니 데이먼을 더 이상 좌익수로 기용할 수가 없었다.

이러한 이유 때문에 외야수 맷 조이스를 좌익수로 기용하기로 한 조 매든은 그래도 나름 노련한 타격을 보여주는 자니 데이먼을 타선에 넣고 싶었다.

하나 지명타자 자리에 주혁이 서야 하므로 사실 상 방법이 없었다.

'자니보다는 윤이 더 낫긴 하니까.'

입맛을 다시며 물끄러미 훈련을 보던 그 때였다.

"감독님?"

누군가 뒤에서 그를 불렀다.

고개를 돌리자, 배팅 케이지에서 타격 훈련을 마친 주혁이 서 있었다.

조 매든이 미간의 주름을 풀고는 친근하게 그에게로 다가갔다.

"어디 아프냐?"

"아뇨. 그런 건 아닙니다."

"그러면?"

"타격 훈련도 끝났고 러닝도 다 했는데 시간이 남아서 말입니다."

주혁의 대답에 조 매든이 피식 웃었다.

"그래서 나랑 농담이나 주고받자고 온 거냐?"

"그럴리가요. 본론부터 바로 말씀을 드리자면, 비어있는 3루수 자리에 제가 서겠습니다."

"……."

주혁의 말에 조 매든이 순간 할 말을 잃었다.

그가 재빨리 정신을 차리고는 말했다.

"나랑 농담 따먹기 하려고 온 거 맞네."

"농담이 아닙니다. 자니 데이먼을 타선에 넣고 싶지 않으십니까?"

주혁의 물음에 조 매든이 깜짝 놀랐다.

"그렇긴 하지."

"그런데 좌익수 수비는 영 엉망이고, 남은 자리가 지명타자 자리인데 제가 그 자리에 있으니 방법이 없지 않습니까."

"그래서 네가 3루를 보겠다? 3루라는 자리가 어디 쉬운 포지션인 줄 아는 거냐?"

"고등학교 때 3루수도 했었습니다."

"그걸로는 부족하다."

"그럼 제게 기회를 주십시오."

"무슨 기회?"

"남은 시간 동안 3루에서 펑고 훈련을 받겠습니다. 만일 제가 한 개라도 놓친다면 다시는 이런 말을 꺼내지 않겠습니다."

당돌한 주혁의 말에 조 매든이 잠시 동안 눈만 껌뻑거렸다.

분명 말도 안 되는 제안인데 이상하게 믿음이 갔다.

하나 3루수라는 자리는 체력적인 부담도 클 뿐더러 보통 쉬운 자리가 아니다.

조 매든이 이내 고개를 절레절레 흔들었다.

"내일 선발이 바로 너다. 굳이 체력을 소모할 필요가 없다."

"저를 잘 아시지 않습니까. 전혀 문제없습니다."

"후……."

결국 입 밖으로 한숨을 푹 내쉰 조 매든이 턱선을 매만지기 시작했다.

잠시간 생각의 시간을 가진 그가 닫혀 있던 입을 열었다.

"그래. 한 번 보기나 하자. 네가 팀을 위해 헌신하려는 것은 알겠다만, 판단은 내가 한다."

주혁의 마음은 고맙지만 조 매든은 가뜩이나 어린 선수를 혹사시키고 싶지가 않았다.

그래도 일단 보기로 한 조 매든이 수비 코치에게 이 사실을 전했고, 그가 고개를 갸웃거리며 주혁을 빤히 쳐다보다 이내 배트를 들었다.

조 매든이 그에게 말했다.

"애매한 곳으로 타구를 날려봐."

그가 고개를 끄덕이고는 3루 쪽으로 땅볼 타구를 날려보내기 시작했다.

이 신기한 광경에 선수들의 시선이 쏠렸다.

그런데…….

"……!"

안정적인 캐치와 빠르고 정확한 송구.

불규칙 바운드마저도 부드럽게 잡아내는 안정감.

주혁의 펑고 훈련을 보던 모든 이들의 입이 떡하니 벌어졌다.

"Oh My God!"

"말도 안 돼."

"천재다. 정말 천재야."

그 능숙한 수비에 모두들 경악을 금치 못했다.

조 매든도 마찬가지였다.

약간의 기대를 하긴 했으나 이 정도일 줄은 상상도 안했던 조 매든이었다.

그러나 예상을 뛰어넘는 안정적인 모습에 그 역시도 멍하니 바라만 볼 뿐이었다.

수비 코치 역시도 연신 감탄사를 내뱉으며 더욱 애매한 곳으로 타구를 날려 보냈다.

하나 주혁의 실수는 단 한 번도 없었다.

이윽고 평고 훈련이 끝나자, 수비 코치가 조 매든에게 말했다.

"에반보다 나은데요?"

"……카일. 지금 내가 본 게 신기루는 아니지?"

"아닙니다. 볼이라도 꼬집어 드릴까요?"

"맙소사."

조 매든이 벌어진 입을 좀처럼 다물지 못한 채 3루 베이스에서 땀을 닦는 주혁을 바라보았다.

'하늘이 내린 재능이다.'

조 매든이 황급히 벤치로 발걸음을 옮겼다.

그리고 급히 타순이 변경되었다.

1번 타자 SS 션 로드리게스

2번 타자 CF B.J. 업튼

3번 타자 2B 벤 조브리스트

4번 타자 DH 자니 데이먼

5번 타자 3B 윤주혁

6번 타자 LF 맷 조이스

7번 타자 RF 필립 모리스

8번 타자 C 켈리 숍패치

9번 타자 1B 케이시 코치맨

칠흑 같은 어둠 속에서 한 줄기의 빛이 쏟아지고 있었다.

◆

3루 수비 훈련을 마친 주혁이 벤치로 향하면서 속으로 생각했다.

'역시나.'

예상이 맞았다.

그저 타격 실력만 주어진 게 아니었다.

1년 넘게 수비 훈련을 하지 않았음에도 불구하고 몸이 알아서 움직였다.

과거 5번씩이나 3루수 골드글러브를 수상했었던 그 때의 그 노련함이 거짓말처럼 갖춰져 있었다.

'설마 했는데……'

본인 스스로도 정말이지 놀라울 따름이었다.

마치 허구의 세계에서 사는 것처럼, 말로는 설명할 수 없는 일들이 오직 그에게만 일어나고 있었다.

과거로 돌아온 바로 그 순간부터 말이다.

주혁이 벤치 안으로 들어오자, 조 매든이 그의 소매를

붙잡고는 입을 열었다.

"……한다."

"예?"

"부탁한다. 3루."

자신을 경이롭다는 듯이 바라보는 조 매든의 눈동자를 보며 주혁이 씩 웃고는 고개를 끄덕였다.

"에반이 돌아올 때까지만 병행하겠습니다."

"당연하지."

조 매든의 대답을 들은 주혁이 또 한 번 고개를 끄덕인 후 락커룸으로 발걸음을 옮겼다.

그리고는 그곳에서 에반 롱고리아가 비상용으로 준비해 두었던 3루수 글러브를 찾아낸 주혁이 직접 껴보고는 만족 스러운 표정을 지었다.

'손 크기가 나랑 거의 똑같아서 그런지 딱 맞네.'

빌려간다는 말은 나중으로 미뤄야 했다.

'일단은 이 엿 같은 연패부터 좀 끊자.'

답답한 타선.

이 타선에 자니 데이먼은 꼭 필요한 존재였다.

그리고 그가 타석에 서기 위해선 지명타자 자리가 비어 있어야만 가능했다.

이를 잘 알기에, 주혁이 3루 수비를 맡기로 마음을 먹은 것이었다.

'솔직히 이렇게까지 하고 싶지는 않지만…….'

야구 할 맛이 안 나잖아, 빌어먹을!

혼자 아무리 잘 하면 뭐하나.

야구는 팀플레이다.

결국 팀원 모두가 잘 해줘야 하는 것.

'그래서 자니 데이먼이 있어야 한다.'

타선에 베테랑 타자가 있고 없고의 차이는 매우 크다.

그 경험은 정말 중요한 순간에 빛을 발하기 때문이다.

'내 노력이 헛되게 희생되지 않기를.'

벤치로 향하는 주혁의 발걸음에는 흐름을 뒤집겠다는 의
지로 가득 차 있었다.

◆

탬파베이 레이스와 보스턴 레드삭스 간의 시즌 첫 맞대
결이 펼쳐질 이곳 트로피카나 필드의 관중석은 양 팀 팬들
로 북적이고 있었다.

경기 시작 이전의 행사가 진행될 동안 부산하던 관중석
은 이내 1회 초, 탬파베이 레이스의 선발 투수 데이비드 프
라이스가 마운드 위로 올라오자 그제야 조금씩 정리가 되
어가는 듯했다.

그러나 이 역시도 잠시 뿐이었다.

3루 수비를 맡기 위해 오늘 3루수로 출전하게 된 선수를
보자 다시 소란스러워진 것이었다.

그럴 만도 했다.

"윤 아니야?"

"맞는데? 세상에나."

"도대체 뭐가 어떻게 돌아가는 거야……."

지금 3루 베이스 앞에서 글러브를 매만지는 야수.

그는 바로 탬파베이 레이스의 2선발 투수, 주혁이었다.

"아무리 그래도 그렇지, 어떻게 투수에게 3루 수비를 맡길 생각을 한 건지……."

"조 매든이 미쳐도 단단히 미쳤군. 윤을 무슨 슈퍼맨으로 생각하는 모양이야."

탬파베이 레이스의 홈 팬들이 서로 조 매든의 이해할 수 없는 수비 기용을 놓고 여러 의견들이 오가기 시작했다.

이는 얼리 워크 때부터 경기장에 있던 몇몇 팬들 역시도 마찬가지였다.

"수비는 참 잘하던데, 그냥 팬 서비스 아니었어?"

"윤이 3루수로 출전한다는 소식은 못 들었는데……. 충격이군."

"잘 해낼 수 있을지가 걱정이다."

"당장 내일이 선발 투수 아닌가? 3루 수비면 체력적인 소모도 클텐데 심히 걱정스럽군."

"그래도 수비는 제법 하던데……."

"보면 알겠지. 조 매든이 아무 생각도 없이 저런 수를 뒀겠어?"

"하긴. 윤이 타자로 나선다고 했을 때도 이런 반응이었지만 정말 잘 해줬잖아. 분명 잘 할 거라고 믿어."

"팀에 대한 충성도가 정말 엄청난 거 같다, 윤은. 저런 헌신적인 모습들이 감동스러울 따름이야."

제각기 다른 반응들.

주혁의 3루수 기용이 성공적일 거라고 믿는 팬들도 있었고, 불가능한 일이라며 비난하는 팬들도 있었다.

이런 반응들은 그저 팬들만 보이고 있는 게 아니었다.

심지어 상대 팀 보스턴 레드삭스의 벤치도 당혹스러움을 감추지 못하고 있었다.

보스턴 레드삭스의 감독, 테리 프랑코나는 예상하지도 못한 주혁의 3루수 기용에 대해 매우 부정적으로 보고 있었다.

'전문적임 3루 수비 교육을 받지도 않았는데 무턱대고 기용한다니……'

마이너리그에서 철저한 교육을 받아도 모자를 판국에, 3루수 경험이 거의 전무한 투수에게 3루를 맡긴다는 게 상식적으로 납득이 가지 않는 테리 프랑코나 감독이었다.

'뭐 나름 안정적으로 처리는 하나본데, 수비에서의 경험은 무시할수가 없지. 금방 바닥을 보일 게 분명하다.'

테리 프랑코나 감독이 속으로 씩 웃었다.

예측 불가능한 순간적인 위기 상황에서 3루 수비 경험이 없는 이 어린 선수가 능숙하게 처리를 해내지 못할 게 눈에 훤히 보였다.

'그래도 혹시 모른다.'

3루수로서는 기대를 뛰어 넘는 활약을 보이지 못할 거라고 확신하고 있는 테리 프랑코나이지만, 주혁이 모두의 예상을 깨부수는 특출난 재능(?)을 가지고 있는 선수라는 걸 잘 알기에 그는 벤치에서 배트를 닦고 있던 칼 크로포드를 불렀다.

지난 시즌 탬파베이 레이스에서 뛰었던 칼 크로포드이기에 가장 확실한 정보망이나 다름없었다.

테리 프랑코나가 물었다.

"작년에 윤이 3루 수비 훈련을 하는 걸 본 적이 있나?"

"전혀요. 타격 훈련은 했어도 단 한 번도 야수 글러브를 착용하진 않았어요. 저도 지금 이 상황이 그저 신기할 따름입니다."

"그렇군……. 알겠다."

대답을 들은 테리 프랑코나가 입가에 미소를 지어보였다.

'저 기용은 무리수다. 타선에 무게감을 주기 위해서 3루 수비를 버리는 셈이나 마찬가지다.'

그가 이러한 생각을 하는 건 어쩌면 당연한 것이었다.

비단 테리 프랑코나만 이렇게 생각하는 게 아니기 때문이었다.

보스턴 레드삭스의 선수들도 주혁의 3루수 출전에 대해 매우 부정적으로 보고 있었다.

"저 녀석이 메이저리그 수비를 우습게 보는 건지, 아니면 그냥 탬파베이 레이스가 단체로 미친 건지 모르겠군."

"3루로 타구를 날려 보내야 겠어."

"탬파베이를 제물로 삼아서 반등을 노리자고."

탬파베이 레이스와 마찬가지로 출발이 좋지 않던 보스턴 레드삭스는 이번 시리즈를 통해 상위권으로 도약하고자 했다.

이윽고 시작된 경기.

보스턴 레드삭스의 타자들은 3루 쪽으로 타구를 날려보내려고 마음을 먹고 있었고, 이상하게도 데이비드 프라이스는 아무런 걱정도 없이 스트라이크 존을 폭넓게 활용하기 시작했다.

그리고…….

따악!

1번 타자 제이코비 엘스버리가 좌타자 바깥쪽으로 휘어지는 슬라이더를 때려내 3루수 강습 타구를 만들어 냈다.

빠른 속도로 3루수 주혁에게로 날아가는 타구에 모두의 시선이 쏠리던 그 때.

"……!"

주혁이 바닥에 튀는 바운드까지 순간적으로 계산해서 글러브를 잘 가져다 대면서 타구를 손쉽게 잡아내는 게 아닌가!

그리고는 주혁이 1루수에게로 가볍게 공을 던져 발 빠른 제이코비 엘스버리를 아웃시키는 데 성공했다.

호수비라고 칭찬하기는 힘들지만, 분명 방금 전 수비는 너무도 안정적이었다.

데이비드 프라이스가 주혁에게 엄지를 슬쩍 치켜세우며 좋은 수비였음을 칭찬했고, 주혁은 자신을 믿고 던지라는 눈빛을 보내며 피식 웃었다.

그러는 한편, 이를 지켜보던 보스턴 레드삭스의 원정 팬들은 경악을 금치 못하다가 이내 서로 한 마디씩 주고받기 시작했다.

"운이 좋았던 것 일수도 있어."

"저 정도는 기본으로 해줘야 하는 거고, 분명 주자들이 하나둘씩 쌓이면 실수가 나올 거야."

"저 놈이 투수라는 걸 잊지 말자고, 다들."

실책이 나올 거라는 기대.

그러나 이는 시간이 흐를수록 점점 사라져만 갔으니…….

"아웃!"

"아웃!"

라인드라이브 타구를 다이빙 캐치로 아웃을 잡아내더니, 기습 번트마저도 눈치를 채고는 빠른 움직임으로 아웃을 잡아내는 데 성공한 것이었다.

"뭐 저런 괴물이 다 있어?"

"빌어먹을!"

"어떻게 된 게 허점이 하나도 없냐, 젠장할."

"엿이나 먹어라!"

원정 팬들이 벤치로 들어가는 주혁에게 비난을 퍼붓기 시작했으나 정작 주혁은 아랑곳하지 않은 채 글러브를 벗었다.

홈팬들의 열렬한 함성 소리에 대부분 파묻혔기 때문이었다.

물론 주혁의 귓가에 이런 원정팬들의 목소리가 옅게나마 들려오긴 했지만, 그는 굳이 반응하지 않았다.

'이래 봬도 3루수 경력만 20년이야, 내가.'

그에게 있어서 어쩌면 너무도 당연한 수비일지는 몰라도, 내막을 전혀 알지 못하는 보스턴 레드삭스에게는 그야말로 커다란 충격과도 같았다.

그렇게 1회 초가 끝이 나고 이어지는 1회 말, 존 래키가 보스턴 레드삭스의 마운드 위로 올라왔다.

그는 1번 타자 션 로드리게스와 2번 타자 B.J. 업튼을 모두 뜬공으로 처리하면서 흐름을 다시 잡아가기 시작했다.

그러나 3번 타자 벤 조브리스트가 초구를 제대로 공략하여 2루타를 만들어 낸 이후, 4번 타자 자니 데이먼이 풀 카운트까지 가는 접전 끝에 볼넷으로 1루 베이스를 밟게 되면서 2사 1,2루의 찬스를 주혁이 맞이하게 되었다.

그리고 주혁을 상대로 존 래키가 절대로 던져서는 안 될

한 가운데로 몰리는 실투를 던지고 말았고…….

따악!

이는 주혁의 배트를 끝내 피하지 못했다.

중견수와 우익수 사이로 날아가던 타구는 담장을 훌쩍 넘어가버렸고, 보스턴 레드삭스는 시작부터 3점을 내준 채 경기를 출발하게 되었다.

주혁의 시즌 2호 홈런.

경기의 흐름이 탬파베이 레이스에게로 조금씩 기울고 있었다.

◆

「탬파베이 레이스, 보스턴 레드삭스 꺾고 연패 탈출!」

[탬파베이 레이스가 다시 한 번 4연패에서 벗어났다.

시즌 개막 이후 2번째 4연패의 수모를 겪었던 탬파베이 레이스가 미네소타 트윈스 원정 경기 이후 치른 보스턴 레드삭스와의 홈경기에서 시즌 첫 맞대결을 승리로 장식하며 연패를 끊는 데 성공했다.

1회 말, 보스턴 레드삭스의 선발 투수 존 래키가 2사 1,2루의 위기에서 윤주혁을 상대로 홈런을 허용하며 초반부터 불안한 출발을 보였다. 다행히도 4회 초, 데이비드 프라이스를 상대로 아드리안 곤잘레스가 솔로 홈런을 때려내며 추격의 의지를 불태웠으나 이후 7회까지 추가로 점수를 뽑아내지는 못했다.

반면에 5회 말, 탬파베이 레이스는 필립 모리스의 적시 2루타로 2점을 추가했고, 기세를 탄 탬파베이 레이스는 6회와 7회 각각 1점씩을 더 보태 7 - 1로 승리를 거뒀다.

데이비드 프라이스는 오늘 경기에서 7.0이닝 1실점 5피안타 1피홈런 2볼넷의 호투를 바탕으로 승리를 챙겼고, 존 래키는 5.2이닝 5실점 8피안타 1피홈런 3볼넷을 기록하며 패전 투수가 되었다.

한편 이 날 3루수로 깜짝 출전한 윤주혁은 안정적인 수비를 보여주면서 모두를 놀라게 만들었고, 4타수 2안타 1홈런 3타점 1볼넷을 기록하며 만점짜리 활약을 선보였다.

윤주혁은 내일 선발 투수로 출전이 예정되어 있다.]

〈 케이스포츠 백성일 기자 〉

코멘트(Comment)

- 탈아시안급을 넘어서 탈지구급인듯…외계인이 따로 없네;;

- 수비 배운 적 없다던데 오늘 실책 하나 없이 깔끔하더라…이건 재능 수준을 넘어선듯…

- 탬파베이 레이스도 이제 좀 연패 작작 했으면.

– 진짜 헌신적이다…체력적으로 부담 될 텐데도 3루수
로 뛰네 ㄷㄷ;; 부상이 염려됩니다 ㅠ

– 야구 천재. 인정합니다.

– 투수에 타자에 3루수까지…너 누구냐…

◆

파앙!

파앙!

파앙!

연이어 들려오는 포구음.

주혁의 불펜 피칭이 한창인 지금, 이를 묵묵히 지켜보던
애런 루이스의 표정에선 놀라움이 도통 감춰지지 않고 있
었다.

'어제 그렇게 뛰어놓고도 이렇게 멀쩡하다니……'

체력이 매우 좋다는 선수들도 여럿 만나보긴 했으나 이
처럼 회복 속도가 빠르고 정상 컨디션을 되찾는데 채 하루
도 안 걸리는 선수는 처음이었다.

부드러운 투구폼.

그러나 묵직하게 꽂히는 공들.

특히나 오늘은 투심 패스트볼이 낮고 빠르게 포수 미트
에 연신 꽂히고 있었다.

"오케이. 그만."

주혁이 커브까지 모두 다 던진 후에야 애런 루이스가 불펜 피칭을 중단시켰다.

공을 잡아본 존 제이소까지 애런 루이스와 주혁의 곁으로 다가오자 본격적인 회의가 시작되었다.

가장 첫 번째로 꺼낸 이야기는 세 사람 모두 공감하는 내용이었다.

"오늘 투심 아주 좋네."

"무브먼트도 좋고 낮게 제구도 잘 되고. 윤, 넌 어때?"

존 제이소의 물음에 주혁도 고개를 끄덕였다.

"그러면 이 투심으로 초반에 타자들을 잡아보자. 일단 거포들이 제법 많은 보스턴이니까 무조건 낮게 피칭을 이어가보자고. 저 녀석들도 어지간히 대비가 되어 있을 테니까 무작정 속구로 밀어붙였다가는 제대로 한 방 얻어맞을지도 몰라."

"약물이 만든 괴물도 있으니까 조심해야지."

애런 루이스의 농담에 존 제이소와 주혁이 키득키득 웃었다.

그가 말한 선수는 바로 보스턴 레드삭스의 중심 타자인 데이비드 오티즈였다.

"어찌 되었든 조심해야 할 타자야. 일단 오늘 제구는 좋으니까 낮게 이어가고 점점 타자들이 타이밍을 잡아가면 그 때는 체인지업하고 커브로 타이밍을 빼앗아보자고."

"알겠어."

존 제이소와 주혁의 대화를 듣던 애런 루이스도 별다른 말없이 고개만 끄덕거렸다.

이후 스카우팅 리포트를 통해 두 사람이 세부적인 부분까지 합의를 보고 나서야 비로소 회의가 끝이 났다.

비디오 분석실로 가려는데, 애런 루이스가 슬쩍 말을 꺼냈다.

"저번에도 말했지만 커브를 던진 이후에 포심 패스트볼을 던질 때 릴리스 포인트에 차이가 있다는 거 명심해라."

"네, 코치님."

"뭐 아직 이걸 캐치한 팀은 없겠지만 말이다."

당장은 고쳐지기 힘들지 몰라도 신경을 쓴다면 조금이나마 나아질 수 있기에 애런 루이스가 재차 강조한 것이었다.

말을 마친 애런 루이스가 발걸음을 옮겼다.

존 제이소와 주혁도 비디오 분석실로 향한 후, 어제 경기에서 보스턴 레드삭스의 타자들의 스윙과 미세한 동작들을 확인하기 시작했다.

본래 이는 주로 포수만 따로 하는 경우가 많은데 주혁은 이 과정조차도 함께 했다.

모든 준비가 끝이 나고, 존 제이소와 주혁이 벤치로 걸어가면서 이런저런 이야기를 나눴다.

대부분 3루수 수비에 대한 내용이었다.

"하이스쿨에서 3루수를 얼마만큼 뛴 거야?"

"글쎄……. 얼마 안 될걸?"

"대단하다, 대단해."

"존. 그 말만 벌써 10번째도 넘는 거 같아."

"살면서 너처럼 공수 모든 부분에서 천재적인 선수를 본 적이 없어. 네가 최초이자 마지막이 될 거 같다."

"어제 딱히 어려운 타구도 없었는데, 뭘."

"의도적으로 보스턴 타자들이 3루 쪽으로 타구를 때렸는데도 실수 한 번 안 나왔잖아. 그 재능, 혹시 나눠줄 수 있으면 나도 좀 주라."

존 제이소가 부럽다는 듯이 농담을 툭 던졌고 주혁은 말없이 미소만 지어보였다.

'다른 거 없어. 그냥 너도 나처럼 똑같이 과거로 돌아오면 돼.'

아마 지금보다는 신인 시절에 더 많은 주목을 받을 수 있을지도 몰라.

가장 확실한 방법이지만 설명할 수 있는 길이 없기에 주혁은 입을 굳게 다물었다.

벤치까지 도착하자 존 제이소가 그에게 물었다.

"아무튼 네 덕분에 분위기가 다시 살아났으니, 이대로 2연승 달리자고. 자신 있지?"

"물론."

짧고 굵은 한 마디.

주혁의 대답에 존 제이소가 씩 웃었다.

이미 승리가 곁에 다가와 있는 듯했다.

경기가 시작된 후, 1회 초를 지켜보던 조 매든의 표정이
어제보다 훨씬 더 밝아지고 있었다.

파앙!

"스트라이크 아웃!"

1번 타자 제이코비 엘스버리를 삼구 삼진으로 잡아내는
위력적인 피칭은 언제 보아도 참으로 든든했다.

게다가 이번 시즌에 들어와서 스트라이크 존 낮은 코스
를 잘 활용하고 있는 주혁이기에 조 매든은 그의 성장이 뿌
듯할 따름이었다.

'이 경기가 정말 중요하다.'

어제 경기를 통해서 분위기를 전환시키는 데까지는 성공
한 탬파베이 레이스였다.

하나 이것으로 만족할 수는 없었다.

이 기세를 타고 계속해서 승리를 따내면서 상위권으로
올라서야만 했다.

'한 번 오르고 나면 쉽게 내려오지는 않으니까.'

다만 그 시기가 너무도 늦어버린다면 우승을 차지하지는
못할 가능성이 높다.

그렇기에 초반, 흔들릴 땐 흔들리더라도 이처럼 제대로
된 상승세를 탈 때 무너지지 않고 쭉 올라가야만 했다.

지난 시즌에 비해 전력이 다소 약화되긴 했으나 조 매든은

이 부분이 우승을 가로막지는 않을 거라고 보고 있었다.

그 빈자리를 신인 선수들이 잘 메꿔주고 있기 때문이었다.

'타선보다도 중요한 건 마운드다.'

물론 둘 다 제 몫을 해줘야 좋은 결과를 도출할 수 있겠지만, 장기적인 측면에서 보았을 때 조 매든은 타선보다도 마운드가 탄탄해야 끝까지 좋은 성과를 굳힐 수 있다고 믿고 있었다.

이런 부분에 있어 지금의 탬파베이 레이스 마운드는 지난 시즌보다도 더 무게감이 있다고 말할 수 있었다.

데이비드 프라이스, 주혁, 제임스 쉴즈, 제프 니만, 제레미 헬릭슨으로 이어지는 막강한 선발진에 웨이드 데이비스, 조엘 페랄타, 브랜든 고메스, 후안 크루즈, 세자르 라모스가 버티고 있는 계투진, 그리고 새롭게 유니폼을 입은 마무리 투수 카일 판스워스까지.

결코 나쁘지 않은 마운드 전력을 보유하고 있는 탬파베이 레이스이기에 조 매든도 가능성을 높게 보고 있는 것이었다.

하나 무엇보다도 탬파베이 레이스의 우승에 있어 가장 관건이 되는 부분은 바로 투타에서 중심 역할을 맡게 된 주혁의 활약이었다.

'2선발이라는 자리가 엄청난 부담이 될 거다.'

주로 에이스 투수가 도맡는 1선발 바로 다음 경기의 선발로 나서는 2선발 투수의 부담감을 조 매든은 너무도 잘 알고 있었다.

1선발 투수가 잘하든 못하든 팀의 분위기를 이끌어가야하는 자리인 2선발에 주혁을 앉혀둔 건, 그만큼 그가 지난시즌 굉장한 존재감을 보여줬기 때문이었다.

이 어린 선수에게는 부담이 될 수도 있겠지만 조 매든은주혁이 보란 듯이 해낼 거라고 굳게 믿고 있었다.

그리고 지금.

파앙!

"스트라이크 아웃!"

주혁은 2선발의 무게를 너무도 훌륭히 버텨내고 있었다.

◆

보스턴 레드삭스의 벤치 안.

테리 프랑코나 감독의 표정은 경기가 진행되면 진행될수록 굳어져가고 있었다.

이유는 간단했다.

자신이 생각한 시나리오는 조금도 성공적으로 이뤄지지않고 있는데다 타선이 침묵하고 있기 때문이었다.

더군다나 조시 베켓이 좋은 피칭을 선보이고 있었기에답답함은 갈수록 커지고 있었다.

'일부러 좌타자를 더 기용했는데 이게 잘못된 선택이 될줄이야……'

주혁이 우타자 바깥쪽 스트라이크 존에 강점을 가지고 있다는 걸 알고 있던 테리 프랑코나는 오늘 좌타자만 6명을 배치시키면서 공략해내고자 했다.

그러나 오늘 주혁의 낮게 깔리는 투심 패스트볼은 너무도 위력적이었고, 심지어 완급 조절마저도 되고 있는 이 공에 좌타자들이 속수무책으로 당하고 있었다.

이는 무려 6회까지 이어지고 있었고 오히려 주혁을 상대로 첫 안타를 때려낸 건 유격수이자 우타자인 마르코 스쿠타로였다.

조시 베켓이 5회 말까지 3피안타 2볼넷 무실점 호투를 펼치는 동안, 주혁 역시도 6회 초까지 2피안타 무실점 호투를 보여주고 있었다.

이어지는 6회 말, 4번 타자 자니 데이먼이 2루타를 때려내면서 무사 2루의 득점권 찬스가 탬파베이 레이스에게 주어졌다.

타석에는 오늘 아직까지 출루가 없는 주혁이 섰고, 조시 베켓은 좋은 공을 주지 않으면서 최대한 승부를 피했다.

그렇게 2 - 2의 볼 카운트를 만들어낸 조시 베켓이 결정구로 커브를 선택하고는 좌타자 주혁의 몸쪽으로 떨어지게끔 잘 던졌으나…….

따악!

마치 기다렸다는 듯이 주혁이 이 공을 잡아당겼고, 타구가 파울 라인 부근에 떨어지면서 워닝 트랙까지 굴러가고 말았고 2루 주자 자니 데이먼이 여유롭게 홈을 밟으면서 탬파베이 레이스가 먼저 앞서가기 시작했다.

좀처럼 나오지 않던 점수가 터지자 탬파베이 레이스의 타선에 불이 붙기 시작했고, 조시 베켓의 역투에도 불구하고 2점을 추가로 내주면서 스코어가 3 - 0으로 바뀌게 되었다.

이 역시도 주혁의 1타점 적시타부터 시작되었다는 사실에 테리 프랑코나 감독의 표정은 더욱 어두워지고 있었다.

'정말이지 괴물이다, 괴물이야.'

타선을 꽁꽁 틀어막으면서 상대 선발 투수에게 적시타까지 때려내는 주혁의 활약에 테리 프랑코나 감독의 한숨은 깊어만 갔다.

3점 차.

충분히 따라잡을 수 있는 점수 차이이긴 했으나, 상대 투수가 주혁이라는 점은 기대를 한풀 꺾이게끔 만들고 있었다.

'도저히 저 애송이를 막을 방법이 없다.'

타자들의 침묵은 어떻게 손 써볼 도리가 없었으나 마운드에서만큼은 공략할 수가 있었다.

그러나 볼이 되는 유인구마저도 절묘한 안타로 연결시키는 이 타격에 테리 프랑코나 감독이 할 말을 잃어버린 것이었다.

'탬파베이 레이스를 제물 삼아 분위기 반전을 노려보려고 했는데…….'

상황은 더욱 악화될 뿐, 좀처럼 나아질 기미가 보이지 않았다.

'일단 저 녀석이 마운드를 내려가기 전까지 최소 1점은 잡아내야 한다.'

그나마 7회 초, 선두 타자가 3번 타자 더스틴 페드로이아부터 시작한다는 점은 기대되는 부분이었다.

틱!

"아웃!"

마침내 아웃카운트 3개가 채워졌고 이어서 공수 교대가 진행되었다.

묵묵히 팔짱을 낀 채 이를 지켜보던 테리 프랑코나 감독이 타석에 들어서려던 더스틴 페드로이아를 불렀다.

"슬슬 전력투구를 할 때 인거 같으니까 아까 말했던 그걸 잘 보고 때려라."

"네, 보스."

더스틴 페드로이아가 무슨 뜻인지를 파악하고는 고개를 끄덕인 후 타석에 들어섰다.

'자, 커브만 하나 던져라. 커브만…….'

계속해서 빠른 공 위주의 피칭을 이어갔기 때문에 탬파베이 레이스의 배터리도 보스턴 레드삭스의 타자들이 슬슬 타이밍을 맞춰 갈 거라는 걸 알고 있을 게 분명했다.

'전력투구를 하되 타이밍을 빼앗는 피칭으로 헛스윙을 유도하겠지.'

　더군다나 아직까지 커브를 던지지 않은 주혁이기에 타자의 타이밍을 빼앗고자 이 공을 던질 거라고 테리 프랑코나가 예측했다.

　'이 마지막 승부수가 성공하기를!'

　이윽고 잠시 후.

　선두 타자 더스틴 페드로이아가 타석에 들어섰다.

◈

　7회 초.

　이닝의 선두 타자, 더스틴 페드로이아에게 초구를 던지기 전 주혁은 자신의 투구수를 떠올렸다.

　'지금까지 85구 던졌으니까⋯⋯.'

　전력투구를 할 타이밍.

　이미 존 제이소와도 이야기를 나눈 상태였기에 주혁이 어깨를 빙빙 돌리고는 이내 심호흡을 크게 한 후, 초구 사인을 확인했다.

　존 제이소가 보내온 초구 사인은 바로 체인지업이었다.

　주혁이 고개를 끄덕이고는 존 제이소가 우타자 몸쪽에 미트를 가져다 대는 걸 확인하고는 그립을 쥐었다.

　그리고는 와인드업 이후 초구를 힘껏 뿌렸다.

파앙!

"스트라이크!"

우타자 무릎 높이로 알맞게 떨어진 88마일(142km)의 체인지업에 더스틴 페드로이아의 배트는 반응을 보이지 않았고, 주혁은 초구 스트라이크를 잡는 데 성공하며 승부에 있어서 비교적 유리한 고지에 서게 되었다.

이어지는 2구 역시도 같은 사인이 들어왔다.

고개를 끄덕인 주혁이 곧바로 2구를 초구보다 조금 더 낮게 우타자 몸쪽으로 던졌고…….

파앙!

90마일(145km)의 체인지업이 좋은 무브먼트를 보이면서 포수 미트에 꽂혔으나 이번엔 구심의 손이 올라가지 않았다.

'비슷한 코스에 같은 구종이 연속으로 들어갔는데도 배트를 휘두르지 않는다라…….'

필시 어떤 구종 하나를 노리고 있는 게 틀림없었다.

존 제이소가 3구 사인으로 포심 패스트볼을 요구했고, 주혁이 이번 사인도 고민 없이 고개를 끄덕였다.

주혁이 로진 백을 내려놓는 사이, 존 제이소가 바깥쪽으로 살짝 이동하여 포수 미트를 가져다 댔다.

'낮게 가자.'

포심 패스트볼 그립을 쥔 주혁이 와인드업을 시작했다.

그리고…….

따악!

그제야 더스틴 페드로이아의 배트가 반응했다.

잘 치긴 했으나 파울이 되고 만 타구.

'빠른 공을 노리고 있었군.'

97마일(156km)의 패스트볼에 타이밍을 얼추 맞춰낸 걸 확인한 두 사람은 더스틴 페드로이아가 빠른 공에 히팅 포인트를 잡고 있다고 생각했다.

1 - 2의 볼 카운트.

'굳이 서두를 필요는 없다.'

타격 센스가 좋은 더스틴 페드로이아를 상대로 곧장 공격적인 승부를 가져갔다는 되려 안타를 내줄 가능성도 있었다.

특히나 오늘 경기에서 주혁을 상대로 이미 안타 1개를 때려낸 바 있는 더스틴 페드로이아이기에 주혁과 존 제이소는 유인구를 하나 가져가는 쪽으로 가닥을 잡았다.

그리고 그들이 택한 공은 바로 커브였다.

슈웅!

툭!

포수 미트에 꽂히기 이전에 이미 바닥에 한 번 튕기고는 글러브를 벗어나 폭투가 된 커브는 당연지사 구심으로부터 볼 판정을 받았다.

'손에서 덜 긁혔다.'

당장은 실전에서 커브를 많이 구사하고 있지 않기에 감각이 그다지 익숙하지는 않았다.

더군다나 오늘 경기에선 투심 패스트볼로 재미를 본 터라 아직까지 단 한 개의 커브도 던지지 않았던 주혁이었다.

그러나 지금 이 커브를 던진 이유는 오로지 그 다음에 던질 강속구의 위력을 증가시키기 위함이었다.

76마일(122km)과 100마일(161km)의 차이는 무려 24마일(39km) 수준이기에 타자가 꼼짝도 못할 가능성이 높았다.

로진 백을 내려놓고는 사인을 확인한 주혁이 5구 째 공을 던지기 위해 와인드업을 하려던 그 때.

문득 머릿속에서 경기 시작 전에 애런 루이스가 했던 말이 떠올랐다.

커브 이후에 던지는 포심 패스트볼의 릴리스 포인트가 다른 때와 약간의 차이를 보인다던 그의 말.

존 제이소는 빠른 공을 요구했으나 주혁은 오히려 생각을 달리 했다.

'느린 공 이후에 던지는 강속구는 물론 위력적이긴 하지만……'

나름 패스트볼에 타이밍을 맞췄던 더스틴 페드로이아였다.

'만약 타자가 이 사소한 부분까지 간파하고 있다면?'

주혁이 잠시 타임을 요청했다.

'그럴 가능성도 있다. 내가 인지는 하고 있지만 아직 제대로 수정이 되지 않았기 때문에 혹시 모른다.'

만일 이를 노리고 있다면, 이는 굉장히 위험한 승부가 될 가능성이 높았다.

주혁의 장점 중 하나가 바로 똑같은 릴리스 포인트에서 포심, 투심, 그리고 체인지업이 뿌려진다는 것인데 이게 간파를 당한다면 안타를 허용할 수도 있기 때문이었다.

물론 타자 역시도 속구가 들어올 것을 대충 예상할 수는 있겠지만, 그 구종이 포심 패스트볼인지 투심 패스트볼인지까지 예측해내는 것과는 극명한 차이를 보일 수밖에 없었다.

애초에 무브먼트 자체가 다르니까.

'차라리……'

주혁이 다시 자세를 잡고는 존 제이소에게 새로운 사인을 보냈다.

이 사인을 확인한 존 제이소가 고개를 살짝 갸웃거리더니 이내 오케이 사인을 보내왔다.

이윽고 주혁이 그립을 쥔 채 5구 째 공을 던졌다.

포수 미트를 향해 포물선을 그리며 날아가는 공.

주혁이 택한 공은 바로 커브였다.

그리고 찰나의 순간.

"……!"

74마일(119km)짜리 느린 커브에 더스틴 페드로이아의 배트가 움찔대는 게 아닌가.

'역시나.'

상대도 이를 알고 있었다.

커브 이후 다음 공을 던질 때 달라지는 릴리스 포인트로 어떤 공이 들어오는지를 예상할 수 있다는 것을 말이다.

그러나 미처 생각하지 못한 부분이 바로 커브를 연속으로 두 번 던질거라는 점이었다.

곧이어 타이밍을 놓치는 바람에 커브를 그냥 흘려 보낸 더스틴 페드로이아의 귓가에 굵직한 구심의 목소리가 들려왔다.

"스트라이크 아웃!"

비록 완성도는 떨어질지 몰라도, 그 꺾이는 각도는 그야말로 일품이었다.

'보스턴 타자들이 이걸 노리고 있다라…….'

계획이 바뀌었다.

'노림수를 역으로 이용해주지.'

속으로 씩 웃은 주혁이 존 제이소에게 사인을 보냈다.

커브의 위력을 믿는 게 아니었다.

이 공을 미끼로 대어를 낚기 위함이었다.

이 사인에 존 제이소가 고개를 끄덕이는 순간.

부웅!

농락이 시작되었다.

미국 스포츠 방송사 ASBC의 스튜디오 안.

이곳에선 오늘 치러진 메이저리그 경기들에 대한 평가를 2명의 전문가들과 함께 생방송으로 촬영하고 있었다.

화면 왼편에는 이 방송 'Tonight in MLB'의 진행자인 캐스터 톰 워커가 앉아 있었고, 오른편에는 메이저리그 통산 399홈런을 때려냈던 타자 트레비스 마일러(은퇴)와 174승을 거두고 은퇴한 칼 버켓이 앉아 있었다.

그들은 크게 이슈 되지 못한 경기들을 짤막하게 리뷰한 후, 오늘 가장 뜨거웠던 경기들에 대해 이야기를 나누기 시작했다.

방송이 시작한지 40분이 조금 넘어갈 즈음, 톰 워커가 말했다.

"자, 그럼 이제 동부지구로 넘어가보죠. 오늘 탬파베이 레이스와 보스턴 레드삭스의 경기, 주요 장면부터 한 번 보도록 하죠."

그의 말이 끝나자마자 하이라이트 영상이 나왔고, 이는 스튜디오 내에 준비된 TV에도 비춰졌다.

이윽고 영상이 끝나자, 화면에 다시 세 사람이 나타났다.

먼저 입을 연 건 칼 버켓이었다.

"동부지구 하위권 팀들의 대결이었는데 아주 팽팽했네요. 그리고 그 팽팽한 흐름을 깬 건 탬파베이 레이스의 윤이었고요."

칼 버켓의 말이 끝나자마자 트레비스 마일러도 입을 열었다.

"영상을 보고 나니 기억에 남는 건 오직 윤뿐이라고 해도 과언은 아닌 것 같습니다."

"동감합니다."

"그는 오늘 경기의 모든 승부처마다 나타나서 제 몫을 톡톡히 해줬습니다. 조시 베켓을 상대로 첫 점수를 뽑아낸 선수도 윤이고, 중심 타선으로 시작되던 이닝을 세 타자 연속 삼진으로 돌려 세우면서 조금의 기회도 용납하지 않도록 만든 것 역시도 윤이었습니다."

말을 마친 트레비스 마일러에게 톰 워커가 물었다.

"7회 초를 말씀하시는 건가요?"

"맞습니다. 3번 타자 더스틴 페드로이아부터 5번 타자 아드리안 곤잘레스 모두 삼진으로 잡아냈었죠."

"윤은 이 이닝에서 6회까지 한 번도 던지지 않았던 커브를 7회 들어서야 던졌다고 합니다."

폴 워커의 말에 트레비스 마일러가 깜짝 놀란 표정을 지어보였다.

이는 옆에 앉아 있던 칼 버켓도 마찬가지였다.

트레비스 마일러가 칼 버켓을 보며 말했다.

"6회까지 커브를 던지지 않았는데 7회에 커브로 저렇게 세 타자를 모두 삼진으로 잡아낼 수 있는 겁니까, 칼?"

그의 물음에 칼 버켓이 고개를 절레절레 흔들며 대답했다.

"계속해서 빠른 공만 던진 상태에서는 커브에 대한 손의 감각이 무뎌져 있는 것이 정상이고, 던지는 스타일 자체가 다른 이 커브를 7회 들어서야 던진다면 실투가 나올 가능성이 높죠. 그런데 윤은 단 한 번도 실투성 커브를 던지지 않았습니다. 날카롭진 않더라도, 스트라이크 존 낮게 들어가던 이 커브의 스피드와 곡선은 타자들의 배트가 허공을 가르지 않을 수 없었을 겁니다."

"그 말인즉슨, 윤의 감각이 매우 뛰어나다는 거군요?"

"그렇죠. 정말 야구에 있어서는 모든 재능을 다 갖춘 선수입니다."

"정말이지 이기적이군요."

트레비스 마일러의 농담에 칼 버켓과 톰 워커가 실소를 터트렸다.

칼 버켓이 여전히 입가에 웃음을 머금은 상태로 말을 이었다.

"윤이 오늘 경기에서 던진 가장 빠른 공의 구속이 바로 100마일(161km)이었습니다. 그런데 7회에 던졌던 커브의 가장 느린 구속이 70마일(113km)이었는데, 즉 구속이 무려 30마일(48km) 씩이나 차이가 났다는 겁니다. 이렇게 되면 타자들이 타이밍을 아예 잡지를 못하게 되고, 특히나 힘껏 큰 스윙을 하는 중심 타자들에게 있어서는 타이밍을 완전히 빼앗기게 되는 셈이죠."

트레비스 마일러도 한 마디 거들었다.

"저는 특히 데이비드 오티스를 상대로 한 피칭이 가장 인상 깊었는데, 3구 연속으로 98마일(158km) 대의 포심 패스트볼로 2스트라이크를 잡아낸 후에 느린 커브 2개로 헛스윙 삼진을 만들어내던 그 장면은 마치 데이비드 오티스를 가지고 노는 듯한 피칭이었습니다."

"여유가 느껴졌죠."

"윤이 이제 데뷔 2년 차 선수라는 걸 명심해야 합니다."

"포커페이스도 그렇고 전혀 흔들리지 않는 강인한 정신력을 갖춘 대단한 선수라고 생각합니다."

"한국에선 그를 이렇게 표현한다고 하더군요. 만화를 찢고 나온 선수."

"재밌는 표현이네요."

칼 버켓과 트레비스 마일러의 칭찬 릴레이가 끝이 난 후, 전체적인 경기 내용에 대한 이야기로 넘어갔다.

톰 워커가 말했다.

"5 ? 0으로 승리를 거둔 탬파베이 레이스가 드디어 좋지 않던 분위기를 다시 끌어올리는 듯합니다."

"근래 1주일간은 정말 최악의 경기력을 보여줬던 탬파베이 레이스입니다만, 보스턴 레드삭스와의 홈 경기 1차전 때부터 변모하기 시작해서 지금은 확연히 달라진 경기력을 보여준 탬파베이 레이스입니다."

"1차전 때부터 타선이 살아나기 시작했는데 이는 윤이 3루 수비를 맡아주면서 지명타자 자리에 여유가 생긴 것이 가장 큰 이유라고 저는 생각합니다."

"그게 컸죠. 에반의 빈자리를 윤이 메꿔줄 거라고 누가 생각이나 했겠습니까?"

"이런 헌신적인 모습들도 팀 사기를 올려주는 큰 역할을 하죠."

"그리고 무엇보다도 1차전 때 데이비드 프라이스의 호투와 2차전 윤의 호투가 보스턴 레드삭스를 무너뜨렸다고 저는 봅니다."

"타선의 영향보다도 마운드의 영향이 컸던 경기였죠."

"근래 보스턴 레드삭스의 경기력도 썩 좋지 않았는데, 그나마 승리를 거둔 경기들을 보면 대부분 중심 타선의 활약이 주요했었습니다만 이번 탬파베이 레이스와의 경기에서는 전혀 위력적인 모습을 보여주지 못했죠."

칼 버켓의 말이 끝나자 톰 워커가 두 사람에게 물었다.

"탬파베이 레이스가 이 분위기를 잡고 지난 시즌처럼 다시 상위권으로 올라갈 수 있다고 보십니까?"

질문에 먼저 대답한 사람은 트레비스 마일러였다.

"이전에 4연패 후 승리와 이번에 4연패 후 승리는 차원이 다릅니다. 첫 4연패 후 승리 때는 볼티모어 오리올스의 실수로 인해 승리를 한 것이지 윤을 제외한 나머지 선수들의 활약이 승리를 이끌었다고 하기는 힘들었습니다. 반면에 이번에는 그 때와는 달랐죠. 전체적으로 마운드와 타선이 골고루 활약을 해줬기 때문에 이건 팀 전체적으로 사기가 올라왔다는 겁니다. 여기에 2차전 승리를 통해서 선수들의 자신감이 더욱 상승했을 거라고 봅니다. 지난 시즌 때의 그 반전이 올해도 이뤄질 수 있다고 저는 봅니다."

"그렇군요. 그렇다면 칼은 어떻게 생각하십니까?"

"저 역시도 트레비스와 같은 생각입니다. 전력적인 손실이 있긴 하지만 팜 시스템이 훌륭한 덕분에 여러 좋은 유망주들이 자리를 어느 정도 메꿔주고 있는데다 지금까지 아주 좋은 활약을 선보인 선발 마운드를 가지고 있기에 더 이상은 무기력하게 당하지는 않을 것 같습니다. 다만 문제는 보스턴 레드삭스죠. 이 패배로 인해 동부지구 꼴지로 추락한 지금, 윤과 같이 분위기를 바꿔줄 메이커가 필요하다고 봅니다."

칼 버켓의 말과 함께 대화 주제는 보스턴 레드삭스의 계속되는 추락에 대한 이야기로 넘어갔다.

그렇게 대화는 5분 정도 이어졌고, 톰 워커가 정리하기 위해 입을 열었다.

"분위기를 등에 업은 탬파베이 레이스. 그리고 계속되는 부진으로 시름을 앓고 있는 보스턴 레드삭스. 이 두 팀 간의 3차전 경기가 어쩌면 이 두 팀들의 운명을 바꿀 수도 있겠습니다."

"탬파베이 레이스는 윤이 빠진 3차전을 반드시 잡아야

할 것이고, 보스턴 레드삭스는 중심 타자 한 명이 빠지게 되는 이 경기를 잡아야 더 이상의 추락은 없을 겁니다."

"윤의 공백이 과연 내일 경기에서 어떤 결과를 가져올지 기대가 되네요."

"만약 탬파베이 레이스가 진다면, 이번 시즌은 굉장히 힘들어 질 겁니다."

"어찌 되었든, 내일 경기를 지켜보고 그 때 다시 이야기를 나눠보죠."

톰 워커의 말에 두 사람이 고개를 끄덕거렸다.

"과연 동부지구의 하위권에서 어떤 팀이 탈출에 성공할 수 있을지!"

화면은 어느새 다음 화젯거리에 대한 자료들로 바뀌어 있었다.

◆

3차전 경기가 시작된 지금.

그라운드에 시선을 두고 있는 주혁의 표정에는 약간의 초조함이 묻어 있었다.

'오늘 뛰어도 문제는 없는데……'

부상 위험이 있는 관계로 주혁은 오늘 경기의 선발 라인업에서 제외가 된 상태였다.

하나 체력적으로는 조금의 피로도 쌓여 있지 않았다.

주혁도 이런 자신의 과거와 달라진 엄청난 체력에 더 이상 의문을 가지고 있지는 않았으나 혹시 모를 일 때문에 잠자코 있는 것이었다.

'이 경기가 정말 중요하다.'

안 중요한 경기가 어디 있겠느냐만, 앞선 두 경기를 모두 승리로 이끈 지금으로선 3차전까지 확실하게 잡아야 상승세를 제대로 탈 수가 있었다.

더군다나 어제 승리에 있어서 가장 좋은 활약을 펼쳤던 주혁이(8이닝 무실점 4피안타 1볼넷 12K / 3타수 1안타 1타점 1볼넷) 빠져 있는 상황인 만큼, 보스턴 레드삭스에게 다시 사기를 내줘서는 안 되는 탬파베이 레이스였다.

5번 타자인 주혁이 빠져 있는지라 타선의 무게감이 어제보다는 다소 떨어져 있기에 경기를 이기기 위해선 제임스 쉴즈의 활약이 제일 중요했다.

지난 시즌, 두 자릿수 승수를 챙기긴 했으나 5점대의 방어율로 그리 좋지 못한 시즌을 보낸 제임스 쉴즈.

그러나 제임스 쉴즈의 피칭을 지켜보는 주혁의 표정에선 점차 초조함이 사라져가고 있었다.

지난 시즌 때만 해도 난조를 보이던 제구력이 상당히 좋아져 있는데다 문제의 투심 패스트볼이 다시 날카로움을 가지기 시작하면서 보스턴 레드삭스의 타자들이 좀처럼 공을 제대로 맞추지 못하고 있었기 때문이었다.

지난 시즌 때는 볼 수 없었던 안정감.

제임스 쉴즈는 눈에 띄게 달라져 있었다.

이는 크나큰 행운과도 같았다.

작년까지만 해도 골칫덩어리였던 투수가 단번에 확연히 달라져 있으니 말이다.

'가능성 있다.'

제임스 쉴즈의 오늘 컨디션이 매우 뛰어난 것으로 보아 타격감이 다소 떨어져 있는 보스턴 레드삭스의 타선을 잠재울 수 있을 것 같았다.

이제 남은 건 타선이 얼마만큼 득점 지원을 해줄 수 있는지가 제일 큰 관건이었다.

이윽고 1회 말.

오늘 보스턴 레드삭스의 선발 투수로 마운드에 오른 마쓰자카 다이스케가 선두 타자 션 로드리게스와의 승부를 시작했다.

그렇게 4구까지 이어지던 피칭.

마쓰자카 다이스케가 5구를 던지는 순간.

따악!

우타자 바깥쪽으로 휘어지던 슬라이더를 제대로 밀어때린 션 로드리게스의 타구가 우측 담장을 아슬아슬하게 넘어가는 데 성공했다.

첫 타자부터 홈런포를 허용한 마쓰자카 다이스케의 표정이 굳어졌다.

그는 팔꿈치를 슬쩍 만지는 행동과 고개를 절레절레 흔

드는 행동을 보이더니 2번 타자 B.J. 업튼을 상대하기 위해 로진 백을 내려놓았다.

그리고 이를 본 주혁이 속으로 씩 웃었다.

'상태가 좋지 않구나.'

더 이상 예전의 마쓰자카 다이스케가 아니었다.

위력적인 공들은 이제 자취를 감춘 상태였고, 제법 날카롭던 제구력도 이제는 많이 무뎌져 있었다.

잠시 후.

따악!

3구 째 높은 공을 놓치지 않고 때려낸 B.J. 업튼이 2루 베이스를 여유롭게 밟으면서 3번 타자 벤 조브리스트에게 찬스를 만들어주었다.

자꾸만 고개를 휘휘 젓는 마쓰자카 다이스케.

결국 보다 못한 포수가 마운드를 방문했고, 몇 마디를 나누더니 다시 포수석으로 돌아갔다.

조금 더 던져보기로 한 모양이었다.

그러나 이는 그리 오래가지 못했으니…….

따악!

벤 조브리스트의 타구가 또 다시 우측 담장을 훌쩍 넘어버린 것이었다.

91마일(146km)의 패스트볼이었음에도 벤 조브리스트는 손쉽게 타구를 담장 밖으로 날려 보내는 데 성공했다.

아직 아웃카운트 한 개조차 잡아내지 못했음에도 불구

하고 3점을 헌납한 마쓰자카 다이스케는 고개를 떨궜다.

자신감을 상실한 그의 피칭은 이후로도 좀처럼 감을 잡지 못했고, 그가 겨우 1회를 마무리 지었을 무렵 스코어는 5 ? 0으로 변해 있었다.

그리고 이어지는 2회 초.

부웅!

파앙!

"스트라이크 아웃!"

제임스 쉴즈가 4번 타자 데이비드 오티스를 상대로 특유의 체인지업을 통해 헛스윙 삼진으로 잡아내는 데 성공한 순간.

주혁이 그제야 입가에 미소를 머금었다.

'됐다.'

팀 분위기가 달라지고 있음이 피부로 와 닿고 있었다.

〈4권에 계속〉

원태랑 현대판타지 장편소설
NEO MODERN FANTASY STORY

(주)좋은세상

인류 최고의 실력자 한성!
절대자에게 벗어나기 위한 최후의 싸움에서
동료에게 배신을 당한 채 죽음을 맞이하는 순간

[패시브! 회귀 스킬 작동합니다!]

회귀 스킬로 인해 각성하기 전으로 돌아온 한성
회귀 전의 스킬이 고스란히 잠재된 그의 스킬창
탑재되어 있는 스킬을 사용하기 위해서
남은 것은 광속 렙업뿐!

절대자로 인해 거대한 게임의 세계로 변한
세상을 구원하기 위해
회귀 전의 실수를 하지 않기 위해
다시 시작하게 된 새로운 삶에서
고독한 그의 절대적인 행보가 시작된다!

회귀의
절대자

신분상승 가속자

철갑자라 현대판타지 장편소설

NEO MODERN FANTASY STORY

어느 날 갑자기 찾아 온 지옥같은 밤의 세계!
꿈이라 치부했던 현상이 다시 없을 기회로 찾아왔다!

밤에는 꼭대기 층을 알 수 없는 던전의 마물로
낮에는 돈없는 대한민국의 을로 살던 나에게
홀연히 찾아온 막강한 권능들!

[뫼비우스의 초끈을 습득했습니다.]

치열한 밤 세계의 서열이 올라갈 수록
그의 낮시간도 신분상승을 겪는데
낮과 밤을 엮어주는 뫼비우스 초끈과 미러 퀘스트로
비범하게 신분을 뒤바꾸어라!

그의 평범하기 그지 없던 밑바닥 신분이
걷잡을 수 없이 상승한다!

철갑자라 현대판타지 장편소설

[신분상승가속자]1

북두
㈜ 좋은세상

발칸레이븐 현대 판타지 장편소설

전설이 돌아왔다

서기 2017년.

지옥에서 악마가 지상으로 올라온다.
인류는 그저 먹이감으로 전락하고 마는데……

SSS등급 각성자 강혁준은 반전을 꿈꾸며
악마와 결전을 벌이지만 인류의 배반으로 실패한다.

'다시 한 번 나에게 기회를 준다면……'

그의 소원은 이루어지고,
마침내 전설이 다시 돌아온다.

발칸레이븐 현대판타지 장편소설

『전설이 돌아왔다』